张炜自选集之

张炜 著

外省书

中国友谊出版公司

目录

卷一	史珂 ………… 1
卷二	史东宾 ………… 29
卷三	鲈鱼 ………… 55
卷四	师辉 ………… 87
卷五	肖紫薇 ………… 115
卷六	狒狒 ………… 143
卷七	史铭 ………… 167
卷八	元吉良 ………… 199
卷九	胡春旖 ………… 215
卷十	马莎 ………… 245
卷十一	真鲷 ………… 265
附录	远行之嘱 ………… 291

《外省书》访谈辑录 ………… 329

卷一

史珂

一

史珂一踏上这条小路就有点后悔。前边是那座孤零零的大屋子,它压在一片杂树林子里,黑乌乌沉甸甸。他像被它的磁力抓住了似的,每一次都要迎着走过去。屋里有个行动不便的人半坐半卧在大炕上,旁边站着他的外甥女。炕上的人每扫来一眼都令史珂不悦,他开始坐立不安。他心里说:我这回是来告别的……杂乱空旷的大屋子简直汇集了全世界的隐秘,有一种说不清的东西在四周弥漫。再到哪儿去呢?他徘徊、踌躇、磨蹭了一会儿,最后还是坐到了炕边那把破藤椅上。他接过姑娘递来的一杯老茶吸呷着,开始怜悯自己。他知道炕上那个高高大大的家伙已经是他的朋友了,他们大概无法分开。

秋天刚刚来临,这个额头鼓鼓的四川籍小女子就采来了菊芋花。她何等尽职,这会儿已经在屋角生起了废油桶改制的大火炉,烧好了洗澡水。屋角挂了浴帘,遮住了当地出产的一个粗陋的大浴缸。每天一早,热气腾腾的浴缸里总是浸了苦艾、桂叶、拳参、冬青一类草药，她给他搓洗，呵斥，直忙到九点多钟。史珂每次进门都要迎着满屋刺鼻的草药味，透过水汽看那家伙歪在炕上读书。满头披挂水珠的外甥女笑吟吟的，一见他放下书就走过来，听着他对来客絮絮叨叨。

"你看看这孩子的头发，我的老天！密匝匝苘麻一样，一把都攥不透。她的小嘴儿一天到晚湿漉漉的。鼻子翘翘着，脑瓜四周全是小绒毛儿……我这辈子也没见这样的小脑瓜。老天，胸脯上趴了两只小鹌鹑，一天到晚沙啦沙啦叫……"

史珂额上的血管突突跳。他砰一声搁了杯子。

"我不说了，再不说了——这总行了吧？哎哟我的老伙计……"

姑娘到浴帘后面去了，大概是放掉洗澡水，传来哗哗的水声。她再次回到炕边照料病人："你呀，你呀！"她推拥他，把毛巾围上他的下巴。史珂低头呡茶，像打瞌睡一样。他心里又在琢磨：自己真不该再到这里来了。

二

在试着做出那个决定之前，史珂就知道自己会多么孤单。他可怜自己。如今走在通往衰老的路上，害怕孤单了。四年前走出京城，凡能携走的杂七杂八他都带回来了。这儿是他的出生地，他就待在这儿了。京城太喧闹，一辈子都太喧闹。叶落归根吧。老友们为他惋惜：今后有个三长两短怎么办？他笑而不答，只顾收拾东西。其实京城已经没了亲人，早就没了。而在故土，他至少还有一位侄子呢。离京前一年他去了一趟美国，哥哥史铭在那里定居。他一说自己的打算史铭马上赞同：回老家吧，京城有什么好待的。你回去，史东宾会把你照顾得无微不至。

史东宾是史铭与前妻之子。正如史铭所料，侄子对归来的叔父处处殷勤。史珂并不喜欢这样，因为他知道殷勤这种东西不能持久。果然，一年之后他就不得不从侄儿家搬走了，搬到海边的一所孤屋中。屋子建在河湾一带的防风林中，原属祖产，早已破损不堪。侄儿当时一边咕哝"简直是疯了"，一边抓起手机呜呜哇哇一阵。只几天时间，他手下的人就把一个陋屋修好，把老人请了进去。

真正是傍海而居。突然而至的沉寂中，史珂知道有什么新东西要开始了。这年头无边的时髦围逼过来，新东西却不多。他欣喜四顾，觉得崭新的时间正从脚下滋生。好好回忆的日子来到了。它在京城没有，在浅山市侄儿的家中也没有。市区与河湾之间有两个村落，所以这儿偶尔有人捕鱼采菇。这些人并不妨碍回忆。他刚刚与之对应几句，他们立即惊呼："京腔儿！"史珂心头一动。他已经在一年多的时间里努力操练故语，总是毫不留情剪除儿化音，最大限度减少卷舌动作，可最终还是被人指认。这很像在京城的情景——当年无论怎么用力，人家一仄耳朵就明明白白。一个主要元音的轻微卷舌处理不当，外地人身份即暴露无遗。融于京城的急切和苦恼一直伴随，直到今天，直到全部努力戛然而止——一种逆向过程却刚刚开始。一个人到了这把年纪还要含辛茹苦消除自己的声音标记，真是生之烦恼啊。相互熟悉一些了，对方难免要询问做些什么啊妻子儿女啊。只能沉默。好像多年来第一遭面对这样的问题：四十余年置身于一个显赫的学术机构，却没有一本著作。妻子已经辞世；儿女，没有。他的脑际倏然闪过一位西方诗人哀伤的句子："为那无望的热爱宽恕我吧／我虽已年过四十九岁／却无儿无女，两手空空，仅有书一本。"这诗用在自己身上还需几处改动：改年龄；"仅"改为"没"。这一改何等了得。他闭上眼睛。自己一辈子都是个旁观者，一辈子都在看、看。我的无用的人生啊。史珂曾试着把"旁观者"三个字换成"目击者"，心头一热。

　　林中孤屋的无眠之夜，时钟的嘀嗒像在提醒自己身处荒凉。他记起史东宾的威胁：现在可不是过去，村人野性忒旺，抢劫杀人是常事，你一个人待在那里难保太平，除非派去一个加强连……蒙面大盗不来，史珂还真急呢。总之这是属于自己的时间，该做点什么了。读书，回想，而且要有笔记——说不定最后也会凑成"书一本"。午夜闪过一个美好的面容。"为那无望的热爱宽恕我吧……"一句出口，自觉热泪涌出，摸了摸脸上却是干的。

三

　　独居不久，他得知离河湾不远还有另一位老人：油库看守。一种特别的欣悦在心底漫开……后来的结识却令人失望。原来那人是一个被抛弃者，所谓的"刑满释放分子"。而且服刑的原因属于流氓罪，情节特别严重，在监狱几进几出。当地人都不愿接近这座大屋。丛林阴气很重，到处生满苔藓，猫头鹰大白天呼叫。因为那人犯罪的性质，他的妻子已经多次、也是最后一次离开了他。唯一的女儿与母亲同心同德，从不走近父亲一步，直到一年前他患了中风，高大的身躯訇然扑地，女儿才开始出现在那座大屋里。

史珂就是在病人大致能够自理的时候迈进门槛的。他发现这个油库看守简直是个巨人，仪表堂堂，有一双热情逼人的大眼，额上的几绺银发火焰一样飘动。他一见了史珂就哈哈大笑，声震屋梁，只一会儿工夫就与来客相熟得不得了。日子长了，史珂从这豪爽中感到的却是深长的寂寥。他叫师麟，南方人，曾是一位立过战功的军人。"我正经有几个战友呢！"师麟咧着大嘴。他让史珂干脆直呼自己的外号得了："鲈鱼"！他的大眼也斜着，"了不起的一种鱼啊，鱼类图谱上说它'口大，下颌突出；银灰色，背和鳍有小黑斑。栖息于近海——性凶猛'！"

他搬弄出一大摞书给史珂看，原来是一册册动植物图谱，"我愿意搞通它们的一些原理，有时一整天都在翻弄它们。这等于是按图索骥。真不容易啊，不看不知道，咱这儿的百合有六种；为了搞明白刺猬性交，我差不多整整花了五年时间……你也选个动物做外号吧，不用不好意思——下次我为你取一个！"史珂没有吱声。他发现这个南方人尽管一生多半时间都住在北方，孔武高大，可声音的标记还是保存下来。儿化韵走向衰亡；语气助词极为夸张。史珂盯住对方的阔嘴，真想看到元音怎样在那个平坦的大舌头上打滚。

那天余下的时间是参观领地。主人居住的大屋子南北向，最东边的两间坍了，剩下的完好部分也足有六十平方米。这个未加间隔的大空间里有火炕、炉子，特别是有一个大澡盆。火炕大得出奇，长宽都在两米半以上，足可睡好几个巨人。炕头以及旁边的书架上都堆了不少书。史珂特别注意到这儿没有一件电器，不要说电视，连收音机都没有。篱笆院内，西边是南北向的水泥平台，那曾是废弃的油库；里面黑洞洞的，一只胖胖的黄毛大狗走出，鲈鱼马上问它："'老憨'，俺进你家看看？"黄狗一声不吭。靠篱笆种了不少蔬菜。各种小动物在院中浮土上留下了杂乱的痕迹。

这里的茶苦极了。史珂认为这是一辈子喝的最苦的茶。鲈鱼说："你的话太少了。"史珂未应。"为什么？性格？"史珂摇头。鲈鱼一哼，"你的性格活像我们老憨。"

当时老憨正站在门口，忽然扭头向外，尾巴摆动不止。鲈鱼赶紧下炕，拖着右腿快走几步，下巴开始剧烈抖动。

史珂真不敢相信这是真的。一个姑娘正走进院子，或许已经在栅栏门前站了一会儿，这时就要迈进屋里。她修长，白皙，一头短发漆黑发亮，几乎一进门就把下午的温煦和光明携来。史珂只一瞥，心头就动了一下。那是一个奇异的感受猝不及防袭来的结果。她站在那儿，让人不敢多看一眼——可这时笨拙的鲈鱼竟拖拉着身躯上前搂住她，一下一下抚摸起她的头发。"哦哟我的宝贝！我的……"他把她手里的东西飞快取下，急急介绍："这就是我的孩子，我的阿辉——你看看吧！"

史珂发现师辉脸上泛出一丝微笑。鲈鱼目不转睛看女儿，嘴巴半张，下颌突出，露着一排整齐的下齿。真像一种鱼。他哭了，泪水顺着鼻侧流下。他转而介绍史珂时语气夸张，师辉咬着下唇才没有笑出来。"史叔叔好。"礼貌,矜持,多么标准的京腔。卷舌音恰到好处,清擦音完美无缺。史珂直到离开的那一刻还在惊讶,弄不明白这个姑娘究竟怎样掌握了那套复杂的发音技巧。只有他知道这多么难,他为此奋斗了四十年。

四

又是午夜。史珂打开收音机,听了两句摇滚又赶紧关上。"有时候,你会觉得全世界都在'摇滚'。"他在笔记前怔着。深浅不一的笔迹,每天的只言片语。少而精,字字戳准。今夜刚写下几个字笔就松了,"他高大魁梧,身体状况很糟,但精力旺盛。"反复端详了一会儿,再添一行小字:"谁知道,这人也许是个善良的色鬼。"

关于他的女儿师辉还没有记上一笔。因为无从下笔。真怕不经意戳伤什么。唯有嫉羡。一个品行不端的人却有这样一个女儿。她孝顺,体贴,也许是背着母亲来探望父亲了。是啊,谁有这样一个父亲都没有办法。史珂不由得将自己与那人做了一番比较:都进入了老年,不过自己比对方年轻一点——这也许是极重要的一段光阴;都独居市郊丛林;我有收音机,他没有,不过他有一个懵懵懂懂的黄狗老憨。他有一个女儿——一想到这里就沮丧。她那口纯净到透明的京腔直到这会儿、直到午夜了还在耳边回响。他骂了自己一句。现在是什么时候啊,现在是摈弃的时刻,是独自一人回到了偏远省份。真的,京腔不足为训……这就是一个老人的判断,他饱经沧桑……至于美丽的师辉嘛,那就是另一回事了。

与那个不道德的家伙比了一会儿有的和没有的，想躺下睡一会儿了。可是刚刚闭眼又想到了一个微不足道的问题：我还比他少一个外号！像赌气似的，他最后向着黑洞洞的窗户吐出一句："我比你多了一个干干净净的人生！"

说完了才发觉这句话很像书面语，笑了。书生，然而……怎么也摆脱不掉无儿无女的哀伤，这都是触景伤情的缘故啊！那家伙让他触了个"大景"：孩子嘛，要么没有，要有就得亭亭玉立，惊世骇俗。史珂今夜不能原谅自己和妻子了，尽管妻子像个美妙的谜语一般。妻子也有责任，她不生育或是拒不生育。能力和态度压根就是两个问题啊。如果她能够再积极一些，如果做最后的一把努力，也许结局就大不一样了。

与自己不同，妻子差不多生来就有外号。她叫肖紫薇，字面上足够雅致，想不到却隐下一个滑稽的谐音："小刺猬"。他这辈子大多数时间都这样叫着，即便在激烈争吵时也不例外。只有一段特别的时光他舍弃了这个称谓，那时他的心破碎了。史珂永远不愿回想那些日子。比较起一生中的这段遭遇，其他困苦磨难简直算不了什么。他在内心深处一直忍着，忍着没有离开京城。当时如果说出这个想法准会吓人一跳：疯了吗？一个人要奋斗多久才能跨进这个"中心"！是的。可忍着也是真的。早就该走了，然后，走了。

他们没有替别人算一笔账，所以才惋惜。要知道一个人在京城待了四十年，一俟妻子过世，也就双手空空两眼茫茫。当他失去了爱妻、学问、朋友、梦中情人，也许还有支撑他活下去的——对世道人心的信任，最好的结局也许就是拍拍屁股回老家。

奇怪的是一夜未眠,早晨却无倦容。史珂热了一碗米粥喝下,觉得很好。简单的食物是抵抗那班王八崽子的良方之一,回想与史东宾合住的日子,早餐也是个麻烦。在侄儿的带领下,侄媳和孩子都起劲地研究西洋菜谱,中餐晚餐动不动就要吃半生不熟的牛排猪排,而且天色稍晚必要拉灭电灯点上昏暗的蜡烛;饮用的东西一概加冰,胃受凉了就大口喝健胃冲剂。早餐要有火腿咖啡牛奶,单面煎蛋和色拉。保姆已经更换了三次,辞退的主要原因是她们拒不接受洋人礼数。史珂已多次向侄媳提出喝一点粥、吃一点四川榨菜,对方总是充耳不闻,还说:"去国外是早晚的事儿啦,如果现在不能适应……"史珂搬离他们当有更大理由,但起码饮食可以自己抉择了。侄媳按时让人送来做粥的大米和玉米粉,咕咕哝哝,说人啊,弄到最后还得认命。史珂开始不解,最后才知道她和史东宾曾找人为他算了一卦,卦辞大意是孤身一人不得善终之类。她和史东宾断定他要毁于荒村野盗之手。

上午八九点钟的野鸡叫个不停,此起彼伏。史珂舒展一下双臂,迎着近处的几声呼叫念道:"世界是你们的,也是我们的,但归根结蒂是你们的。"举目四顾,心里还没有成形的念头,两脚却向着一个方向移动起来。又是冲着那座孤屋去的,他骂了一句。

这次一进门鲈鱼就手捧一册图谱迎上来,拍打着:"看看吧,你的外号有了。琢磨这事儿可不是个轻松的活计啊。"史珂见又是一条鱼,一条何其漂亮的鱼!鲈鱼指点文字部分念道:"'真鲷',体高而侧扁。红色,有淡蓝色斑点。头大口小,栖于砂砾海底……一种上等食用鱼。"他大叫:"啊哈,真是像你啊!'头大口小，体高而侧扁'——你看多像啊！还有，它的模样总像在庄重地思考，实际上不过是一道美餐。瞧这多像你们啊！"

史珂听得浑身灼热，在心里问："你们"包括谁啊？

五

自从有了外号，史珂一走到镜子前就要多瞥几眼。他不得不钦佩那个人出色的洞察力。真的，这家伙的目光入木三分。自己的头颅，唔，由于身材单薄的缘故吧，显得有些大了；"口小"，是的，以前小刺猬也这样说过："你这个小嘴儿"。那么圆润的儿化音只有地道的京城人才发得出。羞愧啊，自己那时连平声字都说不好。至于"体高而侧扁"，那是再明白不过了，瘦高个子嘛，扁平身材嘛。最让史珂诧异的是其他——"庄重地思考"。是的，许多人一生都在沉默，那堆积得如同山峦一般的冥思苦想啊，有什么用？它们甚至没有痕迹，很容易就被吞噬，所以……"美餐"！不必列举了。史珂认为自己也要设法弄一册鱼类图谱，以便随时端详真鲷那庄重的面容。

除了读书，就是忆想和记一点笔记。如今时间多得不得了。这不像在京城，那里的会议啊、讨论啊、种种消息的纠缠啊，还有无法言说的其他，总让人觉得紧迫之极，连去卫生间的工夫都没有。他那时像孔子——不是盯着一条河，而是看着哗哗冲下的自来水惊呼：逝者如斯夫！逝者未曾归于洁净的下游，而是马上跌进了脏臭的下水道。真让人痛悔失声，不堪回首。现在呢，一切重新开始，让"逝者"有个体面的去处吧。为了抵御那个老油库的诱惑，他想在屋前垦一块园圃。不仅是种种菜蔬,而且要有四季照料的庄稼。小麦、玉米、高粱、花生……要接受它们带来的各自有别的讯息。嗯,是这个意思。

他去市郊杂货店添置几件农具,然后干了起来。也许是他噗噗刨地的声音惊动了十几里外的侄媳,她第一天就驾车赶来了。她珠光宝气站在屋檐下,手搭眼罩望过来。当时是北风,所以他马上嗅到了浓烈的脂粉气。这是史东宾的第二个女人了,年轻,有极力敛起来的一股浪劲儿。她高耸的乳房主要得力于两块大海棉,史珂总是尽力避开它们。他是叔父啊。可恨的是他又不能闭上眼睛。人生阅历啊,过来人的知识的总和啊,很多时候总是加重了人的难堪。她喊叔叔了,他只得放下镢头走过去。

她上上下下端量,为他摘去胸前的草屑。两块大海棉。她笑得鼻子蹙起,像发现了叔父的新趣。她回身招呼一下,有个小姑娘从车上搬下一些吃的和用的。史珂像过去一样拒绝,东西也像过去一样放进屋里。小姑娘又回到车上了。侄媳坐在无漆木桌前。这张桌子大约有几十年的历史了,洁净淳朴,是史珂最喜爱的一件器具。他为喘息加剧的侄媳倒了一杯茶。她抓起来一饮而尽,说:"俺自己叔俺从来不嫌,别人家老头倒茶俺才不喝。"史珂立刻有感激生出来。他这一会儿觉得,这个侄媳已经是难能可贵了,什么时代了啊。她站起,在屋里走几圈,在炕前站站,按按枕头,捏捏被子,叹息连连:"看看吧,也没有个电视,也没有个女人。男人得照料啊,男人离了女人不行啊!"

她直盯盯看着史珂。史珂觉得她的眼睛是成熟和智慧的结晶,一个男性，无论多大年纪在它的照射下都会无可逃匿。"叔叔，本来呀，我和史东宾晚上合计，要给你请一个保姆。后来又一想不行。你年纪大了，不过也大不到什么都做不动的地步。所以，万一时间长了出了什么事，反招瘰乱。"史珂及时从中捕捉几个关键词："晚上合计"、"做"、"出了什么事"。他想说：你们"晚上合计"的不对，我不"做"，也出不了"什么事"——但保姆是不要的。他这样想了，没有说。他常常把"想过"代替"说过"，几十年都是如此。

"我和史东宾白天合计，干脆吧，就明媒正娶一个。婶子早就不在了，你也还好。看看刚才抡镢头那股劲儿吧！东宾公司里有个吴妈，做会计的，一个人十几年了没有一点儿风声，她这一二年也有意。人常看电视，想通了。"史珂听到最末一句脱口应道："可是我不看电视。"侄媳并未在意，说下去："照理说这不是我们晚辈该问的事，不过有话还是得说说。男人独身长了对身心都不会好，各种病都会得。不愿说话，再不就痴狂，都是淤出来的毛病。也不用不好意思，直话直说吧，什么时候都得'阴阳交合'啊！顶多明天后天，我把吴妈领来看看。要能住到一起，我和史东宾也就省心了。"

"你可千万别让那个吴妈到这儿来。我也不是好惹的……"史珂用这样一句结束了与侄媳的谈话。她离去了。他望着汽车扬起的尘土，又怀疑自己刚才那句话只是想过了，而没有正式说出。糟了，要耽搁大事了。

六

开垦告一段落时,他终于再次去了老油库。那天鲈鱼正好从浴缸里爬出来。史珂看着他发达的胸肌和背肉,看着水珠在富含皮脂的地方滑动,忍不住心中的惊叹。鲈鱼说:"告诉你一个秘密吧,我至少会活一百二十左右,小零头还说不准。"史珂吐出一句:"可你已经得了一次中风……""那不碍事!那不过是气血太旺的缘故——想想吧,一头雄狮困在六七平方米的小屋中,我是指监狱,还不得病?"他望着窗外,右手按上胸脯,吟哦一般:"我啊!"史珂笑了。对方迎着他闯过来一步,"你可不能对我存有偏见,存一丝都不行……其实那算什么啊,那不过是极左时期的刑事儿……到了现在,提倡还来不及呢!"史珂怀疑自己听错了那个关键词。

巨人在屋里踱步,低着头,撩起缠腰的浴巾擦脸。泪水不停地涌出,"我真是爱她们,一个一个,真爱。她们或迟或早也爱上了我。那些小脸儿呀。我在狱中没事了就是读书,想她们。人哪,为这个坐牢真是天底下最无公理之事!有些人只会恨、会嫉妒。一个预审官咬着牙对我喊:'王八蛋,我恨不得阉了你!'他们一点一点挖别人的隐私,毫无廉耻。"

为了打断对方的叙说,史珂问起了他的女儿。鲈鱼双眼瞬间发亮,"小'考拉'?唔,这是她的外号,澳洲才有的小树袋熊……她是忙啊。世上没有比她更牵挂爸爸的了。她在市郊一所中学教书,多美好的职业啊!她一来就带书给我,知道我这一辈子都在读书——我们之间更多使用书面语交谈,文雅生动,其乐融融……"史珂听得眼睛发热。鲈鱼手撑窗框,"不过我也该找个帮手了,免得孩子牵挂。我已经给四川的姐姐发了信,外甥女正好没事干,她会来服侍我!"

那天他从老油库回来,穿过灌木林,踏上松脂弥漫的小径,一眼就望见自己的棕色屋顶了。当他快步踏进刚刚垦了一半的园圃,看着被翻挖出来的木天蓼的嫩茎、那一球球卷起的荼草根须时,突然听到了一声尖叫。原来是一高一矮两个女人,离她们百米之外的路上有一辆车。高个子是侄媳,矮胖一点的肯定是吴妈。坏了,麻烦不期而至,她该不是绍兴某镇的那个女人吧。史珂脚步踉跄,故意不看吴妈,只看侄媳,只任她拍拍打打,"瞧这身土啊,草籽都粘了一襟子。我就知道你走不远,不过是在四周转悠,你们这种人就是喜欢大自然——'芝麻盐';我和吴妈说了,咱们等!"史珂点头:"嗯。"侄媳笑吟吟追问:"你刚才到底去了哪里?"

"老油库。"

"天哪!你去了那里?"侄媳的呼叫尖利吓人。吴妈嘴里马上发出了"啧啧"声。侄媳对她说:"他肯定是不知道里面的事情!那家伙是个惯犯,前些年要不是因为有点小功,也许早就毙了,是吧是吧?!"吴妈答一声:"能矣!"

史珂发现吴妈有纯正的当地口音,而且与当地老人一样,保存有一部分古语。他至少喜欢这个"矣"。在为她们开门之前,他匆匆瞥了她几眼。吴妈顶多有五十左右,大眼,文过眉,嘴巴大而丰厚,像他在京城见过的一个女歌手的嘴巴。有这种嘴巴的人定能咀嚼生活。这不,她一来就装出一副贤惠的样子,一直把双手合在胸前晃动。

她们坐下。史珂转身取杯子时想：不过这个女人并不丑；实在点讲，比自己长得强多了。嗯，会计。"多浓的茶啊，喝吧，这就是他们高级知识分子的生活：苦茶。"侄媳让着吴妈，吴妈含笑。吴妈的乳房至少大常人一倍。目光触点不当，抱歉。史珂咳了几声，吴妈说："如果有些冰糖……"史珂端来糖罐，吴妈摇头："我是说你的咳。"侄媳鼓掌，"哎呀这个体贴！"吴妈推她一把。侄媳偏问："以后也能这样？""能矣！"

七

总是白天伤害了夜晚。夜气徐徐环绕如同孩童的呼吸，可白天总是有些旋风，搅起尘埃久久难息。每逢这时史珂就打开硬壳笔记，"这是史珂难堪的一天"，他写道，"胀痛，忍耐，含蓄地恨着。""恨"字重了，却无从替换。他知道自己真要解决伴侣问题，也不必挨到今天了。只从小刺猬走后，他就一直张望着她的背影。这是他不能再娶的原因，但还不止于此。"对于女人如同对于这个世界，我只有张望。""虽然离开了京城，但全新的生活并没有开始。"刚写上的这一句让史珂觉得妥当，真实。当然是这样，一张口就有残留的京腔，有当地人讥笑的卷舌音——他有一次亲耳听到有个顽皮的小伙扭头对同伴说："我真想伸手把他的舌头捋直！"他们几个大笑。他丝毫也不责怪这种粗鲁，因为自己像他们这般年纪初入京城，听着一城"鸟语"也产生过类似的激愤。不过他那时更多的还是自惭形秽，是急躁。折磨人的声音啊。

真要写成一本书还不知是猴年马月的事儿呢。写书需要一种力，而自己这种力是被一点一点破坏掉的。记得三四十岁这一段在纸上写起来多轻快。可惜不被理解。有人，即那些厉害的角色捏着他刚写的几页纸抖来抖去，啪一下压在桌上，呵斥说："你是怎么搞的？一点火药味儿都没有！算了，你就别写了！"于是他就不写了。小刺猬说："少写少招祸。"但祸是劫数，是必要遭遇之物。它不一定要落纸生根，因为它可以化为声音从口中吐出：夹带着几乎永远无法掌握的阴平字，完全搞糟了的清塞音，可怕地传递开去。记得是四十周岁的第四个月份，正所谓青黄不接的季节，他被带走了。

在五十往六十过渡的时段，史珂盘点个人仓贮，觉得自己是天下最寒酸的人。仅留下一些短章，而且互不连贯；它们往往在一个命题下刚刚开头就停止了，就像他等待展开的人生。这段时间他有了一个可贵的觉悟，即人的一生不必写同一种文字。怀着一些新的冲动，他开始了从未有过的自由表述。很快写成了，像过去一样找一个信得过的权威鉴定，以接受苛刻的挑剔。这个人却为他推荐了另一位新秀：四十余岁，近视眼高颧骨，谈吐中常捎带出一二句别扭的外语。此人屈尊来到寒舍，手捏史珂写成不久的那篇东西，笑而不答。他们去吃饭，对方喝了许多酒。再次回到家里坐定，史珂就觉得一张脸被他刺得生疼。史珂一再回避这目光，知道它在玩味一位老人。这人开口了，一边说话一边揉搓烟蒂，使了很大的劲儿，"你怎么能这么写呢？你这种写法至少落后了一百年！"

史珂并未沮丧，更没有愤怒，因为他这辈子被呵斥惯了。他只是请教:"是的,不过,应该怎么写呢?""我也说不明白。""那……我怎么办?"年轻人在屋里走来走去,最后停下,一手按在桌子上。史珂看到对方额上有一条小血管在突突跳动。显然,这个人激动了。真的,这次他一开口就怒气冲冲:"真正的现代主义,当下,我是指一种进行时——的写作,应该有精液、屁、各种秽物,再掺几片玫瑰;特别是精液……不过我实话告诉你,也是对你负责,算了,你还是别写了!"说完不再理会对方,抓起一包烟就走;刚转身又看到桌上有一盒咖啡,于是边咕哝边装入口袋:"你也能喝这个?"用力一带门,走了。

那个夜晚真是孤单啊。他知道那个人是酒后吐真言。二十多年前的呵斥也是这样严厉,最后一句也是:"你别写了!"那好吧。做出这个决定虽然痛楚,虽然不甘。但人总要服从命运:或主动或被迫。眼下的午夜,他伸开手掌就能感到光阴在指缝里缓缓流过。如果服从了命运,那么自己的一生就只能大致分为两段:前一段是胆颤心惊的、被侮辱与被损害的;后一段则是个眼巴巴的旁观者。我还能做点什么?不能矣!

黎明时分有人敲门。史珂的头在枕头上转动一下。敲门声先是和缓,后来声声有力。从敲门声上就能听出来人的自信和多多少少的蛮横。他应一声爬起:"谁呀?""我,吴……"史珂的手立刻抖了一下。他第一个反应是迅速理了一下头发,一边说"请稍等",一边飞快洗了一把脸。他拉开门闩的那一刻知道自己是厌烦的,仅有一丝好奇和男性的某些习惯。他做梦也想不到对方会这么主动和神速,要知道从史东宾的公司到这里来有二十华里呢。

吴妈怀中是一大包花花绿绿的东西，进门后一声不吭，嘭一下放在了原木桌上。

八

"我为什么要这么早呢？就为了赶在早饭之前。这里面有早餐的东西，喏，牛奶啊咖啡啊果汁啊，火腿也切好了。我来给你煎个蛋吧！瞧瞧，单身汉的屋啊，就这么乱，一色儿黑乎乎的，谁看了都……都不是滋味儿都得收拾收拾。枕头也该洗了，泛油儿了；瞧瞧，短裤袜儿什么的乱放。自然了，这些针头线脑的事儿理该女人去做，男人嘛，都是做大事的呀！"她边说边做，一会儿被子叠好地面扫净，又把毛巾香皂水盆一齐拿到史珂面前。他只好再洗一次脸，一边洗一边琢磨：时代变化如此之大？遍地是爱？大清早嘘寒问暖？

吴妈在那堆东西间翻找、分类，一会儿开始煎蛋。史珂赶紧迎着她喊了一句："我要双面煎！"她回头妩媚一笑。史珂的心彻底凉了。

可能这是他记忆中几十年里最丰盛的一次早餐，中西结合，原木桌都摆不下了。除了牛奶面包之类，还有煎馒头片和八宝粥，有烤芋头和山药。最令史珂惊讶的是小碟里那一撮乌黑如墨的东西：鱼子酱。早餐也上鱼子酱！吴妈主动承认这是她从公司厨子那儿连讨带偷弄来的，"我呀，只要心里愿意，什么都做得来。"史珂似乎相信。他知道这样的早餐并不自然，对方多少有点唬他的意思。不过自己这辈子久居"政治经济文化中心"，尽管倒霉，也不是轻易能够被唬住的。吴妈夹一点鱼籽酱,礼让说:"没事,吃吧,好东西!"当然不会有事。不过这个女人是否"好东西"也就难说了。他吃了很小一点烤馒头片,喝一点粥,结束了。他难以表达心头的不安,很想说"下不为例",但又觉得远不足以传递全部的意思。事实上这是真正的打扰甚至侵犯。他不明白的是,这个女人有什么权力强迫自己与之共进早餐?还有,如果此刻有人一步闯入,准会误解他们同床共枕过了。

史珂不再说什么。对方的热情和温柔都显而易见,可他就是不想说什么。他差不多看到小刺猬在那儿笑了。真是荒唐之至!这个局面自然要由史东宾夫妇来负责。他实在弄不明白这两口子此举的意图。而且,自己一生都在女人面前自卑,唯有这次产生了奇怪的优越感。他怀疑对方的主动是因为自己是史东宾的叔父。这一想,心更冷了。

吴妈将那一大包东西一一疏理分类,细细展示:"乌米,红小豆,冰糖,莲籽;这是西洋参和枸杞,三鞭丸,都是滋阴壮阳的。两个健身球儿,勤转啊!一份自我按摩手册,按上面说的做没错儿:搓面、揉小腹、拉两下睾丸、提肛,最后把双手贴在腰肾上……听话吧,我要让你一天比一天年轻!"史珂的目光憎恨地躲过她那翘翘的肥臀和巨乳,望向窗外。她咕哝:"你们啊,个个都像小孩儿一样贪玩,不乖。俺公司里也有你这样年纪的人,自然了,他们文化方面差大了。"

史珂一直不说话。吴妈终于要离去了。最后史珂指出:无功受禄,食之有愧,请把余下的东西带走并且——"下不为例"!吴妈看着他,笑了,"我说过嘛,你们个个都像小孩儿一样!还说自己'无功',你立功的日子在后边呢!"她急匆匆往外走。史珂有些急躁,上前一步问道:"我还不知道你的名字呢,你……"吴妈两手拧在胸前,转身道:

"我叫'吴娇娇',叫我'娇娇'吧!"

史珂坐在散发着陌生气味的室内发怔。宛若梦境。仿佛一夜同床那样羞愧和恍惚。为了驱逐不宁和厌恶的情绪,他打开了收音机。又是那个音乐频道,摇滚,外国人的嚎叫。他知道外国人一路摇滚着进了京城,让满城喇叭轰响。许多青年用摇滚的腔调说话、用摇滚的方式做事。广场上,一个人摇滚,全场起立,要死要活地扯开一道横幅,上面写着:我爱你!

史珂关机了。

他加紧了开垦。显然有些过劳,浑身酸疼。但他就是不能停歇。可气的是只要一扬镢头就要想起侄媳的赞扬,于是就要在心里骂一句史东宾。整整两天都在开垦,偶尔想想南边的邻居。他几乎听到老油库里有两只巨足嗵嗵踏地。一天下午突然又听到了引擎,手打眼罩一看,走下车来的又是那个矮胖的女人。他的心咚咚跳,镢头都使不准了。"我得说,一个男人,无论他有怎样复杂的阅历、从事怎样严肃的探索,遇到女人的事儿还是不能够妥善处理。"他转脸向着她。

这次她没带什么东西,而是径直走进新垦地,要帮他干活儿。那好吧。会用镢吗?她真的刨了几下,认真专注,浑身饰物叮当响。她的喘息声有极大的渗透力,粗壮,有劲,是林中荒地的雌性喘息。史珂可怜了，让她放下镢头，干脆帮他拣那些斩断的茅根吧。谁知她刚弯腰做了一会儿就哎哟起来，捂肚子抚胸，斜眼看人。史珂慌了，过去扶住她才知道这个女人的沉重。他们相扶着走过松软的泥土，一直扶进屋里。她挣扎上炕，皱眉忍受。"我的肌肉拉伤了，我没法动了！以前也这样过，洒上红花油按摩几下才好。可是，真对不起……"

史珂搓搓手，对方马上抓住了它，把它引导到伤疼之处。背部？不，主要是胸肌。这得使劲才成，从韧而滑的皮下找到不算单薄的脂肪层，再找到肌肉和骨骼。这可是个小心翼翼的过程，也是个有趣的过程。如果是个敏感的人，他准会感知毛孔中分泌的汗腺油脂等等有意思的东西，并且毫不费力探寻那些脉管和筋络，将肌腱中藏匿的穴位一一造访。是的，生手就要不耻下问，而且还要排除不必要的拘谨。过来人嘛，就好多了，大江大河都蹚过来了，还在乎一条小水沟？往下，再往下，手直接按到皮肤上效果会好得多。可惜这只手是个临阵逃脱的胆小鬼，抖了几下就停住了。"你快啊快啊，好比顺藤摸瓜……"

"我不能矣！"

史珂用纯净的故乡发音回应一句，坐在那儿一动不动。

她手忙脚乱围着他转，动他的头发、脸庞。她充满了怜惜。史珂把她的手拿开，轻声说："对不起，我不会的。我因为历史的——也还有现实的原因，身体的某一部分早已沉睡了！"吴妈立刻拍手，"多看看电视就会醒来！"

"不能矣！"

"能矣！能矣！赶明儿吧，赶明儿吧……"

直到最后吴妈离去，史珂还像一尊泥塑。"小小史东宾，你让我不得安宁！"

下午两点左右，史珂刚吃过午饭走出来，一抬头就看到了那辆老鼠皮色的车。一个矮胖的女人，当然是吴妈了，用劲腆着肚腹抱下一台电视。史珂忍着没有骂出来，伸手一指走了过去。他们相距四五米远站住了。"这东西别落地，你直接抱回车上。我得谢谢你，不过我不看电视。""为什么？""因为习惯。""一个人，你，还能不看电视？"

史珂点点头。

九

史珂确信这是回乡一年多来最为紊乱的一段。内心紊乱。他想起一句古诗：心远地自偏。如果心不够远，那么河湾一侧的这幢棕色小屋也于人无助。可爱的深棕色屋顶啊，怎么就帮不了我。史珂极想去闻闻老油库的草药味，听听那个人说话。园圃不必一次垦毕，这不是事业的主体——他也不明白现在的事业是什么。还是去老油库吧。

仅仅是一小段疏离，这里就发生了惊心动魄的变化。鲈鱼咧着大嘴在笑，整个人意气风发。史珂注意到，这家伙精心刮了脸，还穿上了做工讲究的棉质外套，屋里似乎也整洁了许多。史珂压住一个惊异观察，终于注意到浴帘一边的搁板上多了一套化妆品。"嗯，就是这样了。"他坐下，接过一杯苦茶。窗外的老憨在走动。栅栏门响了一下，有人进来了。

这个人是跳进屋门的。哦哟，这次不得了，这次是一个十八九岁的姑娘手捧一束紫荆花，欢天喜地站在那儿。她一眼见到了生人，完全没有准备地怔住了。"快叫史叔叔，快叫！"鲈鱼斜躺在炕上喊。"史叔叔好！"史珂高兴了。这个小姑娘丰满光亮，真正是神采奕奕，浑身都那么自然而然活泼天真。她笑起来还有两个酒窝呢，鼓鼓额头全是光泽。多么粗硕修长的腿，健壮有力，进门那一蹦能让人记上一辈子。她怀抱的荆花有浓重的药味儿，这时插到了陶罐里。她背向这边，橡皮筋勒起的毛刷刷辫一动三摇，如同扑棱棱的鸟儿。

"这就是我跟你说过的外甥女。她跟妈妈姓，叫师香。外号嘛，第一天就有了，我叫她'狒狒'！"鲈鱼一下一下拍着炕席，为自己的介绍击打出节奏。

史珂认为这个姑娘该有个更好的外号。就狒狒吧，只要她愿意。史珂听到鲈鱼一唤，她就愉快甜美应一声："哎！"浓重的川音，与鲈鱼相似。不同的是她那儿有更多的儿化重叠方式，如"坛坛"、"瓶瓶"。史珂对她的声音有些入迷。鲈鱼说她来了五天了，很喜欢这儿呢。这孩子今后就为我做些杂七杂八，还与我一块儿读书。"你做梦也别想现在的孩子多么聪明，他（她）们差不多什么都懂！狒狒知道人体上的好多穴位，伸手一掐我膝盖下面就说：'足三里'！你看新时代的青年就是这样！"

史珂四下观望，因为大屋子里看不到适合狒狒过夜的地方。鲈鱼很快明白了，大手拍炕，"狒狒就睡旁边，大炕宽着呢！好孩儿睡着了小猫一样，打着又细又小的呼噜……我就愿看这孩儿睡觉的模样，有时半夜起来支着拐肘看她。她油滋滋的小脸儿，眼睫毛儿全合上了，小鼻中沟儿秀气得天下第一——我知道自己余下的时光就是专心疼这孩儿啦！……"

狒狒恳求一声，身体上下抖着。"小狒狒不让我说了。其实孩儿不知道，史叔叔还是外人？他会像我一样疼你，对你呵着气儿说话！"史珂已经习惯了这种夸张的语言方式。不过史珂内心承认：狒狒是个可爱的孩子。他觉得一个旺盛如渠边泡桐一样的青年待在这儿，无论如何也还是可惜。他想问她工作和求学的情况，又嫌唐突。

没有办法，史珂好像命中注定了要把许多时间消磨在这儿。他后来又看到了师辉，那时两个姑娘亲姊妹一样待在一起，鲈鱼半躺在炕上无声地流泪。史珂感到幸福溢满了大屋的每一个角落。两个姑娘多么不一样：一个修长，一个稍矮；那脸庞一张洁白一张火红。

可是渐渐师辉很少出现，后来干脆不来了。史珂问起，他就说："大概考拉误解我了。她误解得多么深，我得跟她解释呀，可是，现在，以后——什么时候才能有这个机会呢？"史珂问误解了什么。鲈鱼的大拳噗一下打在他的前胸上，"唉，还能误解什么……算了，慢慢来吧，对你也是一样。"

后来的日子史珂发现，鲈鱼虽略有不安，总的看还是从未有过的兴奋，那两只眼睛放出大朵的光焰。他甚至对史珂说："告诉你吧，我现在什么病都没有。我现在像二十岁的感觉一样！"史珂紧接着问了一句:"狒狒多大了?""她嘛,小娃娃,二十六嘛!"史珂心中咔嚓一响。他原以为这姑娘才十八九岁呢。他像不经意间发现了什么秘密,但宁可骂自己一句也不愿承认这是真的。他仔细观察了狒狒:她一如刚来时那样活泼如流溪,独处安静时却要双眼发怔。

史珂饮茶时,不止一次看到鲈鱼细细地、忘记一切地抚弄狒狒的头发……史珂的嗓子有些发腥。他赶紧饮一口苦茶。

卷二

史东宾

一

史东宾认为：那些做过倒霉鬼的人、会憎恨的人、沿着墙边走的人，差不多个个厉害。他现在虽然熬出来了，但仍要提防那一类人。因为他曾是其中之一。早晚那一帮家伙都会脱颖而出。他现在要拿出不少精力盯住他们，警惕伸来的辣手。至于说那些由幸运走向落魄的人，他倒不怕。前妻近来不断发出威胁，说你是怎么起来的我还不知道？你现在才四十多岁，弄不好要有二三十年下地狱！她不过是想大把要钱。他总是满足她，因为她是他儿子的母亲。只是后来他醒悟了：她在用钱连结起几个真正卑劣的男人做生意。这就成了无底洞，一个深渊。他当即遏制了自己的慷慨。

前妻曾经是浅山市一个头面人物的侄女，从读初中起就充满了各种渴望。她的理想与众不同。高中二年级，春夏交接的暖风里数她的衣饰艳丽。她有一条紫花裙子是舶来品，伸手一捻沙沙响。她每天中午都穿上它去刚刚盈尺的麦地里玩。这所中学地处市郊，环境优美，春天一深入就被大片的绿色包围。她坐在一棵马兰旁出神，嗅着热土的气息。不知什么时候一股异香飘来，一抬头看见一个戴了蓝色工作帽的小伙子在一旁吸烟。她把视线移开，小伙子却走得更近，"我们是一起的。"她见他的工作服油迹斑斑，马上想到这是在校办工厂实习的男同学。她问了一句，他说是校办工厂的工人。交谈中，她发现这可是个厉害的角色，泼辣、大胆，谁都敢骂，脏字用了很多。她从他的目光里看出了一种蛮性的需求，心想：你这一套我懂得多了，臭小子，你还想怎样？

他们大约在相同的地方又相遇了两次。第三次小伙子的手指有伤，她卖弄仅有的一点民间医学知识，为他在麦地采了小蓟叶子，拧出汁水把伤口涂成绿的。太阳真好，中午的麦浪也好。他一冲动就抱紧了她。她说："我叔叔有枪。"他的手准确地摸到了她胸前的隆起，她一叫，顺手抓了一个石块。当她举起石块的时候，却看到了小伙子偎在胸前流泪。"怪也！受欺负的是我，你怎么哭了？"小伙子不答。她心里正想弄个明白，就被推倒了。她是仰脸向北躺倒的，南风也就帮助了坏小子，裙子呼啦一下蒙住了脸。真麻烦啊，全世界都乱了套了。事后她好好看了看这个如愿以偿的人：坐在对面，一撮撮脏发滴着水，真像一个恶鬼！她想扑过去咬他，可顺势而来的却是天底下最热烈的拥抱。他紧贴着她的耳轮叮嘱："咱们的事，你谁也不要告诉！"

很久之后她才知道，那个麦田里的强暴犯叫史东宾，根本不是什么校办工厂工人，而是郊区农具厂的一个零工，本市头号大资本家的孙子。她天天恨他，想告发，又知道这根本不可能。她想他那一刻的凶悍模样，自语："人哪，怎么能这么坏呢？"也许因为恐惧，史东宾直到一年后才出现。这时的她已经在某机关做了打字员，他则进了一家大工厂做工，正借调到销售科上班，穿戴整齐。她这才觉得这个人原来挺好看的，而且举止文雅。她说："人要变化可真快！"史东宾火一样的目光扫着她的脸，"我们两个都顶呱呱的！"

无论如何，他们的事情还是充满了波折。因为史东宾是大资本家的孙子兼叛国者的儿子——父亲史铭因公出国，先是去了西德，后又转赴美国定居。事后有关部门总结出的一条惨痛经验就是：迅速培养自己的专家。上级为了阻止史东宾与红色家族混血，当即把他打入底层，让他到码头上扛包。可他一下班，满身臭汗未干就要找那个势在必得的姑娘。这样一直到有了孩子，一直到迫不得已地结婚。史东宾直接找她的叔父说："我是母子两人的指望了；再说我不比以前，身子骨不那么硬朗了，码头苦差干不了啦！"

大约儿子两岁多一点，史东宾成了浅山市的一个体面人物。儿子大学毕业前夕，史东宾已做了两年副局长，并兼任一个公司的头儿。这时他忙着做两件大事：公司与局脱离，辞去副局长专任总裁；离婚，百折不挠走向新的家庭组合。他成功了。同时成功的还有儿子的去向：他说服这个模样酷似父亲的史小吉到公司任职，并忠于父亲。他正告孩子：你要爱自己的母亲，但她已变成父亲事业上的敌人。

二

史东宾在事业的巅峰时期更多地琢磨了一番父亲。他试着换一副眼光去看那个人,而这以前主要是恨。他开始钦佩父亲过人的勇气,还有非同一般的狠劲儿。本来是个戴眼镜的文弱书生,却不声不响做着可怕的准备。当年史铭的叛逃震动了整个浅山市,或许还远不止如此。他和母亲当即成为叛逃者家属,被无数次提问:为什么事发之前不向上级报告?史东宾小小年纪什么都不懂,而母亲坚决否认丈夫出逃前露过口风。她哭啊哭啊,有一段时间双目失明,治了很久才恢复视力。世上还有比母亲更不幸更慈祥的人吗?史东宾发誓要让母亲幸福,并获得一个母亲应该享有的全部欣慰和满足。他一度认为自己差不多做到了,后来才知道这根本不可能。富有与荣耀和权力相加一起也弥补不了被遗弃的痛楚。母亲始终一个人生活,并对儿子说:到了世事松动的那一天,你爸就会回来!她等待,直到衰老和辞世。这之前她不许儿子骂父亲一句。真是命该如此——她去世的第二年史铭就来信了,这是天外传来的第一个信息。史东宾知道父亲加入了美国籍,并在一所大学里混。

从父亲叛逃到母亲去世这段时间,史东宾只见过史珂一面。那是一个冬天的早晨,有个清瘦的人踏着胡同的冰凌蹑手蹑脚走来。这人三十多岁,极白的脸与极黑的胡茬对比鲜明,眼有些凹,头发齐整。他站在不远处四下张望。其实史东宾在窗前看了好久,好奇而又厌恶。那人抚弄一下中山装的衣领,过来敲门——敲的是隔壁——史东宾在心里想:这家伙准是敲错了。果然,隔壁有人出来说了几句,那人就转向这边了。"笃笃、笃笃",史东宾故意不理。又难为了他一会儿,史东宾才喊了里屋的妈妈一声。

这个夜晚永生不忘。妈妈哭得快要昏厥,拉着史东宾的手按在叔父手上,"记住,记住啊,这是你叔!"史东宾记住了,叔精瘦,胆怯,手心发凉。正在叔叔从怀中掏出一沓钱和粮票时,门板哐哐大响。妈妈藏起桌上的东西去开门。那手电光束和咔嚓嚓碰响的三八大盖枪,他们母子俩是太熟悉了。手电光最后停留在叔父脸上。当场审问。妈妈越说越糊涂,叔父好像也讲不到要害处,只重复一句:出差路过,来看看嫂子和孩子……三个人全被带走。他们给押到一个平顶屋里,冷如冰窟。只待了一会儿叔父就被转到另一个地方。审问轮番进行。一个脸上有浅麻子的人对史东宾劈头一句:"你叔代你爸传来什么口信?"他一愣怔,那人就狠戳他的肩膀。"没有。""你妈的,不说就关在这里冻死。""没有。"浅麻子狠抽一个耳光,他扶住墙才没有倒下。他和母亲关在冰屋两天。夜晚,母亲一刻不让他离身,总是用衣襟包住他。他知道母亲怕孩子冻死。终于放回了,刚进门母亲又哭了:满屋翻得乱七八糟,叔父带来的钱和粮票全不见了。

史东宾第二次见到叔父是离婚那一年。他马上想起了二十多年前的冬夜。时下的叔父仍跟记忆中一样可怜无助。前些年他在一个酒桌上动了炫耀的念头,说:"我叔父是个研究员。"旁边一个醉酒的人就说:"鸟。"史东宾迎着那人又说:"研究员就是教授啊!"对方重复一遍:"鸟。"这会儿他看着一味微笑的叔父,真想学酒友喊那么一句。不过他可不敢,因为这之前他去了一趟美国,那个王八蛋父亲教训过他:一定要好好接待叔父,你想来国外发展吗?那好,先从孝敬叔父开始!他记得父亲说到"叔父"二字,还掏出手帕擦眼。好一个情深义重的家伙,差一点把国内的亲人害死,自己倒住上了洋房,还夜夜搂着一个大姑娘!我真该替母报仇才好!

史东宾让儿子喊"爷爷",史小吉很不情愿。可是后来草率的一声就让史珂大泪滂沱。史东宾在心里发笑。他让公司最美的公关小姐陪叔父参观,又在最好的星级饭店宴请。他发现叔父脸色平静,始终沉默。他在心里将父亲与之对比,认为兄弟两人截然不同——不仅是性格,还有相貌。父亲虽然也不胖,但可能是纽约的水喝多了,皮肤泛出一层银白,鼻尖微微下垂,好像随时都要向鹰钩鼻子的方向发展。是的,一个是老羊,一个是鹰鹫;自己身上流着鹰血。宴席间叔父问了一句他们家的几间老屋,史东宾笑了,"这是多少年前的事了,市区的房子连影儿也没了。""海边的呢?"史东宾知道那个大资本家爷爷曾在海边搭过几间避暑的屋子,如今还有一半剩在那儿。它的保存还要感谢自己呢:有一年他得知林场的人要拆木料砖石,就把电话打到了林业局局长办公室:"麻烦你查查老账,那海边的房子是我的。""你的?你是谁?""我是史东宾。"说完他就把电话挂了。现在准确点说,海边的房子理应属于叔父,因为市区被拆毁的部分不久前落实政策,史东宾接受了全部赔偿。史东宾对叔父说:"那是我们的;海边的一切——统统都是我们的。"

叔父当时觉得侄儿喝醉了。

三

史东宾的确接受了天启一般,突然明白新的一页开始翻动了。新妻子受过良好教育,高挑个,大眼睛,具有阶段性的忠诚。她在学校是个有争执的校花,后来又离开某机关独闯去了涉外公司。她自己会开车,熟悉和喜爱所有的名牌车,外语完全及格。总之她是这个时代的"应试生",已顺利通过了资格验证,连一些细枝末节也完全符合要求,比如与一些老板和头面人物隐而不彰的关系、谨慎得体的避孕措施和一丝不苟的饮食控制、频频出入现有的一些高档健身场所等等。所以史东宾最初认识她时,觉得她爽快当中又有些羞羞答答。他马上明白这一次遇到的是一个具有时代高度的老手,他太需要了。她是与旧时代告别的一个"新概念",一个与网络时代相匹配的尤物。新的事业和岁月中,史东宾离不了她。所以他极为重视的第二次赴美探亲,特意说服她一起同行。她在那边有一些微不足道的生意小事。

直到那时为止,他们之间还是清清白白。父亲史铭是个熟稔一切的老手,他们在他身边没法长时间地严肃和伪装。父亲与儿子都超出了一般的父子感觉,关系特异。父亲用那种口吻谈论儿子的女友,让史东宾好不容易才适应下来。史铭说:"你领来的这个小娘们没有丢眼。在美期间把她拿下来吧,干得利索一些。我看她也不是个新手了,试试吧,保准受睡。"史铭极愿采用一点家乡俗语,可能为了寻索一些慰藉吧。他把"喜欢"、"适合"、"好"等意思,只用一个"受"字替换下来。吃饭时,他敲敲碟子里的浓汤、意大利面条,"来吧,这些东西受吃。"他总是惹得史东宾女友吃吃笑。史铭反而放下刀叉,扶扶眼镜说:"这孩子的笑声让我想起了小时候,父亲领我去乡下,乡下女孩子在草垛边追追打打……她们就这样笑。"

那些日子史东宾与女友一起去第五大道,登世贸大厦;从时报广场回来已是下半夜两点,两人还想一起喝一杯加冰的橙汁。史东宾说:"也怪了,人一来美国胃火就大了,老想吃冰、吃冰。"他赖在她的房间里不走,天快亮了就用头顶着她玩,一不小心把她顶翻在床上。他们一直睡到中午才起来洗漱。史东宾在她耳边说:"你真是受睡啊!"对方回敬一句:"你也一样!"在旅行期间他们开始认真计划结婚的事,相互许诺。女友说:"今后我就是你一生的左右手了,我要让你的事业如日中天。"史东宾点头又摇头:"要过日子,还是婆婆妈妈一点好。"她静下来四五分钟,说:"懂了。张家长李家短的话我也会说;回去我就给你织个毛线袜。"

为了表达重新开始的欣悦与决心,结婚第一天就由妻子出钱在一个华贵场所设了盛宴,招待双方至友亲朋,并且宣布了这一天为"更名日":新妻子手持刚刚办理的身份证,指着上面的字郑重宣读为"马莎"。"原名马小兰怎么办?"一个傻乎乎的女伴端着酒杯问。崭新的马莎高举酒杯,"谁要都行,我白送了。"一片欢笑。宴会结束已过午夜,马莎拉上史东宾一口气拜访了七八个极有意思的人物,他们对来访者无不欢迎。路上史东宾问马莎:"怪了,他们像我们一样,都睡这么晚!"马莎吻吻他,"我的傻大个儿,大家都是醒过来的人。"

就在这一年,史东宾投标浅山市的高级住宅小区。竞争对手极多,其中有几个背景深远。马莎将主要对手的资料录入电脑,每天输出一些数据交给史东宾。他发现至少两位副市长、五位局长在插手小区工程。正在这样的日子里,活该绝路,史小吉开车从保龄球馆出来,刚刚拐上大道就撞了一辆车。自己没事,对方却进了医院。马上传出的消息是:伤者是市长孔庆明的儿子,左臂骨折。马莎说:"轻伤。"史东宾不语,后来拉上马莎就走。孔庆明和妻子都在医院,走廊里站满了秘书和警察之类,一道道厌恶和憎恨的目光扫着刚进来的夫妇。马莎低着头。史东宾却仔细打量了孔庆明:矮小,白净,非常文雅和善。

　　撞车事件很快过去。太快了,史东宾和马莎,最后还有在事件中显得有些愚钝的儿子,都意识到折断的手臂康复太快。不过两个小伙子毕竟建立了友谊,马莎与另一位母亲也有机会互叙衷肠。也许是凑巧,在小区工程投标接近尾声的时刻,据说市长不无严厉地对有关部门指示:绝不准因为撞车事件影响一个公司的投标,绝不允许有人趁机做其他手脚。结果史东宾的公司在最后反劣势为胜算,一举夺标。马莎泪花闪闪对前来祝贺的人说:"那个孔市长多么清廉!一看文雅的样子就知道是读书人——还是老话说得对:'自古文人多良吏'啊!"

四

　　叔父回来定居出乎史东宾的预料。老人无儿无女,随身之物主要是几箱破书、一些说不上是什么年代的粗陋家具。马莎说:"他这些东西只配送给那些捡破烂的,就是在他们手里也值不了仨子俩子。"史东宾笑而不答。

他让人帮叔父归拢这些东西，坚持让老人住在院里。这里有两座西式小楼，一座三层，一座两层，其间由一道长廊连起。院内还有车库堆房等附属设施，绿地面积起码有两市亩。史珂被安置在两层楼的一层向阳三间。当老式黄漆橱柜往里搬时，史东宾说："让马莎陪你去家具店吧。""不，它们是永久的。"史东宾不解。

三层楼由史东宾夫妇使用。两个所谓的"内勤"住在旁边一个花房模样的屋里：一个是保姆，另一个是五十岁左右的强壮男人，负责浇花、训唯一的一条斑点肥犬，闲下来就抡一对石锁。进这个院子的客人多极了，但有规律的是隔日来一次的按摩师、史东宾的助手和司机。史珂注意到那个叫金壮一的司机：脸色发蓝，头发卷曲，眼睛像鹰一样。马莎曾专门介绍过他："别看这小子其貌不扬，身上可藏有绝招儿，东宾是用来防身的，他会'放电'。"史珂不太明白。

有一天车子在院内停下，史东宾和司机下来。史珂当时正坐在廊间的一把藤椅上，他们走过时嘴里都冒着酒气。金壮一笑呵呵与史珂握手，史珂一触上去就啊啊叫，差点摔倒。史东宾火了，大叫："你他妈的你谁都敢发电！"金壮一灰溜溜跑开，史东宾才扶住史珂。他向叔父介绍："我重金聘来这么个怪种，人也忠实……这小子神了，他能在任何时候用任何部位发电，轻重自己也说了算。"说着笑了，"他老婆特怕，一惹了他，他就用下体放电，让老婆在床上吱哇乱叫！"史珂惊得合不拢嘴巴。史东宾站起，使劲拍一下叔父的肩膀，"吱哇乱叫！"史东宾的儿子每周去母亲那儿两天，其余时间就来二层楼过夜。他每次都携回几个俊男靓女。史珂忍受不了这种嘈杂,知道离去的日子迫近了。马莎精明无比,一切都看在眼里,一次叫住匆匆走过的史小吉说:"以后少领些姑娘吧,你爷爷睡不好的。"小伙子伸伸舌头,"爷爷馋得睡不着!"更为关心史珂的似乎是马莎,她为他请来一个四十多岁的女医生,说:"让她为你查查吧,都是老熟人了,有大病再去医院。"说完就走了。女医生瓜子脸,特别白,明眸皓齿,听诊器挂在脖子上。她软声细语对史珂说话,问饮食睡眠大小便等等,一丝不苟把脉,最后说:"请躺了吧。"

女医生一手轻按他的腹部,一手叩击。史珂对这种体检程序比较熟悉,只是略有不安。他不认为自己瘦骨嶙峋的躯体经得住她的推敲,特别不愿让她看到一根根凸显的肋骨。可是女医生要看的远不止这些,说一句"泌尿系统",没等史珂反应过来,裤子就被扯掉了一半。他欠起身要阻止,对方只轻轻一挡就让他再次躺平。接着是耐心地褪下短裤,手伸进一点托起,疑惑不解地再三搓弄、观察。史珂不知自己发出的抗议是什么内容,只知道未能阻止检查。女医生按了按他的屁股、腹股沟,咕哝说:"多么慈祥的老人哪!"她为他仔细穿好短裤,提上长裤,又将他扶起,拍打一下后背。史珂问:"完了吗?"女医生点点头,"一切情况嘛,还算可以;不过,恕我冒昧从医学角度提醒一句:如果条件允许的话,请进行适当的性生活,这对于老年人是非常重要的!"

史珂记住了这个日子:星期五。马莎在晚饭时问他:"怎么样?周末还愉快吗?"史珂忍住了,没有让筷子夹住的东西掉下来。他分明察觉到这对夫妇比以往任何时候都愉快,但那心情是极力敛住了的,并非喜形于色。史东宾微皱眉头对一旁的儿子训斥一句:"今后不准胡闹,你爷爷是研究员,他要研究。"儿子应一声:"遵命。""爷爷研究的东西你一辈子都搞不懂。""遵命。"史珂讨厌日复一日的西式饭菜,这次草草几口就站起回屋了。他们在那儿说什么他一句没听。史东宾和马莎,还有那个儿子,面对西餐总是很高兴的样子,其实胃口比他还差。史珂明白,他们每个星期在自家吃饭的次数不足三分之一,早在外边啖足——西餐对于这一家人更像是一种仪式,而自己这个年逾花甲的人不过是个陪练。真够滑稽和悲惨。史东宾进来了,一进门就骂儿子,说这小子是个败家子,该好好修理了:赌博。"这虽不算个大事,可也得节制着点儿。上个月他输给公安局长妹妹十几万;前几天两次就输给孔庆明的儿子二十万。当然了,他们之间也是互有输赢,有一次他把孔小爷的手表都撸下来了。这小子!"史珂不应这个话头,只说:今后,再不准那样的女医生进这个门。史东宾笑了:"如果洗洗桑拿更好,叔叔又不去。她原想为你按摩的,后来见你过于刻板,只好作罢。她直到现在还觉得对不起我们呢。"

五

史珂是在搬离史东宾家一个星期之前见到孔庆明的。当时他正在整理杂物、装箱,翻看那个硬壳笔记本。"到处都在搭台,然后上演新戏。不,边搭边演。生手胆子更大一些,他们泼辣。"记的日子一长,有时会对具体所指感到茫然。不过总的意思还能明白。"谁知道呢,最麻烦的还是——性；别的倒还好说。"这是最新笔迹。正看着，听到院里有人急急跑动，接着是汽车声。不知来人是谁。一会儿有人从三层楼中出来，史东宾走在前边，未等推门就提高了声音："叔，孔市长看您来了！"史珂放好笔记。他一眼就看出白净的体量较小的那人居于重心。果然，那人主动伸着手过来了。

史东宾像是在配制画外音："孔市长在浅山工作多年，了解情况，体察民情，政绩卓著。他特别重视知识分子，因为他本人就是一个知识渊博的人，是个研究生……"孔市长的手一扬，"不值一提嘛！"史东宾闭了嘴。"本来嘛，我早就该来看望您了，忙忙碌碌啊，抓不到点子上。您来故乡定居，这是我们的荣幸。听说您在这个地方住不惯，要回海边老屋？这怎么可以啦？"史珂注意到他的阴平字读法与当地人不同，清擦音较多，显然是从外省过来的。"叔，市长劝您留下呢。"史珂听到这小子第一次使用了"您"。他摇了摇头。孔市长于是说："实在不行史老也可以去那儿，清静，空气好；再说海边开发也不会太久了。但是那里的生活条件要整好。"史东宾连连说："是是。""不能让史老闷在屋里，你该陪他去高尔夫球场、游乐场几个地方转转……我得当您的面夸他几句了，这个史东宾不可小视哩！我刚才跟您说的那几个地方都是浅山市的'戏眼'，谁干起来的？史东宾！不过你要再接再厉，翘尾巴，我就得给你加加鞭子啦！"史东宾笑答："领导这么重视，我敢嘛！"

孔庆明似乎情绪较高。后一段时间史东宾几个人退去了，屋里只有他俩。孔庆明口口声声"请教"，实际上忍不住显露几手，说"墨翟"怎么，"斯宾诺莎"怎么。可笑的是他和一伙人刚刚离去史东宾就进来说:"叔,他这个'研究生'可是冒牌货,他们想要个什么学历很容易。他不过是个高小生。"史珂没有说话。史东宾一边抽下领带一边说:"不过市长也说了,你偏去海边受苦谁也没法。去之前得把几个地方参观完,这也是领导安排了的。"

第二天,一个副秘书长带着两辆车来拉史珂。马莎要做陪,史东宾答应了。"秘书长贵姓?""姓孙。"孙秘书长一路多言多语,数字冲口而出。马莎这天穿了裙子,白胖且直的长腿伸在面前,仍然不能搅乱他的数字。"开发一片,造福一方。上标准,提档次,目标二十一世纪……""'入世'谈判之后,各项工作加快步伐……"史珂不能适应"入世"二字的缩略。这让人想起"儿童进入成人世界"。"我们是有五千年文明的古老民族啊——返老还童?嗯,能矣!"

史珂在一片逼人的翠绿面前合不拢嘴。"高尔夫球……"他没有出声。在那儿持杆的、穿了醒目制服的是陪练员,马莎说他们是外国人。"哪国人?""新加坡人。""外国人替我们管理,这就好了。"孙秘书长说。马莎扯着他的手到一个女人相的男击球者跟前,让对方指导叔父"来一杆"。史珂摇头。马莎自己爽快熟练地抡杆。她真的能够漂亮击球。新加坡人对她一笑,孙秘书长也啧啧几声。他们待了三十多分钟,直到一帮西装革履的人过来才上车离去。游乐场是一处综合性多功能的园林式建筑,占地面积不亚于高尔夫球场。他们略过了骑矮种马和射箭,直接进入一个大得出奇的玻璃厅。这里原来是一处人工海水浴场,有长达百米的洁白细砂海滩,有逼真的海浪,似乎还有鸥鸟的鸣叫。高高的椰子树是塑胶仿真的,但其中夹杂了两棵真的。一排淋浴小屋、一溜按摩房。大概浅山市半数以上的美女都集中到这里了,笑靥迎人,使用史珂极为熟悉的那种发音,齿间音很浓,阴平字大多化为阳平。间或有个把外地姑娘,甚至有金发碧眼的外国女郎。"女郎就是女狼。"他好像听一个顽皮的同行说过。这些姑娘中的一小部分可以与客人毫无顾忌地谈论"提供全套服务"的价码,甚至展示手袋里的进口防范工具。孙秘书长指着姑娘对史珂说:"有关部门常来赶她们,不好对付。"史珂反问一句:"如果用抓阶级斗争的办法呢?""不好对付。"马莎过来了,她刚才一直在海滩上四处观察,这时抱怨说:"还是过去那些人!"孙秘书长反驳:"那几个涂紫黑唇膏的呢?她们是外地刚到的。"

与海水浴场毗邻的是巨型游艺厅。史珂一踏入就感到了逼人的热浪。轮盘赌,角子机,牌桌,还有侍应生的制服,一切都熟悉极了。这是在偏远省份的一个中小城市吗?不,这简直就是在拉斯维加斯。狂喜和懊丧之声交织一起,哗哗流下的硬币和伴奏音乐,筹码碰撞。"嗯,真的蛮像。"马莎不离左右,咕咕哝哝,"真正的豪赌不在这儿,这儿大多是玩玩的。"孙秘书长委婉反驳:"这也可以了!"

六

史东宾去河湾检查老屋整修那天带了大队人马,马莎也去了,但并未通知史珂。马莎问:"为了给他一个惊喜吗?"史东宾未置可否。整修前征求过史珂意见，史珂说凑合就行；再问还是那些话。史东宾自己总结出"几要几不要"：要素朴本色不要奢华洋气，要火炕不要席梦思床，要原有家具不要添沙发之类。尽管如此，他还是让人在老屋后边加盖了浴室卫生间，并搞了临时下水系统。要害是电，林场过去的电线只拉到老油库，这次要接过来少说也要十几天。但史珂一定要先搬过来。史东宾领马莎里外看了一遍，说："这是爷爷留下来的。他受过洋化教育，爱打海的主意。这幢老屋不过是他开发海滩的'前线指挥所'而已。可惜，后来就顾不得这些了。人这一生太短了。老天爷这么整简直是糟蹋人。"马莎说："糟蹋人！"由于正好有树掩映，她一阵冲动，搂住史东宾用力吻了两下。史东宾的眼睛看着河湾，一只手应付公事般碰了碰马莎。他以前曾奉承她"有全世界最小巧的乳房"，"让人想起精心制作的、刚出炉的糕点"，但不久之后就嫌其太小，表示了遗憾。这时他说："美中不足啊！""什么？""我是说河湾，已经污染了，这对我们的开发非常他妈的……不利！"

史东宾很快领一伙人从屋旁走开。他们在河湾东岸指指点点。几个人不时弯腰捏一撮海沙，说："沙子还真不错！""这回要投几个亿了！""弄到最后几个亿也不行……不是说要搞'东方夏威夷'吗？""那不过说说。先开发河湾东边，西边就是几年、十几年后了，不信你就看。"史东宾没有搭腔。他心里挺沉。他在想爷爷，想人的宿命：难道真的要由我完成他的未竟事业？按原计划他的公司要租用这片海滩七十年，实际上是以低价从周围的几个村庄买回来。想想两年后这片大荒成了国内第一流的度假村，公司是主要经营者，让人心里发烫。他隐约觉得自己事业的"第三次浪潮"就要掀动了，而每一次都要与一个女人连在一起——第一次是前妻，第二次是马莎，那么第三次呢？史东宾看了看身旁的马莎。她被海风吹散的头发真美。

一切与预计的一样，电还没有来，史珂先搬来了。点蜡烛，银烛台是马莎捐献的。不知为什么史珂没有拒绝这烛台。史东宾想，看来一个人总要设法回头寻找什么，连最木讷无趣的人也不例外。一无所有的叔父在寻找什么？祖辈的奢华感吗？他正想笑，却注意到叔父在看他。史珂的神情有点怪，因为他与侄儿相处这么久了，还是第一次发现这小子的下颌前探得厉害。嗯，这就有了噬咬的劲儿，"像极了，像一种动物。像什么还要好好想一想。"史东宾背着手在隔成三大间、外加一处洗手间的屋内走了一圈，咕哝说："电十天内就来，有电就有了一切。还缺什么？为了安全，是不是垒一道院墙？"史珂摇头，往旁指了指说："电视，还有这个便携电话，它们都取走罢。"史东宾有些烦，"这可不行，已经基本到不能再基本了。你能不看电视？还有，遇到急事怎么联络？比如有了急病，你一个电话，我的车嚓一声就到！"史珂重复："不要不要。""你这不是自断后路？还是留下吧！""不要不要。"

史东宾懊丧、愤怒，在心里说：那个酒友当年说的一点不假，鸟！他骂，一再重复那个字，唤来车上的司机搬走了电视。他自己抓起木桌上的便携电话，当着叔父的面，像扔一块石头一样砰一声扔到了车里。他走了。留下史珂一个人抚摸业已变色的黄漆家具，享受他人不知的幸福。这个夜晚他打开硬壳本，写下了独居海边小屋后的第一行字:"他们学得真快……"还想写什么,又觉得许多话都在这一句里边了。这个夜晚他听到了真正的林涛和海浪:二者时而交织时而独鸣,偶尔还插入河湾温顺的呼应。美妙,涵盖和蕴藏了至大玄机。此刻心地清纯明净,也聪明。

马莎一来到史珂这儿就啰唆得像换了一个人。她帮史珂收拾灶台,重叠衣服,还取笑一条新短裤:深蓝色,镶了红边。"叔叔,你也穿这样的小裤头儿?"史珂脸上发热,忘了这是谁买的。她做累了就大仰在炕上,脚上的高跟鞋子甩在不同的地方,舒服得叫唤起来。她盯着天花板,"叔,等天热的时候我们一起去游泳吧!我会一捏鼻子潜下去,为你逮来蛤和蟹!"史珂说:"嗯。"她又咕哝:"天天东蹿西跑的,跟那些王八蛋泡,俺妈在世时会喊我回家的……没有家了,什么都没了。"

史珂想好好听一听了。

"妈妈一辈子一个人——不,我有爸爸,他是远洋轮船上的,一年里回不了几次家。我七岁那年爸爸遇上海难。妈妈拉扯我长大,上学。我只想好好干,好好出息,特别是找个好男人。我只想让苦了一辈子的妈妈跟我住在另一种地方。我明白一定会成功。我当然成功了,可是妈妈没有了。我在东部小城出生,至今那里还有一幢小屋,小得你会吃惊……"她大口喘息,张大开阔洁净的嘴巴。史珂第一次听到她的东部口音:全浊声母,入声字归阳平;特别是去声字的低降调,结束时拖音可真长,起伏曲折像一首歌,像东部咏叹。过去史珂极为排斥这种发音,而今却感到了莫名的亲切。

马莎静躺了一会儿，突然一个鲤鱼打挺坐起，双脚迅速找到了各自那一只鞋。她走过来，再次开口时刚才的"咏叹"飞得无影无踪。标准的京腔又来了，多得可怕的儿化音，嗓子——舌后区那儿安装了一个气流推动的小飞轮，它一转动儿化音就一串串甩出来了。"不行，一个人要真实质朴，要找回天生的那股恳切劲儿，也许首先就要设法取出口腔里的那个小飞轮。"他真的抬头去看马莎阔大的嘴巴。这一来马莎兴奋了，"怎么样，你也看出我有一张漂亮的阔嘴吧？东宾说真像一个外国歌星，'天哪，性感死了！'听吧，你侄儿的德性……他这是遗传谁的？"

史珂摇头，眼睛却未离她的嘴巴。马莎伸手把嘴巴拍了一下，"好在我们都是过来人了，真是有得聊呢！我想问你——其实也是请教了——我们家史东宾怎么那么不均衡呢？"史珂茫然，"什么'不均衡'？"她皱皱眉头，"干脆直说吧——你这样的实心木头非把晚辈逼死不可！我的意思是，他有时一整夜都离不开我，有时会一个月不碰我一下！难道这是正常的吗？我咨询过医生，他们说得头头是道，回来一想都是屁话！其中一个还奉劝我平时多看些业务呀政治方面的书籍，以转移注意力！你听听这些狗杂碎……"史珂站起来，"对不起，你还是去问医生吧。"

马莎叹气，走动，重新坐下时口气和蔼多了，"叔叔，我没有别的意思，我是担心——也许女人都缺乏这样的安全感；我会多么好地照顾您，您刚才听了，我已经没有别的长辈了，我依靠谁去？如果连您也误解，我就完了……"史珂忍不住，"我看你们倒是天生的一对，这你勿须怀疑。"马莎马上接答："这个我信。他干大事业的日子刚刚开始,他离不了我;叔叔,你可能也知道了,这儿要建最棒的、第一流的度假村了,到时候你就像在京城一样热闹了——可这儿多的是阳光和海!"

"史东宾要拆我这座屋?"

"那倒拆不着。最先开发的是河东。"

七

史东宾去了两次美国,第一次曾对父亲提出来美定居,说我们真是不幸的一对父子,父亲六十多岁了才算好好看了看儿子;您的晚年身边可得有人。史铭没应这个话头。第二次史东宾连提都没提,因为一方面觉得提也没用,另一方面觉得国内的事业才刚刚开始。而且他心里有了个思路:事业真正搞大了,我想到哪儿都成。出于这种考虑,他让父亲的一个老友引见了美方的公司,还将马莎的一点关系加以利用,联手做了几桩生意。回国后的第二年,史东宾的公司发展到了较大规模,有了派出人员,有了设在海外的分公司。业务人员的活动范围主要在美国、香港和韩国,经手的货物有精密机床和汽车之类。这一来公司的业务运营有了弹性和张力,浅山市其他几个竞争对手主动退出了一些地盘。这期间对史东宾频频出招的几个人物大多与前妻关系紧密,使他或多或少感到了无奈。这就是马莎、也是事业蒸蒸日上的副产品。马莎主动提出由自己应付海关税务等一线部门,史东宾则坚持让儿子去做。马莎永远也搞不明白丈夫为什么会信赖一个浪子。

史东宾情绪极好或极坏时，常常自己驾车来海边一趟。他近来学会了抽雪茄烟，但并不往肺里吸，认为这样既有派又不伤身子。一个媚人的护士教他："老板呀，你想想，口腔黏膜才能吸收多少！也不过是给你解解馋……"史东宾是一次洗牙认识她的，给她取了个外号叫"小狐狸脸"。他刮她的鼻子，说小狐狸脸才是解馋的东西。他越刮女护士越往他怀里扎，还说："我这辈子是不嫁人了！"史东宾虎起脸喝一句："你敢！"他躺在史珂的炕上吸烟，让史珂想起小时候见过的鸦片烟鬼。日本人来时他十二岁，记得那时浅山市东关就有一家烟馆，自己不知为什么就走了进去，事后被父亲训斥一顿。其实当年他主要是好奇。

史东宾许多时候并不需要叔父与之对话，只是自语。他说公司的豪气与伟志，将来和眼下；总之他现在不是过去了，根本不需要仰仗那个不仁不义的爸爸。他说爸爸与叔父不同，那人基本上十恶不赦：丢弃发妻幼子，伤及兄弟——想想看当年你背了个叛逃者弟弟的名义，还不是雪上加霜？这害得你几十年不能出国，直到天下大赦了才……那个人无论使用哪国哪门的尺子去量都算不得道德，用月球上的、火星上的、木卫二上的，只要是有点标准的地方都不会赞同他。什么呀，娶了个小不点儿的老婆，见面就直勾勾盯我，还想让我喊妈，没门！是啊，你们兄弟两个真是天上地下，真不像是一个娘养的！有人动不动就说遗传学啊、基因啊、克隆啊，其实屁用没有！这些决定不了人的行为，人首先还是社会性的！

史东宾越说越起劲，一下从炕上坐起。可能他看到叔父沉默依旧，稍坐了一会儿又重新躺下。语调一如刚才，开始懒洋洋的，后来总是热情洋溢。史珂从他的语气上判断：遗传理论并没有错，眼前这个人的的确确是史铭的儿子，他们的言谈举止、思维方式，简直太像了。史东宾每天要在一万个头绪中纠缠，天知道他是怎么掌握了这些时髦的词儿。没有办法，人与人就是不同，有人就是对新词儿敏感。"我们公司对加入世贸这个问题重视。接受冲击，利大于弊。上上下下都同意这个分析。全球经济一体化，数字演绎模式，金融衍生市场，经济共同体，第三条道路问题，日本与美国的贸易摩擦，道琼斯指数，文化冲突与贸易壁垒，第三世界在发展问题上的两难状态，主控网络股，金融体制的结构性改革，新的筹资手段与金融市场，欧洲核心国家新的经济能量释放……所有这些问题必须入心。我们处于边缘，外省，但竞争可不讲这个。我对所有开发项目的要求都有必备的一条：科技含量高。"

史珂承认他们之间有理解障碍。但这障碍部分来自其他，而非自己的汉语言水平。被冲撞的语言，被颠倒的词序，这需要一亿个精力旺盛的语言文字学家没白没黑干上三年，以筛选规范。什么"科技含量高"啊，照这种讲法，那么可以说人工海水浴场的大玻璃房子里"妓女含量高"了？史珂望望窗外，复又低头，"是的，世界真的变了；我不得不承认，我们这儿的经济发展了，但'妓女含量高'了。仅仅是这样还不要紧，要命的是刚刚前不久——也就是二十年前左右吧，她们还一个一个都是我们的'阶级姐妹'呢！'我要与顽冥不化和落伍思想做斗争，可是我也不能不看到，那些资产阶级在干我们！'这就是一位朴实的老同志目睹了海外嫖客在酒店外找三陪女时说的！听听吧！"史珂这样想——不，他也许已经把如上的话怒冲冲地说了一遍。他看了一眼炕上的人,那个人无动于衷;不,那个人在笑。

史东宾笑着夸起了吴妈。史珂一听"吴娇娇"三个字就有气。"叔,我劝你还是和她一起安度晚年吧,人热情,也蛮年轻。"史珂说:请以后别提这个人!

史东宾笑眯眯坐起,"可人家说上一次你把她摸了!"

卷三

鲈鱼

一

"我从不想让你全部赞同父亲,孩子。是你出奇的善心感动了我,让我觉得活下去还值得。人的所有,一切,哪点儿都有来龙去脉。你的那份善心就活活像我。得了,不说这些了,你多想想,站在他站过的地方想一想——这样一来就理解了他,说不定还要佩服他哩!"鲈鱼抓住每一点机会说服师辉。他认为有生之年最重要的事,就是向女儿做出解释。至于其他人,那就去他的吧!

鲈鱼一生见过多少可爱的、完美无缺的女性。为了她们,他算得上勇敢无私,差不多舍弃了一切。幸亏他选择了无产者的道路,不然就会为一路的丢失痛悔不已。父亲富有,体面,因为爱国才从南洋回来。他把所有家财都奉送了革命党。日本人来时,父亲随撤退的队伍回了老家,那里聚集了许多显赫的朋友。鲈鱼十七岁多一点的那个暮春,结识了一个二十多岁的姑娘。当时姑娘正在医院陪伴一个年纪稍大的人。她戴了眼镜,皮肤洁白,刚刚脱去一个寒冬的臃肿装束，轻盈丰满，美丽得十分具体。她是在一个走廊里看到他的，他一下就不动了。她推开一扇门进去，他就记住了那门。

原来那个姑娘是北方人。他们相熟后一起逛街、去公园，她把他当成了小弟弟，一个南方的小向导。他让她摘下眼镜，只为了看清那双眼睛：真是摄人心魄啊。幸亏姑娘失去了眼镜视界朦胧，没有发现他焦灼的眼神。十七岁的这副眼神准会让她呼喊起来。一个下午他们在公园里，姑娘告诉他要回北方了。他的心一沉，什么也没说。他只想哭。后来他一下抱住了她。她惊讶："你病了吗？"他紧伏到她的胸前，准确无误地吻着高耸的部位。她赶紧推他，用尽全力却推不开。她一阵愤怒："我走时不会找你告别的！南方孩子原来这么坏！"

他把病人离去的时间了解得一清二楚，届时对家里说一声"去寻朋友"，跟上就去了北方。后来的一截道路坎坷曲折，但他从此留在了北方。原来那个姑娘是随军护士，而且有一套粗布军装。他毫不犹豫地参加了她所在的部队，一心想的只是靠近她，哪怕让她为自己包扎伤口：像别人说的"挂了点彩"。那个年头恰是军人最危险的时刻，子弹又不长眼，结果他很快立了二等功，代价是三处中弹。他真的在那位护士的照料之下了。

女护士承认，他是自己从军多年来所见到的最勇敢最英俊的小伙子。不过她没有流露一点过分的温情，唯恐送去半点鼓励。伤很快好了，他出院时恨不得把地上踢个窟窿，总是恶叫，直到把她引到身边。他吼：我就这么走了！她为了安慰止息，就抚摸他的头发。他立刻温顺了。离开的前夜他蛮横得很，终于说服她去了近处的一排杨树下。她后悔那致命的树下一吻——刚刚小心地吻了他一下，他就说："我明天就去战场了，这一回非战死不可，我发誓！"他们不知怎么倒在了树下。她的反抗他甚至没有感到。事后女护士哭了："天哪，我这辈子完了！""为什么？"女护士把他汗湿的头发抚上去，"你见过我在南方陪那个男人了吧？我已经许了他了。"

二

他一生都把那个女护士当成了爱的启蒙老师。在残酷的战争环境中，他知道哪里才是最温暖的地方。

后来部队南下，一路打下去，他再也没有见过那个护士。这期间他又立了一次功，因为在异常强烈的渴念中反而没有了恐惧。战争结束后他设法以最快的速度返回北方：坚信以女护士为开端，他的爱在北方。和平环境降临得突兀而又不祥，这种环境可能不利于他的寻觅。驻防，地方工作，城市农村，既紧张紊乱又婆婆妈妈。这里有多少女人哪，一个个带着过分的乐观，只知道笑。那些保持了战争期间的一股冷肃干练劲儿的女人，比如什么委员会妇救会里的人，倒让他觉得既合胃口又顺心顺手。他当时刚二十多岁，有令人喜爱的一层小胡须，细高身量却不显单薄。也幸亏了战争，使他那张清秀的脸庞多了一些冷峻，魅力也就有了。眉边的一处子弹擦伤不仅无伤大雅，反而成为显赫的徽章。他刚从一场战争中退出，却投入了另一场战争，准确点说是"追逐战"。与所有战争不同，这样的战争一旦开始就没有结束，它会绵延一生。

他在任何时候对于异性的美都不会无动于衷。他意识到：自己这个秉性是天生的、不可改变的。所以在后来因此而招致的一系列磨难中，他不仅没能悔悟，反而猜中了上帝交给他的谜底：为爱而生，为爱而死。在那个刻板拘谨的年代，他与女性相处得过于融洽了。两人之间往往刚熟悉不久，他就会自然从容地提出一些要求。对方大致是坚决拒绝，最终又以身相许，并在一生的怀念中掺杂着小小的忌恨。

他与其他人的不同在于：意志坚定，目标清晰；他从一开始就决定这辈子要舍弃婚姻。那个狭小的空间容纳不了无边的爱情，他要做一个古道热肠的爱侠。侠客的浪漫和勇武他真的具备，瞧，战争结束多久了他还佩带一把手枪。手枪小巧却又致命，往往成为女人的爱物——直到那一天，直到他惹得怨声四起，不得不被开离军籍的时候，这把手枪才被迫交出。没有了武器，这是命运的转折。但无论怎样他都无法理解接踵而至的各种惩罚，好像生活在另一个星球上。刚开始只是内部处分：警告和降级，却长时间保留了他作为一个功臣的较高薪金。他被迫从一个部门转到另一个部门，脱下戎装，那受伤的躯体却依然属于战士的。深夜，一个人躺在乱糟糟的床上，想这一生，常常想自己是一条大鱼，逆流来到北方，午夜时分翻过分水线，开始回游在渤海和黄海的水系中。

那是个崇拜英雄的年代，再多的英雄也不够分享；而且教科书和报章上渲染的人物可望而不可即，远水不解近渴。所以他每到一个地方就成了近在眼前的传奇，再加上女人本来就大惊小怪，一说起战争就大声咋呼："是吗？""还那样吗？""天哪，这是真的吗？"

他佐以亲历，不急不缓告诉她们：是的，战争年代一切正是那样。说到血与火的惨烈，他的口气依然是那么平静。这真是一种非凡的风度。但他的风流韵事也在别人耳畔流传，听者虽不敢苟同，却也多多少少给予谅解。有一个女性，好像是区妇女主任，有一次就大声为之申辩："也真是的，这么好的一个小伙子，到现在还没有结婚，你想想还能让他怎样！"四周的人听了略有同感，但没有一个公开应承。这话很快传到了他那儿，他压抑着感激悄悄落实了从女主任口中说出的每一个字，流下了眼泪。

在一个月光流溢的秋夜，他们认识了。当时他们都在一个庭院里开会，他借着月光端量，发现这个女人三十岁左右，耳大口方，绝说不上俊美，但有一股风风火火的劲儿。会议结束了，各自走散，他却特意转道追上了女主任。他们站在一棵散发着辣气的野椿树下，握了握手，都说认识对方十二分高兴。他说："我都听说了。真感谢你的支持。"女主任笑了，这笑声在静夜显得太响。她笑过之后说："有人玩起真刀真枪不行，挑别人小毛病一个顶俩。这么着，你在这个地方只管放手大胆地干，工作嘛，不必缩手缩脚！"他发现自己今夜真不像个男人了，总想哭。

他陪女主任边走边聊。一路上他得知女主任也不顺遂：男人经常与之吵嘴，她火了就一个嘴巴打过去，一个大男人家竟把她告到了区里。"现在好了，他去外地工作了，眼不见心不烦了。"他滋生了同情。女主任的住处很简陋，不过是一大间牲口棚改造的宿舍，空空荡荡，散发着一股牛粪味儿。一进门，女主任就用开水冲了两大碗炒面，推给对方一碗，自己先呼呼喝下去。他喝了炒面，静坐在那儿。他觉得唯有这里保存着战争年代的一切气息,给人许多安全感和信任感。他直盯盯看着她,嗫嚅道:"你多么优秀!你身上全是咱老区的传统!我怀念呢!"女主任笑了,一笑即露出满口坚硬的牙齿,让他大失所望。不过他从很早以前就懂得:看人一定得多看长处。所以他又重复了一遍:"我怀念呢!"一边说着拾起了对方的手。他发觉这手是火热的、沉重有力的。"真是一双战士的手啊!"他夸着,挤弄着,不能停止。女主任不太习惯这种缠绵,不止一次用疑惑的目光打量这个人,好像面对一个冒牌货一样。女主任终于忍不住了,双手一抽站起,"我这人是个直性子,干脆明说了吧,你想干什么?"他心头热胀,伏上她的耳边说了。她一拍大腿,"就是啊,都是自己人,说出来怕什么!"

他们一整夜嗅着往日牛厩的气味,不知疲惫。女主任摸到了他的伤疤,叹息声再也不能停歇。他有些惊诧,问怎么了。她回答:"我想念咱老区的生活!我想念战争!""就是啊,就是啊!"他从心里赞叹。现在他已经对这个女人的身体有了充分了解,感知了她粗韧的皮肤和强壮的骨骼,特别是长长的四肢——真是骡马一样的身躯,战争年代会为我们驮来一个光明;而今呢,解放了,没有关键的作用了。他在暗中产生了同病相怜的意绪。

三

在匆忙的生活中,他甚至没有机会回忆南方。那里是他的老家,有德高望重的父母,还有一个姐姐。南下时他曾匆匆返家一次,这才得知父母已经去世,他们临终还念着他呢。还好,姐姐师凤告诉弟弟:最后一年父亲总算与这边有了合作,可以说父子俩殊途同归了。他所能了解的只有这些。当时他还不知道这有多么重要:在后来一次又一次的审查中,那些声色俱厉的质问中总有一句:"你父亲到底为什么从南洋回来?"他总是简明扼要回一句:"因为爱国。""国多了,他爱的是哪一个国?"他又答:"中国。""哪一个中国?"他翻翻白眼,"这你就可以去查了,要我说嘛,是我们的中国。"

  他直到很久都未能认识到,那个被自己完全忽略了的父亲,用生命写下的最后一笔是多么有力的援助。如果老人最后爱的是"他们的中国",那他什么都完了。似乎决定他一生罪行性质的不是自己,而是那个老人。鲈鱼成了一个复杂棘手的人物,勇敢,有那么一股抛头颅洒热血的劲儿,可又乱搞。一个不苟言笑的首长骂了一句:"种马。"其实这位首长很喜欢他,不过有点恨铁不成钢的意味。首长闲来无事愿意与他一起聊聊,借以回顾往事,惊叹:这个孬人记忆力真好,他简直什么都记得!他总是谦虚一句:"这全是受了首长的启发。"其实这些历史并不复杂也不漫长,而且与一个个女人连在一起:他总是通过回忆她们连缀起一个个细节。他未能忘记她们当中的任何一个,无论交往的时间多么短暂。有的也不过是紊乱匆促的工作间隙中一次触摸、一下亲吻,甚至是会心的一个眼神,都被他植于心田。但他仍然无法全部记住她们的名字,因为时间太紧行程太迫,相互分别的叮嘱又太多,这反而丢失了最重要的东西:名字。他不得不在内心深处寻一些特征作为她们的指代,如"小鸟爪"、"猫嘴"、"兔兔"、"小红狸"之类。这些外号有的是一打眼就生成的,有的是交往过程中逐渐清晰的。如那个留下了深刻印象的妇女主任,他就一直把她叫成了"骒马"。他喜欢用动物的名字称谓她们,一生都保留了这样的习惯。他相信如果丢失名字算个过错的话,那么双方都有责任。这因为双方情感太烈了啊!想想吧,热烈拥抱,不顾一切的寻索,有的刚一触手就激动得大哭,忙不迭地倾诉往昔的委屈,这一来宝贵的时间就所剩无几了!但最重要的原因还在于环境,想想看吧,战争中曾经产生了多少无名英雄,更何况其他!

尽管有首长那样的人宽宥保护,一次次清算还是不可避免。审查追问者当然大半是男的,他们很快剥去受审者"功臣"的外衣,用语无情而凌厉,一路追杀过来,让人招架不住。他在围堵剿杀的窘迫中也常常滋生敬意,忍不住用另一种眼神去仰视他们:这些血肉之躯究竟是用怎样的方法使自己变得坚韧不拔?靠的是钢铁意志吗?真的,任何伟大的事业都需要这种非凡之人,是他们组成了冷酷无情的屏障,让温湿中繁衍的病菌无从侵入。他简直走投无路,吭吭哧哧的应答,有意无意的遮掩,一切都为了她们的利益。他庆幸自己总有那么多记不住名字的人,这反而促成了他的痛快交待:兔兔,小鸟爪儿,妈的,你们要真的不嫌麻烦,那就满世界里去找吧!高高在上的审查者终于疲萎,汗珠渗出。这时他就暗自快意。在一次次类似的经历中,他也会发现一些并非纯粹的人,这些人白白坐在了那样的位子上,却完全不受尊敬。比如从他们的厉声追问中,他很快就听出了其他意图。他们想假公济私满足自己的窥视癖,尽管呵斥越来越响:你必须从实交待!当时手在哪里?什么时候、怎么给她褪下来了？哦咦，她又怎么对你？

不知为什么，有一次审问者是个女的。这是他一生中唯一的一次经历。那是一次秋天的审问，当时他正在一个果园里忙着，一个人过来说："你去一下吧！"那严厉的目光和口气仿佛让他期待了很久，他爽快应一声就走了。他们去了一座老式地主庭院，这儿的每块砖石都砌得一丝不苟。那个人把他送进二道门就说："你自己进去吧。"他轻手轻脚迈过当年地主打造的又宽又高的门槛，又穿过一条廊子，这才来到轩敞的正房。他抬头一看立刻"啊"了一声：一位女人正在木桌上俯首研究案卷。奇怪的是他竟看不出她的年龄，只能大致确定在三十至五十之间。不过从她的表情上、从轻轻一咳中，他判定对方是一个握有重权的人物。

很久之后他还能记起她讲话的方式：缓慢，沙哑，严肃中透着不易察觉的一丝和蔼。她没有像其他审问者那样照本宣科先问一遍籍贯年龄之类，而是上来就说："你的情况我已了解。今天叫你来不过是进一步核实，我们可以放松些谈。"他吐了一口气，开始想：妈的，真倒霉，人一辈子犯了这一类错误，就得接受一些没完没了的盘问——主要是麻烦，没头没尾。他稍稍仔细端量她，发现对方的目光也相当留意。她说："我以前好像见过你。"他摇头：这是绝对不可能的。她又说："反省是必要的。只有反省才能改正。还有，既然这样，你为什么不早点结婚？""没有合适的。"冷场。她像在看着窗外自语："你这样会害了她们。你忘了她们，她们呢？个个都像你吗？所以说你的罪怎么定都不过分。"他点头："您这样说，我也无法反驳。"她走过来，背着手在他面前踱了几步。他马上看清了她修长的身躯,还有臀部丰腴柔和的线条;往上瞥,则是一双深陷的、异族人一样的眼睛。他的呼吸变得急促了,鼻子发出了塞气声,这引得她回过头来,"你要说什么?""我,我……暂时想不出什么。"

四

其实当时他差一点吐出一句:"我的一些主要案情,大半是在老房东那儿发生的……"女审查者的面容和语气将他带入了诚实恳切的思绪中,他一感动就差一点倾吐了一切。还好,在最后的一刻他总算克制住了冲动。

无论在城市和乡村,都有那么多情深义重的老房东,他们对于战士和公家人总是照顾得无微不至。我们的胜利离不开他们。可惜历史的一页翻过,胜利者一个不剩地找到了自己满意的住处,特别是有了长久的宽敞居所,也就忘记了当年的一个个老房东。他们在急行军或执行公务的路上,如同一棵棵遮风避雨的大树,有哪个过路者还回头寻找它们?而他不同,他在进城后真的回去拜访过几家老房东,甚至特意爬上他们的大通铺睡了一夜,试图重温旧梦。只有他自己知道这是一种凭吊。当时的条件就是如此,七八个十几个挤在一起,倒头便睡,极少失眠。他曾与战地医护人员文工团员赶过几百里的长路,那时每个人都喜欢他这个乐观风趣的人。夜间睡在老房东烧得热乎乎的大炕上,男女挤在一起,疲惫战胜了一切。可是他还记得一次午夜醒来:身侧就有一个齐耳短发的女文工团员,这小姑娘只要不闭眼睛就要蹦要唱,人送外号"柳莺"。白天她用小拳头捣过他的胸部，此刻睡着了，一张小圆脸猫似的，鼻翼随着呼吸一动一动。他盯着她多皴的嘴唇，忍不住亲了一下。她竟没醒，只是伸出舌头舔了舔。他那一刻觉得天底下再也没有比近在咫尺的这个女孩更可爱的人了，一双手急得乱抖。他一丝一丝把手伸进了她的军衣内。她醒了，惊恐的目光盯住他，嘴张得很大却没有出声。她从对方的眼睛里读到的全是乞求。她用尽全力躲闪，可惜挤紧的大炕已无多少余地。就这样，她眼含热泪感受着那只热切的大手，任它探访过羞涩的乳房，还有连自己都未曾触摸过的其他地方。

那一次柳莺并没有告发他，可是一路上总是躲开他。目的地到了，大家分手告别。柳莺不理他。他走开了很远再度回望，见她正目不转睛送他。他忍住了，想：未来的日子多着呢。他怎么也想不到的是，那个年代要走失一个人真的很容易。几天后他匆匆赶回，竟连个人影都没看到，他们都开拔了。他当时真想大哭一场。没有别的办法，他只能去打听所有可能了解去向的人，结果谜一般奇特：没人能告诉那一队人马的去向，他们简直是从地球上消失了。他又寻到了那个老房东和他宽阔慷慨的大炕，只有躺在这儿，才敢确信发生的那些事都是真的。

另一次与女伴同时歇息的机会更为奇特。那是个冬天，团部来了一个身裹棉大衣、头部被层层围巾包起的女干部。护送她的人留下大红关防就走了。碰巧他要去东部有事，首长就说："你陪她吧，要多照顾客人。"他们就上路了。天真是冷极了，没有雪，干冷干冷。夜里宿到一位老房东家，火炕烧得真热，他们一进门就脱了棉衣。原来女干部年轻得很，一双眉毛像描的，神色安详。房东家很穷，所能提供的只有这一个火炕、一床薄被子。他犹豫了一会儿说："让我再找一户人家吧。"女干部阻止他："算了吧，一夜好凑付的。"他们合盖一床薄被，和衣而卧。一开始并不冷，到了后半夜炕凉了，两人冻得牙齿磕碰。他们就说话熬时间。后来都发现两人离得太远，薄薄的被子形同虚设，这是难以抵御严寒的重要原因。他们对视一眼，然后紧紧相拥。女干部说："我们能这样，你长得好是个重要原因；还有，就是天太冷了。我以前从未这样。"他只点头不说话，偎在她的胸前，品味着这不期而至的深长的幸福。

　　分别时他们一再约定。后来的几年中，他们又一起结伴远行了几次，而且每一次都宿在好客的老房东家里。他独自一人上路时，夜里睡下之前或半夜醒来，总有难忍的伤感。他有时大呼小叫："这样是不行的！"有一次他的喊声惊动了房东：一个三十多岁的媳妇走进来，摸摸床铺，又揪揪被子，问他饿了吗。他好像一生从未这样懊恼过，"嗯"了一句，声气很粗。女房东赶紧为他做了一碗热粥。他一边吃一边自语："事情就是这样啊，我们一旦离开了人民，那就什么也不行！"女人在一旁看着，满眼都是钦羡。他交还空碗时，出其不意地动了她的鼻子一下。她凝在了原地。他去抚摸她，她的脸变得像红布一样，声音如同蚊子："俺不愿意。"他把她抱到炕上，她还是重复那句话。她一直重复着那句话，到了天明才蹑手蹑脚离去。

　　事实上就是这样，他铸成大错的一生大致可以分为两个部分：战争年代包括建国初期，再就是后来的和平时期。前一阶段也可以简单称之为"老房东时期",这个时期延续的时间很长,以至于直到晚年睡到自己家的床上,半夜醒来还要摸索着寻找大通铺上的人。因为这个时期留给他的印象太深了。他的这个习惯只有妻子一清二楚。妻子后来悔恨不已,感到嫁给这样一个仪表堂堂的人是个错误时,已经太晚。半夜,每当她看到男人拖着个赤裸的巨人躯体在床上爬来爬去,就知道他又在半睡半醒地寻找大通铺上的伙伴了,于是立刻拧他的屁股一下。

女审查者的声音,还有她的目色,都让他有一种见到了"自己人"一样的亲切。特别是她的那一句"我以前好像见过你",让他身上一颤。不过他无论怎么都想不起。难道她会是"老房东时期"的一员吗?要知道这也并非毫无可能,因为就自己所犯错误的深度和广度而言,涉及人物之多,其中出现个把极有出息、既有政策高度又有温情暖意的领导人才,也是完全可以理解的。他想在她那双美丽特异的双目指引下,一起寻觅"老房东时期"的某些感觉和气氛。但这只是泛起又伏下的念头。为了保险起见,他最终还是打消了这个冒失的想法。

女审查者继续在四周踱步。她说:"好好回忆,也好好反省吧!你可以好好总结一下自己,给自己做个实事求是的鉴定——你会有这个能力的!"这语气再一次令他感动。他很愿依照她的要求去做。他回忆了,最先想到的当然是那个贸然闯到南方的北方姑娘,那个爱的启蒙者;他于是发现自己入伍以及战斗的目的不纯。接着又是回想一场场战争,负伤,还有其他。他发现自己已经走过的,无非是一部爱与奋斗的历史。他嗫嚅,慨叹,不知从何说起。

女审查者说:"你就简单地概括一下自己吧!"他盯着她,最后脸都涨红了。他有些口吃:

"我是一个革命的……情种。"

五

如果没有婚姻也就没有孩子。婚姻令人厌烦,但其结晶却是光芒四射。他认为自己和妻子明显的以及潜隐的美,都一丝不留地凸显在那个小家伙身上了。他在她十一二岁,也就是"刚刚长出个小模样儿"的时候就看出了这一点。他们把全部的疼爱都倾注在孩子身上,所以尽管两人在后来越来越憎恶婚姻,也还是尽可能长久地维持。关于这场悲剧的起因,两人的答案都差不多:"那个时候还是太年轻了!"他们简直是毫无共同之处:一个高大,浪漫,热情无边;另一个小巧,拘谨,十二分羞涩。他们竟能走到一起,这大概只有用迷信观念才好做出解释。

他结婚不久就认识到:这场人人羡慕的婚姻将毁掉所有。看看"婚"字就知道:这真是女人让男人发了昏啊!而妻子恰恰对这个字有相反的解释:只有女人发了昏才会嫁给男人!不管怎么说,悲剧要开始了。爱情这个东西一旦来临就把理性赶得远远的,所以谁也难保对爱情永不后悔。一念之差,什么烦恼都来了。他真不明白自己是怎么陷进去的,在当年竟会丢失原则,做下结婚的蠢事。他后悔自己不该到东部半岛这块犄角似的陆地,因为这里与别处就是不同:到处绿蓬蓬的像充斥了魔法。他是随一个小组来处理一宗与基督教会有关的麻烦事的：当地有一所相当先进的西医院原属教会，日本人来了自然易手，后来又是接受"敌产"之后的一沓子杂事。他原以为这所医院起码还能开开门诊，有几个洋医生，特别是有十个八个小鸟依人样的小护士，来后才彻底失望。他本来看过上级展示的一些照片和文字材料，知道这所医院有相当讲究的三层门诊楼，有占地近三英亩的院落，并且在半岛最早拥有一辆轿车。院长是个美国人，对当地民众非常友好，曾亲自为我们的一位团长施行过一次手术。后来院长死于日本人之手。现在的医院基本被毁，当地民兵几年前放过一把火，所剩物品器械也被抢掠一空。他们一行本来是要尝试恢复这所医院的，现在看或者放弃，或者从头开始。

当时他们驻在一所中学校园里。学校也由教会创办，与那所医院同属大陆上最早的一批教产。学校保护完好，古松蓊郁，西式楼房粉刷一新。校长最初是一位修女，后来换了两任。最后一任姓胡，解放后仍然留下治校，是一位准基督徒。他有一位宝贝女儿在学校就读，已到了最后一个学年，毕业后到哪里谁也说不准。那是一天傍晚，鲈鱼在卵石小径上散步，听到藤萝架的另一面有脚步声。他马上感到这会是一位身材轻盈的少女，不禁走了过去。看到的是个背影，小巧甚至稚弱，脚上是极少见到的小鹿皮靴。他咳了一声，她回过头来。

就是这回头一瞥决定了两人的命运。且不说他认为这个姑娘与以前见过的所有人都大为不同，就是胡春旖自己回忆当年一幕，也承认这个身着军装的伟岸男子真是人间少见。当时她想：天哪，一个人怎么能这么英姿勃发呢?看他和蔼、从容,满面春风,就如同想象中的新中国似的!她对他笑了一下。他们就这样结识了。他在学校住了约一个星期,尽一切可能与那个姑娘见面。他觉得这个小体量的女孩像个艺术品,又被神灵高高兴兴雕琢过,任你怎么挑剔都找不出缺憾。于是他对自己反而增添了奇异的恐惧。他太了解自己了,知道女人在自己面前都成了易碎品。这可不行。他甚至舍不得去亲她一下,他突然没了这份胆量。

小组要离开了。临走前的一个晚上,没有月亮。他与她相约在藤萝架下。他总说那一个字,说爱,然后又说将要开始的焦思之苦。他使用了半岛人惯用的一个夸张说法:"这真不是人遭的罪啊!"她一直严肃倾听,这会儿笑了。他在她低头时飞快拥上去亲了一下。她"呀"一声挣脱,蹦开,"你怎么能这样?你是这样的人?"她不停地擦嘴,哭了,哭着后退一步,转身走了。他几天来已克制到极点,这会儿还是孟浪了。他骂自己一句,追上去道歉、解释,全无效果。她走了,剩下他一个人站在夜色里。他抿着嘴唇咕哝:"怪了,还有不能亲的姑娘?"

半岛之行几乎改变了他的性格。他变得少言寡语,食量也减少了一半。他给那个不能消失的姑娘写了一封信,用了漂亮的楷书。一连几封都没有回音,他知道这是最后的莽撞所致。好像就是从那时起,他对于宗教信仰这一类东西有了极大的神秘感,有了一点惧怕。他对胡春瀦受过基督教的致命影响这一点深信不疑。只有那种怪异的文化,或许再加上一点血液里固有的儒学因子,才能使这个简洁弱小的姑娘变得凛然不可侵犯。人的强大原非外表。他记得这之前,也就是"老房东时期"的顶峰阶段,自己遇到的各种难缠的姑娘可谓多矣,哪个也没到了这种地步。他特别不能忘怀的是一位叫"高山"的姑娘,她当时是一支战地演出队的领队,可是多么刚毅顽强,对武装崇尚迷恋到了极点。他从与之相识到最后那一刻,走过了曲折漫长的一段道路,这全要依赖自己的不屈不挠了。最后的时刻,仅仅是卸装就差点儿花掉了全部时间,让他在一边急得跺脚:她一圈一圈解除那长得无边、打裹得一丝不苟的裹腿,又摘下斜挂的盒子枪铜扣皮带——盒子枪套与胯部有一个固定锁环,需要"啪"一声打开才能如数取下这道披挂;又宽又硬的优质牛皮武装带,上面有配备各种小武器的挂钩与衔钮、一个个拴东西的小孔,她从上面仔细摘下双刃匕首、指南针、子弹囊盒、战地工具集束袋,这才能解下皮带;手榴弹是挂在另一根带子上的,它与手枪背带交成了叉状,这样既可进一步紧束军衣,又能够尽可能多地随身悬物,如针线盒和割炸药引线的日本折刀等。特别与他人不同的是,她在解下这一沓子器械,把稍大一些的上衣脱下时,尚在腰部、在内衣之上捆扎了一副铁鞭——这可是练武功的人才有的呀,他刚要去抚摸那圆乎乎的镖头,反被她伸手一抖挡回。接着她吐气缩身"咔咔"一解,整副的铁鞭就"哗"一下堆在了一旁的衣物上。她这才露出了笑容,对怔怔呆立的人说:"来呀!"

比起高山,胡春媂的武装有过之而无不及,但却是无形的。这是他在后来长达三年之久的攻伐中深刻体会到的。

六

在开离军籍的最困难的日子里,鲈鱼主要依靠对一个女性的思念才活下来。他从未停止写信,也从未得到回应。要到地方工作了,组织上征求他的意见,他说自己喜欢更偏远之地,那个半岛犄角,在那儿也许更有利于他的改造;至于工作嘛,如果有涉及宗教部门的那就再好不过了。当时一提到"宗教"二字人们马上会想到佛教,那个谈话者就不无讽刺地问一句:"你还想吃斋念佛吗?"他无话可答。他是因为思念一个人才提到了宗教。

他真的被分到了半岛西北部,那儿是他的梦想之地。工作与宗教无关,是到一个畜牧研究所任副所长。他手持函件来到那个灰马皮一样颜色的两层旧楼报到。接待人员对他十分和气,说:"上面已经来电话关照过了,希望你到所直辖的畜牧配种站去分管工作,说你爱好和擅长这个,专业性很强的。"他什么也没说。为了一个人的缘故,他什么都可以忍受。再说这也的确是革命工作的组成部分。

工作开始了。配种站里的人要穿白衣服,这令他高兴。全部是四十左右的男性,原有一个女的,据说忍受不了刺激而要求调走了。有品种优良的种猪种马种羊,还有一只基本上闲置无用的种犬。在种畜们纷纷被牵出工作的时候,他作为一个有职无权却格外受人尊重的副所长,只好在散发着膻气的办公室独坐。为了解除他的寂寞,老站长找来一大沓动物图谱、繁殖手册给他看。膻气充斥了整个走廊和每一个房间,这使他从心里体谅那个要求调走的姑娘。"这真是用人不当啊!"他感叹,想象那个分配自己以及当年的姑娘到此工作的人,其心情是否有相似之处?同样的工作,就看让谁干了,这就是领导的艺术了。所谓"行行出状元",那"状元"肯定出在分工与爱好的契合点上。他看到老站长为一头交配了四次尚未怀孕的母猪忧心忡忡,看到他牺牲午休时间亲手为小母猪做交配托架时,就知道这个职务真是许对了人。他为老站长的敬业精神所感动。他从来认为:无论做什么,要么不干,要干就要全力投入。

除了看动物图谱,余下时间就是与那只同样寂寥的种犬待在一起。它高大,胸肌隆起,但是面容和善。它忠厚的眼神看着他。他拍拍它的大头颅说:"我理解呢,这是英雄无用武之地啊!"一会儿他又看看窗外,那儿是教会学校的方向。他问它:"我还会在藤萝下找到那个人吗?"

其实他在报到之前就溜进那个校园一次,并设法打听到了那个姑娘。对方在当地非常有名,谁不知道校长的千金。当他得知胡春媂毕业后没有离开,而是在毗邻的一所小学当了教师时,两眼立刻涌满泪水。那一天他朝圣般找到了藤萝,直待了许久才离开。

小学实际上与原教会学校仅一墙之隔,而且中间有一扇小门相通。他有许多时间来藤萝四周散步,在上学与放学的两个时段盯着那扇小门。大约是第三天傍晚他看到了:真的是她,丰实,小巧,腋下还夹着两本小书!她的旁边还有另一位女人……他的呼吸与心跳全停,不敢呼叫,直看着她从不到十米远的那条小径上走过。他记住了她那张红扑扑的脸庞,从侧面看到的挺挺的小鼻子。回到宿舍已经很晚了,无心吃饭,无心做任何事情。他去了办公室,在一片膻气中刚刚叹了一声,那条种犬就迈着大步走来。他抚着它肥厚的嘴巴，又握了握它的前爪。很长时间里，他与它都未发一点声息。

这一夜难以入睡。天一亮他就细细修脸，又穿上了那套半新的、已经拆掉了领章的军衣，看了几次镜子中充满血丝的眼睛，然后头也不回地出门了。他直接去了那所小学，向老传达出示工作证，让对方领他找人。这一天正巧胡春腊上午没课，她正在办公室备课就被喊出来了。她被来人吓着了，一双手使劲按着胸口，只引他往前走、走。他们在藤萝架下立住。他第一句话是："我写来很多信。我怕你走开。"这句话让对方十二分震惊："怎么？我会走开？""你会。三年前我在这儿得罪了你。"她的泪水再也止不住。他说："我向上帝发誓，我从那时到现在，一直爱死了你！"胡春腊泪眼蒙蒙看着他，"我现在不信上帝了。可是我信你的话！"

鲈鱼却宁可相信这是上帝的安排。他的所有懊恼被半岛上的海风吹个精光，失去军籍的痛苦也没了。他对自己说：人嘛，总不能打一辈子仗吧！只要有她那双深情望来的眼睛，世界就无一不美。他把所有空闲时间和偷来的光阴都用来找她，有时她在教室上课，他就把脸贴在窗玻璃上——胡春腊恳求他不要打扰她的工作，他就大叫："我爱！我想！我再不见你就得死！"他们一起散步时，他向她倾吐了三年的淤积：全部的思念，当然还有欲望。他说作为一个人，一个女人，就算是妙龄少女吧，怎么可以这么可爱？而且她在这种地方竟然得到了完整的保存，也真算个奇迹；而这奇迹，实话实说也只有咱新社会才可以发生。旧社会，还有西方的资产阶级，早就无情地吞噬了！胡春腊对他的话有一多半不能理解，询问这是什么意思?他急得抓耳挠腮,"老天爷,看来没有我们军人的直爽劲儿你是不能明白了!不过,然而,我已经在心里发了誓:在你面前,就是要了命也不能说一个脏字!怎么讲呢?就是说,你至今还没有被那些万恶的家伙动过一个手指!"

七

在鲈鱼宿舍,胡春旖看着他从办公室带回一沓又一沓动物图谱,竭力忍住惊讶。他与她共览,说:"你如果仔细些看,会发现人与动物的神气是完全一样的。"他们一起认识了犰狳、豺狗、貉、阿拉斯加狼,还有小浣熊、紫貂、蜜獾。她看图识字般按住一个彩图,说她以前与父亲一起去林子采蘑菇时,肯定见过这种叫林狸的动物。他早就翻过多遍,已经可以向她讲解同属海洋鳍脚目的海豹和海狮的区别,讲草原上穴居的土豚和蹄兔。他说有的动物之所以特别稀少,其主要原因是交配生育中某个环节的缺损。胡春旖对他身上散发的浓烈膻气不能容忍,不得不几次掩鼻。他说:"没有办法,这主要是工作性质决定的;如果非要找点其他原因不可的话,那就是我生活中太缺少女人了——爱得要死的姑娘连碰一下都不能。"胡春旖涨红了脖子,"可是,可是,这样总不行啊……"她仔细瞧他,见他双眼的红丝仍未消退,嘴唇裂开了血口。出于疼惜,她伸出小拇指抚了抚他的嘴唇。仅是一下,他就一跃缚住了她,没命地亲吻。他感到她泪水的咸味,嗅到了她头发上散出的香气,心头一横,一只手迅速准确地触到了她的乳房。她像个豹猫那样挣踢,最后甚至动用了牙齿……她疼惜极了,看着他流血的手,"我不能,因为我们还没有结婚!"

多半年的时间过去了,他的无数努力全部落空。他绝望了。有一次他满含怨恨找到她,说:"我一直想给你取个外号,直到昨晚才想好。"她的眼睛亮晶晶的,"快说,是什么?"他咬了咬牙答道:"石女。"

两个月之后,他们结婚了。他承认,这个被称为"石女"的姑娘给予自己的快乐与幸福,几近"老房东时期"的总和。这是个据为己有的艺术品,全身无一瑕疵,粉白中透着红润,每天早晨在第一缕阳光的照射下,呈现出初生的红薯嫩皮的颜色。他想到了那个笃信基督的岳父,认为近在眼前的美妙源自中西合璧式的孕育。这进一步加剧了他对宗教诚惶诚恐的感觉。而胡春腊在婚后短短一个月的时间,就尝过了人世间全部的辛苦与欢乐。男人那赤裸的巨大的身躯让其想到来自深海的某种肉食动物,她直过了许久才敢于抚拭这上面的伤疤。但是,一种宝贵的让人无可奈何的拘谨保持始终。她有一种惊喜一直没有告诉男人:以前那种浓厚的膻味儿没了,再也不用在屋内喷洒香水了。其实他什么都明白,那时一下就拥住她说了一句顺口溜:"女人是个宝,男人离不了!"

鲈鱼对自己经历中的某些部分守口如瓶。有一年他领一帮畜牧专业的实习生到乡下整整待了两个月。大学生有男有女,一个个心气很高,令他个个喜欢。不知多久没有这样的感觉了,与老乡在一起,与生气勃勃的年轻人在一起。暖煦煦的春夜睡不着,他像当年的老房东查铺那样,半夜醒来去男生和女生通铺一一看过。在女生们轻微的鼾声里,他觉得这个世界溢满醉意。有一个女生的脚伸到了被子外,他想揪揪被角盖住,可是一抬手就疼惜起来。那个女生在抚摸中没有半点惊慌,只是欠起身子看个究竟,然后重新睡去。他吻过了她的膝部,止不住爱抚。这样一连两夜。白天他试图辨认那个慷慨的女生,想不到困难到了极点:她们全都一样,一律叫他"副所长"。第三天夜里,他仍旧在那个时刻那个铺位上寻找,想不到刚一伸手就有人大喊一声,随即灯也拉亮了。

他一辈子都认为:肯定是她们不得已调换了铺位,那儿睡了另一个姑娘,而绝非对方背叛了自己——记忆中从未有人出卖过他!这下完了,很快来人把他从乡下实习点调走,而且第一个关口是押到就近的一个公安警点,没问上三五句就戴上了手铐。"这简直是胡闹了,你们搞错了吧?"他喊了一句,把沉甸甸的铐子往桌上一砸。一个胖子笑眯眯的,"是你搞错了,老乡,那是人家县长闺女呢!"原来这个胖子也是南方人。而且多么不巧:县长的女儿,这就是她冷酷无情和大惊小怪的全部理由吗?

这个事件的结局是行政拘留十五天,属于当时极为轻淡的处罚,其原因是上边有人为他说情。最大的受害者是胡春㛀,她差不多死去活来,真是做梦也想不到这个高大英俊的男人会这等卑劣无耻。在他离开的日子她只想一件事:如果他承认这是真的,那么离婚就是必然。他回来了,脸上并无特别的痕迹。她尽可能平静,只让他说明这一切。他并不急着按她的要求去做,而是像个孩子一样缠绵,铁紧地抱住了小妻子言之凿凿:"我的宝物啊,我怎么向你解释呢?这么说吧,没有什么力量能够把我们分开,这个世上没有!"胡春旖的泪水哗哗流下。但她还是问:到底是怎么回事?他抓自己的头发,拍腿,在屋里咚咚走,嚷叫:"你对我是太不了解了!这件事全是误会,当时真是不巧……世上要找我这样尽职的人,恐怕今后也就难了!你还让我对你怎么说?"胡春旖一下又一下吻他变长的胡茬,安慰他,说这次哪怕什么都不做了,也要为丈夫的名誉去拼上一次。想不到丈夫听了严厉制止:"你太糊涂了。你给我算了吧,这事就让它快些过去吧!"

八

怎么对自己的女儿解释这一切呢?我不愿责备石女,因为她尽管薄情寡义,我还是至死都爱着她。我相信如我们那样奇妙的爱情,还有我们一起享受的那些光阴,这个世界上再也找不到了。我承认自己欺骗了她,那是因为她严格苛刻到了耸人听闻的地步。我可不想失去她。就在我被拘留回来的当年,我们有了孩子。孩子渐渐大了,形势也越来越严峻。那是个无事找事的怪年头,不巧我又有了一点事,有人就新账老账一块儿算,总算把我抓进了监狱。我们当然离婚了。从监狱出来我仍旧在配种站工作,像样的职务没了,我必须亲自管理那两头傲慢的种猪。这期间我浑身膻气,脏臭出奇,一天到晚往那所小学校跑。到底是老夫老妻了,她到底还是动了恻隐之心。我们这就有了第二次结婚。谁知好景不长,世上再幸运的人也难保没个三长两短,我又一次为那些鸡毛蒜皮的事儿进去了。这一下不用说又是离婚。几年后放出来,都以为我要沿街乞讨了,哪想到上级还是没忘当年的功臣。他们问我有什么要求。我说年纪大了，去一个地方清静吧！就这样选中了市郊的老油库。临行前去那个配种站告别。妈的，真是时代变了，现在干那个的都是小青年，男男女女一上班就笑嘻嘻牵上种猪种马出来。我还惦念那只种犬，发现它还是闲在那儿，就牵上它走了。

鲈鱼在油库并不清静。虽然他进驻不到两年光景这儿的贮油设备就废了，但光顾此地的仍然很多。那只种犬因为经多见广，对来访者大多不理不睬。它发现来此造访的主要是年纪在五十岁左右的女人。她们有的是在林中拣柴采蘑时进来喝水的，有的则是远道慕名而来。由于旅途实在遥远，她们常常午夜时分才敲响油库大门。所以大多数时间这门彻夜虚掩，这种情况一直到后来，到狒狒进驻之后才告结束。客人们发现：油库主人真的开始走向老年了，除了那双眼睛偶尔闪过当年的神采之外，其余都显得有些笨重了。而且很容易就看出这儿的生活一团糟：锅碗从来不涮，杂物满地，简易食品包装盒扔得到处都是。屋里最多的是书，他与大多数人不同的是：永远手不释卷。

远道来访的主要是当年的女战友以及女干部。她们都设法安慰他，在逗留的有限时间里为他洗洗涮涮，做几顿像样的饭菜。不过她们之间竟然没有在此碰面，好像每一次光顾的都是他的"唯一"。时光流逝得多快，夜里他们躺在大得出奇的火炕上，丝毫用不着提示就可以回顾当年。不过他颤抖的手掌下已是她们发胖的躯体了。"没有那么危险忙累的日子啦，平时就是睡呀吃呀。"她们现在连句像样的情话都不会说了。令她们吃惊的是，这个男人在对异性的热情方面简直就没有多少变化，仅仅是喘息的声音粗一些，这在浓黑的夜影里倒像一只雄性林野大兽。她们说："这些年哪，真像是白过了一样！"

有一天半夜，他刚刚合上书要睡，突然听到有人风尘仆仆闯进院子。他一惊，还没来得及开灯，就听到一个粗大的女声像念戏文一样喊道："姓师的，你听见没有？我今个是取你的爱来了！"他一开始以为是听错了那个"爱"字。慌慌开灯。闯来的是个女人，身个足有一米七五以上，深色衣服，长脸，大眼，五十五六岁。她的睫毛根部文成了深灰色，这使她在五十支光的灯下直望过来有些吓人。"不认识我了？"她的嗓门依然很大。鲈鱼胸口发紧，摇摇头。"不认识也无妨，就算我是个夜里投宿的路人吧！"她说过就去身后摸来一块火腿啃食，又喝了一碗开水，一抹嘴巴上了炕。他趁对方用餐竭尽全力回忆，还是没有结果。女人手搭在他的脐部，早已泣不成声。他想安慰她，她却一擦喜泪欢笑了。

这是个怎样的夜晚哪。他怎么也想不到，这样一个女人竟有过人的温柔。在最为柔情蜜意的那一刻，他甚至想到了在杨树下与第一个女护士分手时的感觉。这显然不是一个生人，可他硬是想不起来。对爱过的女人也要遗忘，这在他看来更多的不是生理方面的原因，而是一种道德上的堕落，是永远无法原谅的。"你还记得那个夜晚吗？"他故意这样问，总想引诱对方说出来。可她这时已深深沉浸，充耳不闻了。他发现这个大手大脚的女人全力表达的不是强烈的爱欲，而是过人的热情。真的，哪个好女人不是怀旧的高手。可她到底是谁呢？灯光下他发现了一双凹下的眼睛，还有平静下来的那种矜持,脑海里突然闪过了一个人:女审查者!他吸了一口凉气,不敢相信。他暗中扳着手指算了算,判定那个人如果健在,那么年龄至少也要在六十五岁以上。显然这不是她。

九

他二十多年前就认为自己像一条大鱼。由于他在夜晚常能摸到那颗多愁善感的心,所以不愿把自己比做鲨鱼之类。海豚吗?太俏了一些;而海狮又似乎过于粗鲁。他喜欢深海里最大的动物:蓝鲸。伟大的生物,雄奇的历史。不过他有自知之明,不敢去做这样的比附。来到老油库之后他曾彻夜翻弄动植物图谱,一直为没有一个贴切的外号而苦恼。最后他在模样体面、体量适中、多在河口游动、常常要吞食一些小鱼小虾的鲈鱼跟前停住了。"嗯,这还差不多。"当夜他就给自己命名了。

他从女儿的神气中多少可以判断母亲的影响:一直处于依恋和拒斥的矛盾之中。诚然,她对自己有这样一个父亲绝谈不上骄傲,但也算不上耻辱。他总是提到那些随手散落在老房东家的军功章之类,巧妙地提醒孩子多想想那段辉煌时期,并纠正母亲的偏见,"看看她那个小模样,可爱倒也是可爱,境界嘛就谈不上啦,我对她是十二分的了解!"女儿一般并不顶撞,她仅是按时探望,在克尽父女之责的同时,体味着一个家庭的全部不幸。鲈鱼总试图通过女儿了解妻子的日常起居,比如她还像过去那样,每天半夜咕哝三两句梦话,两点左右起来小解?她闭口不答,可能认为这是同属于女人的一些秘密。"你要注意,她有个清晨晕厥的小毛病,特别是白天过于兴奋的情况下!"鲈鱼多么牵挂,严格讲没有一天是真正忘记了她。女儿有一次不无严厉地质问:"既然这么爱母亲,既然这都是真的,那你为什么要跟那么多坏女人来往?"鲈鱼摇头、叹气,"我的好孩子!你到了哪年哪月才能理解自己的父亲。他是个常人吗?他的感情,他的胸怀!他可以毫不费力在心里划分许多房间,一辈子都把最大的一间留给了你妈!"

师辉已到了三十,可还是不准备考虑婚姻。鲈鱼说:"孩子,在这个问题上我无法提供像样的见解。你知道父母的婚姻都不成功。我只担心以后——永远一个人吗?"他的眼泪出来了。她这时是真正感动的,但什么也没说。她认为与这样一个父亲讨论婚姻并不合适。她心里其实有一个隐秘的见解:这绝不是一个适合结婚的时代!

那见解不是一两句能够解释清楚的。它需要讨论,需要一个真正能够思想的人来听。她找不到这样的人。有一天,出其不意,她在这儿遇到了一个少言的老人,就是从京城回来的史珂。她凭直感认为那是一个可以好好谈话的老人。但她仍然什么都没说。因为她什么都不了解。

她认为父亲有一千条缺点,但有一个优点无可怀疑,就是他的善良。他总是牵挂许多人。他好像从来不问自己独居荒野,将怎样拖着一个病残的身躯度过晚年。他饮食潦草,起居随意,高兴了可以通宵达旦地阅读。他对女儿一再提出的要求只是:拿书来!

在遇到史珂之前,师辉曾在父亲屋里遇到另一位老人。那是个迷失在林子里的孤寡老人，大约有七十多岁了，当时破衣烂衫蹲在大铁炉子跟前喝一碗苦茶。他已经在这里待了三天，提前把这里的食物吃光。父亲不仅把自己贮备的香肠和苏打饼干送给他，还把多余的衣服拿出来。当老人穿上大得出奇的条绒裤子时，她忍不住笑起来。老人再三道谢要走，师辉和黄狗老憨一块儿把老人送出林子，分手时老人说："我这遭真是遇上了好人，要不我半夜非冻饿渴死不可！"她送人回来，一眼看到父亲站在窗前望着，泪水盈眶，"那个人比我还大两岁，靠捡垃圾为生。他听说海边有蘑菇，一大早就来了，结果一进林子再也出不去了。这就是老人，穷老人，老人……"她握住他的手安慰着。

师辉相信，史珂的出现将会是父亲荒唐而又不幸的一生中的大事，因为他已经走入了晚年。两个老人相距不远，这真是太好了。想想独居老人的勇气，她就感到了惭愧。因为她越来越知道孤独是怎么回事。当父亲拖着一条腿走过来，伸手抚摸她的头发时，她真想把他不堪的历史全都忘掉。她只想偎进他的怀里，只想哭。她在用力忍住。

她最愿看到的场景是：史珂坐在大铁炉一边，父亲坐在另一边，两位老人手边都有茶、有书……

卷四

师辉

一

师辉对母亲说:"我们这一代与你们不同,你们那会儿遇上的是一个特别适合结婚的时候。"胡春旖从未觉得女儿的辩解大而无当或空洞荒谬,总在私下为其寻找更具体的理由。她认为婚姻与其他事情一样,都有一个时代机遇问题。女儿并非以自己的婚姻来贬损这个年代,而只是提出一个小小的,也许是重要的见解。

胡春旖认为自己的失败给女儿造成了致命的影响。可惜,以前总以为女儿的老大未婚是她的性格造成的,却未能从另一种高度去认识这个问题。现在想想真是对极了,时代不同,男女之事也就随之巨变。孩子说得再对没有,当年的姑娘个个思量嫁人。新生活开始了,组织新家庭,走进新社会,爱上一个新人,生上一堆孩子。差不多女孩子一大了就产生类似的冲动,个个眼睛雪亮,注意观察周围的一切,任何一点迹象都难逃青春的眼睛。谁又穿了一条式样新异的裙子啦,谁第二次改动发型了,都成了动向。"天哪,听说那家姑娘刚刚毕业就嫁了一个军人！""有人嫁给了一个团长，回娘家就哭个不停，后来才知道那是怂哩！"那时候的街坊邻居尽议论这些。最迷人的是"军人"二字，如果嫁给了他们，今后就可以对同伙们夸耀一句："我那一位有枪。"都想嫁当兵的，结果也就萝卜快了不洗泥：男方大出二十，有了残疾的，离婚的，转业到地方的，都能娶到一个妙龄少女。那时候的慌张劲儿啊，不从那个时代过来，就永远弄不明白那是怎么一回事。

师辉从未责备母亲的婚姻，这令她欣慰。女儿长到了十几岁，半个浅山市都知道这儿出了一个南方来的"英雄/流氓"。传奇人物的光芒把四周全部照亮，妻子女儿也都格外引人注目。为了反衬一个人的不知餍足，会把他的妻子说成羞花闭月、倾国倾城。有人从很远赶到胡春嬬所在的学校，就为了看她一眼。最难容忍的是一些人对师辉的好奇，他们对她指指点点。师辉像没有听到这一切，在母亲面前很少让眼泪掉下来。最可怕的是高中最后一年，那时的师辉有一头柔软浓密的头发，高高的身量，白皙的皮肤和黑灼灼的大眼，走到哪里都会引起一片寂静。她只穿旧衣服，穿颜色暗的。可这些努力不仅无效，反而加剧了什么。刚来不久的副校长是一位首长的儿子，年轻俊逸，只可惜一脸的浅薄气。他一来就盯上了师辉，时不时找她谈话。他说："你一定要考上一定要考上！学历很重要啊！到那时候……"还说："我只能告诉你一个人，我来这儿是镀金的。""我有一辆'宝马'，先封在那儿。""我长大了才一点一点知道，爱情是人生的最高理想。"

师辉为摆脱这个人要付出全力，险些耽误升学。在夜以继日复习、做最后冲刺时,副校长支派三个五十左右的女教师为她"特补",说每一个都"怀揣高考的绝招儿"。一天夜自习之后十一点了,副校长站在甬道上高喊:"师辉同学来一下。"这使她误解为公事,只好走过去。他一声不吭领她进了办公室,一直穿过两道门。她发现对方脸色焦黄,嘴唇发紫,一双手按在桌上抖动。再看看四周,仅有他们俩,而且窗帘低垂,门上暗锁。她叫一声:"放我回宿舍!"他磕着牙,"我是怕你没有耐心听,然而,虽然,于是锁了……说完你就走。"师辉从未听到这样可怜的哀求。

副校长捋着头发,像是千言万语无从说起。"因为自身的条件,我一直在拒绝,拒绝,拒绝……命啊,你出现了。我信命,然而,事情是这样不巧,你又要升学。我知道说出来会影响你的成绩,不说又怕你从此飞走:我今夜要告诉你,你也告诉我。"师辉忍住,"告诉什么?""爱。我爱——你呢?""我不爱——让我走吧!"他跳起来,像扑蝴蝶似的向上一蹿,"千万别……你让我要死要活!你就不知道人命关天!我会自杀的!我会为你一死再死!"他的手张大了左右晃动,又一拍双膝蹲下。他的头埋得很深,这使师辉看到他的后脑那儿有一撮白毛。他再次抬头已是珠泪满脸,"你还小,到你懂事可就晚了!到那时你跑遍全市也找不到我——我会出国!你知道吗?好男儿爱情失败了都是这样!这是必定无疑的事了!"他半张着嘴,等待回答。师辉伸脚碰一下门,"让我走!"他的双眼越来越红,"师辉,你千万别再逼我,千万。你是让我绝望吗?让我'图穷匕首见'吗?"师辉又一次重重碰门。他的牙齿磕碰声很大了,像忍受不了强光那样使劲闭了闭眼,"没有办法,谁也没有办法。这时候谁能不犯错误呢？对不起了——"还没等别人反应过来，他竟然手忙脚乱解了自己的裤子。师辉在这个时刻毫不慌张，她扫了一眼，正好看到桌上有一把裁纸刀，就取到了手里。刚刚还在蹿动扑张的人一看刀子，马上贴着墙角蹲下了。

这就是那个时刻。这次经历只装在心里，她没向任何人说起。她真正难忘的是那一瞥：也许出于好奇，也许碰巧，她真的看到了它。她看得很清晰。它那么狰狞，凶残，龌龊。所以她丝毫也没有慌张，充斥心间的全是藐视。她对它只是匆匆一瞥，就看到了这个时代的全部丑陋。

二

师辉几乎没有听史珂说过一句话。那天在老油库，她感到老人的目光正像下午暖流一样缓缓通过。她听到了自己正用心底的叹息回应。她在这个世界上小心敏感地活了三十年零四个月，还很少看到这样平静而又沉重、热情中包容了温煦和询问的目光。是的，可以判定这目光属于饱经沧桑的老人。他的确是一个可以倾吐心事的人，因为师辉常常觉得自己没有父亲。母亲在气愤时就说："你就当自己的父亲死了吧！"说说容易，他还活着。

她每一次走向老油库都脚步沉重。下了交通车还有一公里土路，它斜向那个栅栏门。她知道要在这条路上走到最后的一天。那个人给了自己生命，为自己命名，包括取了外号。她的面容与神情正是母亲与他的奇妙组合。她必须牵挂他，服侍他，直到最后。后来师香来了。母亲告诉：这个姑娘是你姑母丈夫带来的孩子，并非亲生却故意姓师——该不是你姑母的私生女吧……"不管怎么说，姓师的姐弟俩做出什么都不让人吃惊。这下好了，省了你的心，你也不用去那个地方了！"

第一次见到师香总想哭。她看着这个额头鼓鼓的四川少女，看着来不及收拾起来的印花包袱、大小盒子，听着川语，觉得这是天上掉下的妹妹。师香的手一搭过来，强大的吸附力让她们马上把身子挨到了一起。她们紧偎着不能分开。师辉至为惊讶的是，师香一来就有了狒狒这个外号，而且与病人亲昵默契：他们好像在一起生活了一百年。不过她看不出狒狒与姑妈在容貌上有任何相似之处，而以前见过姑妈的照片，那真是太像父亲了。那一天离开老油库时，师辉知道自己再也不会在此频繁出入了。

她从懂事那一天就深知与别人的不同：形同虚设的父亲不仅没有为后一代提供起码的保护，带来一点点自豪感，反而招致了诸多屈辱。师辉从十五岁开始受到异性威胁，直到今天。当她总结一生时，一个最强烈的感受总是羞于出口。迄今为止她一直像一只被围堵的小鹿，被那么多猎人手持武器追赶。无论逃到哪里都有这样的围猎，执着到了可怕的地步。她为这个时代一部分男性的粗鲁强悍和韧性感到震惊，常生无路可逃之念。她有时仿佛听到了一个不约而同的强调，一个铭誓般的威胁：我们一定要强暴你！

这绝不是老处女式的虚张声势，绝不是。这种感受在那个夜晚的一瞥之间变得强烈，而在很早之前已开始滋生。她长大了，无论多么谦虚也引不起一点自卑，因为她的美是太凸出太显赫了。她走进了一场古老而又现代的狩猎之中。那些追逐喘息的男子无不咬牙切齿向她宣示:"我一定要……"最后的谓语部分略有不同,但它指向的宾语、它所包含的意思却是大同小异。她在心里的回答就是:"我一定不要"——这是她给予他、他们的回答吗?那些藏在夜色里的未知者呢?他们终于在浮动的曙色中一一显露了。

在大学二年级的第二个学期,一个从某大机关转来的副处级辅导员出现了。他四十多岁,络腮胡刮得一丝不苟,经常找一些重点学生谈话。他仅仅是找师辉谈了两次话就直盯盯看她的胸部。他第三次谈话显得很不流畅,舌尖不停抿嘴,后来干脆小声提出:咱干干吧?师辉不明白,"干干什么?"他站起来,"干你啊!"师辉一甩门跑开。她气愤,更多是震惊和费解。

在宿舍里,深夜之前没有人会想到入睡。早操被姑娘们坚决拒绝了。那个辅导员气急败坏,说这样无组织无纪律他将采取严厉措施。没人听那一套。一个女同学说:"让他自慰得了。"同屋的人都笑。师辉不懂什么叫"自慰",女同学跳到她铺上,搂着她的脖子讲了。其他人大声喧哗,说师辉是"最后的处女地"。那个女同学时不时跳到师辉的铺上,抚摸她的肌肤,夸她的臀部:"这属于最可爱的上翘型;那一类下垂的,发了财的老冒才喜欢。"师辉一声不吭。那只手像电流一样扫过全身,当她拒绝这只手时,对方哭了。她拥吻师辉,发出谁也听不清的絮语。师辉几乎是赤裸着穿过一段走廊进了洗漱间。她让冰凉的深秋之水从头部颈部流下,浇湿全身。同室那个女同学留了板寸头,而且染成了金色。她凑近了师辉说:"你是我的,一生一世!"

师辉把所有空余时间都花在足球场边。校队在这儿集训，都说这次真要出一个"明星"了。他们议论的那个人是"长发二号"。师辉对自己说：我可不是为他来的。她是真爱足球，所以从不声张。同宿舍有几个女生看了一场球赛，为几个球的失利要死要活，最后商量着从四楼摔下了全部暖瓶。师辉心里清楚，她们从来不懂更不爱足球。她说服自己的眼睛不要总是跟踪长发二号。回食堂的路上，有人在后面一蹦一蹦跑，她回头，是长发二号。那张稚气的脸上全是欣悦，迎着她一伸舌头。她在心里说："要命的顽皮。"

仅仅是一个星期内，长发二号就与师辉三次擦肩而过。他吹着那么好听的口哨。有两次他走近了，故意紧闭双眼，口中默念："让我看穿这茫茫夜色吧！"师辉笑了。她在夜晚没法不想到他。上课时她也想到了他。一看到他在运动场上的勇武，就怎么也无法诠释这个人的顽皮。一天晚上，可能已经很晚了，师辉一个人走在空空的足球场北端。最后有人过来，长发飘飘。师辉觉得心跳加剧。他说："大坏蛋来了！"师辉立刻放松了许多。他不停地蹲、蹦，像患了多动症。师辉问："你这是怎么了？"他答："我爱上你了！""你说得可真简单。"他说："我就这样！"

他们不记得多少次在一起散步了。他与她走出了校门，回去时门已经关了。他说这无所谓，一边咕哝一边拦腰把她抱起，让她攀住，然后又把她扶上铁门旁的水泥柱顶。他自己噌一下就蹿上铁门，一个漂亮的跃动翻到地面。他卡着腰看着高处的师辉，静息了几秒。他走过来，伸出长臂一揽。他把她抱在怀中，横着贴紧胸膛，使她无法移动。他深长地吻她，她感到了无法拒绝的幸福。

后来的两个星期他们只限于接吻。一个伸手不见五指的黑夜，他们坐在一片被反复踩碾的草坪上。四周，离他们十几米远处尽是一对对人。他们看不见，但总觉得有一个个闪烁的光点，近乎蓝色。他们只能小声说话，隐秘而亲昵。接吻。他那极为适合拨弄琴键的手指又一次尝试她的肉体。"我从来没有摸过海豚的皮肤，我想就是这样。"师辉承认自己已被触动，那根弦的回响她听到了。她还是把这双美妙的手推开、完全推开。四周传来喊喊喳喳声，还有幸福的喘息和呻吟。他们像走进了台风眼。"我的临门一脚差极了，差极了！""不，没有比你再好的了。""你这是谎话！""你想争吵吗？""我不！我才不！"他突然就粗暴了。她正在惊讶中，他只一拨就把她掀翻，像个豹子一样撕扯、寻索。她在一瞬间冷静下来，迅速摆脱，整理头发。他一个人在那儿抽泣。她走过去，把他的长发抚到耳后。他乞求起来，她再次拒绝。"好吧，"他的声音变得生硬，"你听着，我会说到做到。我要你，就是现在。如果你真的不同意，那么我就开始吸毒；还有，从明天开始去那些不干不净的地方。"师辉吐出一口长气，站在那儿很久。她觉得这个夜晚真凉。她要一个人回去了。走之前她要告诉他一点什么。她说："我都听到了。好吧，你会学得很像也很快。你原来是这样的人。"

三

同屋的板寸头不断纠缠师辉，并且以死相威胁。师辉问："你为什么要这样？"她答："因为我需要这样。你怎么就不理解呢？你真的生活在这个时代吗?"师辉反问:"可是我不需要。你怎么就不理解?"板寸头继续缠了一个时期,又转向他人。可是这段时间不长,回头又瞄上师辉。她经常买一些小礼物放在师辉床头,师辉就一次次归还。最后师辉不得不为调换宿舍的事奔波。当师辉的铺位真的空下来时,板寸头扑在上面哭了一个下午。夜晚同宿舍的人回来立刻惊呆了:板寸头的脖子流了血,尽管伤口不深,但实在太吓人了。

师辉去医院探视,板寸头盯住她流泪。她的母亲从一个小镇赶来照顾,把师辉拉到一边说:"这就是你了?好闺女,我能说什么……我这孩子打小老实,什么毛病也没有。信不信由你,什么毛病也没有……可就有一条,爱学别人,新人新事都赶在前边。""能举个例子吗?"老太太想了想,"比方看足球吧,她一个表姐从大地方来,说那里的青年都为足球疯了,比外国球迷也不相上下,还把自己写的'球评'掏给她看。这一下可好,表姐走了,她打开电视天天找足球赛,一看到输球就摔东西。她也写'球场分析',寄到一家小报还真发了……"师辉一句话也说不出。老太太扳着她,"好闺女,请信我,她没有恶意。害人之心俺老辈没有。我怕她再出事,求你先装着同意她一阵,先应付着,不行吗?"师辉觉得实在要让这位母亲失望了,因为她只能回答:"不行"。

长发二号并没有从球场消失,但球踢得疲疲沓沓,脸上灰乎乎的。师辉心中想念,想念那个稚气的脸庞。她要与之再谈一次。一想到失去他的脸庞他的声音,心疼得发紧。她候在他时常经过的路口,两次他都不理。第三次他们一起走了很远,师辉从近处看清:他脸上的灰是故意抹上的,其实人还蛮精神。师辉笑了,"'让我看穿这茫茫夜色吧！'你那时的样子多可爱！"他停住了步子，"才知道我可爱吗？"师辉点头。他认真起来，"那你为什么不让我要你？你想逗我玩、开我的玩笑？那你也该看看我是谁！"师辉一句话也不想说了。本来她想问他一句：我能改变你吗？现在不想了。她又一次知道：一个人的力量太小了，而另一些力量——它掺在风中——太大了。

他们就这样告别了。她会永远记得，因为她告别的是自己最舍不得的。

四

师辉毕业后回浅山教委报到，一走进办公室有人就喊："我的老天！"这么漂亮的人如果放走，那肯定是大傻子。她留在了教委。到处喧闹，唯有她那儿清寂。有人见她清寂，也学她的清寂。还有人学她的打扮和走路，并有几分神似。师辉依靠记忆画出了飘飘长发的男子。她看着，撕掉，又画。她认为自己已经爱上了一个人，但这个人被无形的大手掠走了。他从此不再属于她。

她有一次对母亲说："我虚构一个人物给你看！"她已经画熟了，几笔就勾出了神采。她在画那个稚气的、背诵无名诗句的小伙子。母亲像患了近视一样趋到眼前，嗅一嗅又推开，"真可爱。多高？"师辉红着脸，"……大概一米八五，至少一米八五！""真可爱。"胡春旖再也不看那张画了。师辉心里知道，母亲这一刻在想父亲！她突然明白了，母亲一生的爱只交给了一个人，就是父亲。

但那也是一个虚构:这样可爱的人其实从来就没有过。她还想到了外祖父虔诚的样子,这会儿充满了怜悯。外祖父在祈祷,就为了一个虚构。

教委主任是一个彻底秃顶的中年人,喝多了酒就问别人:"我什么都好,就是不好色,你说我可怎么办?"有人暗地议论:"可这家伙是个贪污犯呢!"主任对师辉还算关心,个别谈话时非常直爽。有一次一见面他就叹气,"我要有你这么个儿媳妇就好了!可惜我那儿子是个斜眼……"师辉笑得弯了腰。他四下瞥瞥,"平时多注意保护自己,好钢要用在刀刃上。"这真是一句吓人的谜语,师辉愣了。

过了不久,教委大门前偶尔要停一溜漂亮的汽车,这些车非常惹眼。客人是海外某大公司的一个代理,这次要与教委合作什么项目。车中上上下下有七八个人,很难明白哪一个才是代理。主任一连几天都忙得不愿理人,办公室的人见了他就躲。这时候总有一个副主任跟他一起,是个五十左右的女人。一天晚上副主任约了师辉,说一起去吧,这几天晚宴连个一块儿唱歌跳舞的人都没有。师辉说我都不会。副主任非扯上她去不可。宴会上主任兴致很高,总是带头畅饮,脸部和头顶都红了。海外公司的几个人很放松,与副主任开一些过分的玩笑。只有那个代理文雅矜持,不喝酒,只喝矿泉水。这人有四十来岁,除了头发稀疏一点,看上去保养良好。饭后照例去舞厅,公司的几个人先后请师辉跳舞,师辉说不会,他们还是一请再请,代理轻轻摆手,他们走开了。

主任有了明显的幸福感。那天晚宴过了没有几天,主任就如释重负对师辉说:"主要业务谈完了,他们走前还要看几个地方,就由你和副主任陪他们吧!有些问题一定要处理好。""什么问题?""还不就是那一套。对他们可千万要客气、尊敬。"客人去的都是一些风景名胜区,每到一地都住一流的宾馆。师辉和副主任同住一个标准间,一路上都在听她嫉羡的叹息。有一天师辉被安排在一个豪华大套间里,她说肯定是弄错了,有人说就是这样,是你一个人,副主任打前站去了,明天与你会合。这个夜晚多么安静,门厅里有一盆大岩桐,开满了天鹅绒般的紫色花朵。她每在这样静谧的时刻就要抑制伤感,就要驱除纷纷涌来的回忆。门响了,是彬彬有礼的代理先生,他先为冒昧的拜访道歉,然后坐在地灯旁的沙发上。

后来的一段时间竟然没有多少暗示和周旋,代理先生直接提出了这个夜晚的要求。师辉压住心头的惊奇和厌恶,"如果有一个像你这样的人、在今晚这样一个场所,向你的女儿提出这样的要求,你会怎么看呢?"代理一拍扶手,"放肆!你也敢比我的女儿?"师辉点点头:"她如果也有人的自尊,就可以和我比。""妈的,这真是——难道你们领导一切都没有交代吗?"代理的诉说掺上了嚎叫的尖音。师辉请他出去,他骂骂咧咧站起,咕哝:"这样的我干得多了,多一个少一个本来没有什么,但问题是要遵守游戏规则!""请离开吧。请你回到有规则的地方去吧。"

代理走了。师辉明白自己不该待在这儿。她迅速收拾东西。原想重新找个地方住下,后来心一横,直接乘一辆四处透风的大破车往市里赶。一连三天她待在自己宿舍里,第四天上班,主任的眼像火一样红,见了她劈头一句:"你来你来!"主任火了一通,带着哭腔说:"这下砸了。几万元的招待费事小,项目砸了!"师辉待他静下来才问:"一切都是你安排的吗?"主任点头:"是啊,本来都安排得好好的,让你砸了!你知道我从来没这方面爱好,可人家有!这是人家的条件!至于你干不干、干多少,这要看你当时的情况了,可你不能恶语伤人!这个最基本的常识你也不懂?"师辉反问一句:"这是你的'基本常识'?"

师辉坚决要求调离这里,随便去一个地方:只要那里没有"基本常识"就行。

五

肯定是主任一怒之下把她打发到了偏远的郊区中学。一个三流的中学,校舍简陋,但树木茂密,一到了春天,泡桐花的香气真是醉人啊。老校长早就该退了,但看样子这种超期服役才刚刚开始。他长得圆头圆脑,心慈面软,额头上的皱纹堆得很高。与师辉年纪差不多的教师告诉她:"老校长人品绝好,只不过有些老毛病。""什么毛病?""都是很传统的一些毛病。"他们挤眉弄眼。师辉很快明白了那指什么,这才知道主任把她分到这样一个地方是一种恶作剧。

老校长开始行动了。他嫌食堂伙食不好,常把自家的点心之类端到师辉宿舍,还吩咐:"你不必分担那么多课,那样太累。你想干什么都行,不愿参加备课也行。"师辉说:"这怎么行?我会严格要求自己的。"老校长马上略有严厉,"你看,这就是你的不对了!

你长这么好看,谁敢与你攀比?在这里你放心,只要你高兴就行,错了也不错!"师辉第一次遇见这样的人,简直哭笑不得。他又说:"这么说吧,我这么大年纪了,能领导你这样的人,也算个福分。原打算退休回市里居住,这回不了,我就待这儿。我这个人就是喜欢俊俏人儿,从心里敬她宠她,也不怕说三道四。我这些都是摆在明处的!"

老校长只要有点机会就往师辉宿舍跑,嘘寒问暖,恳切真诚。最难堪的时刻到来了。无论师辉使用怎样拒斥的言辞,对方都能忍受,说:"我这么大年纪了,什么没经过?你对我怎么都行,我说过,你没有错的时候!"师辉不得不找他的老伴谈一次了,指出他的各种"好意"必须终止,自己的忍耐已经达到一个极限。想不到老太太像校长一样慈善,听了以后就握住了师辉的胳膊抚摸不停,"好孩子,我全能明白。我和他一辈子了,那脾性我最清楚。这是个好人,从不害人的,他看上了谁当牛当马也愿意。他不会伤你的,我心里有数,只要你的主意牢实。"

师辉不再为老校长开门。可当哀求声渐渐增大的那会儿,委屈与怜惜常常不得不让她改变主意。这种烦恼似乎与以往每一次都有所区别,师辉真不知该怎样了断。她几次要告诉母亲,后来还是决定自己解决。她知道母亲心头的负荷已经太重了。老校长与师辉有过一次深入的、心平气和的谈话:"好师辉,你瘦了,我知道你心里不痛快。你是怕我给你造成不良影响,其实也是多虑了。这个学校的人都知道我的人品。我不会强迫别人的。当然,实在点讲,你是我一辈子见过的最好看最要命的人!你能让我得了,死也成;不能得,按时来看看也好。我多想摸摸你抱抱你,可是不行!这得你愿意才行,这是个原则!好师辉,相信我吧,别烦我,我年纪大了,只有你这么一个欢喜。你有什么要告诉我提醒我的,就尽管说,我会立即改正,俗话说'玉不琢不成器'……"

像梦一样,一晃就是几年。老校长离职了,但他真的在这儿待了下去。

有一天老校长对师辉说:"今天晚上的欢迎会你得参加!你不知道,我们学校二十多年前出过一个伟人,我通过人一直联系着,想让他赞助母校,今晚他真的答应来看看!老天,人家日理万机……""伟人"两个字让师辉愣了一下,多问了几句他才告诉:史东宾,初中在这所学校上过;商业奇人,产业过亿;美国与香港都设有分公司;浅山市的主要投资者,这次要全面开发河湾……师辉笑了:这就是老校长心中的"伟人"。她以前听过这个名字,也知道是近几年浅山市最有势力的商界人物。

其实史东宾只是从河湾回市区路过这儿,答应进母校看看。学校激动起来。整个下午师生都在贴标语拉横幅,上面写了各种欢迎的话;布置了一个合堂教室作为见面会场,安排了献花的学生。老校长提出让师辉做整个活动的"司仪",说这样一来史东宾就会"高看母校一眼"。师辉拒绝了。天还没黑,一溜三辆黑色轿车驶进来,师生列队太急促,有些凌乱。先下来的人中没有史东宾,上前献花的女学生不知所措。史东宾最后才从中间一辆出来,老校长一旁大喊:"献!献……"掌声像骤雨。史东宾接过花,又扳住毫无准备的小学生亲了亲。

先是在合堂教室参加见面会，尔后是在更小范围与全体教职员工见面。年轻校长一一介绍下属。轮到师辉了，老校长抢在前边说出她的名字。师辉像所有被介绍者一样，微微欠身点一下头——这个时刻静极了，好像是突然静下来，所有人都屏住了呼吸。

六

再有不久，通往河湾的小路就会被白雪覆盖。师辉那时候会穿上灰蓝色的、上口有一圈毛皮的长筒皮靴，寻找滨海珍珠草和艾叶的空隙，在雪地踏出吱吱的响声。无风的雪后黄昏有三两麻雀弹跳不已，注视她呼出的白汽。她牵挂那个空荡荡的孤屋。像宿命一般，在她来到市郊中学几年之后，出狱的父亲也来到了老油库。可是她认为没有一个同事知道这一秘密。老油库，她全部的牵念、憎恶、羞愧和厌弃。在雪前的晴和中，往年是她频频北去的时光，她要帮父亲备下冬天的一切。而今她却犹豫了，因为一切都有狒狒在做了。她站在校舍围墙下望着北部的雾霭林梢，又低头看浅红色的苦草。她想到了狒狒那发红的浓发和鼓鼓额头，特别想到了那双手：又胖又小，永远汗津津的，在没有隔壁的大屋子里操劳不息。她突然想到了那儿仅有一个大炕：狒狒怎么过夜？

一辆车嚓嚓开过来，很慢很有耐心，竟然不顾小枝小杈对车体的磨损。它停下。师辉一回头，正好见驾车的人下来：史东宾。她认出了他，但未打招呼，因为她并不认为他们算是熟人。史东宾准确无误认出了她，叫"师辉老师"。他问她是否要到海边，他正好去那儿，可以捎上她。她摇头谢绝了。那辆车很快开走。她觉得这车比一般的车长一些，但她对车总是叫不上名字。

冬天真的逼近。师辉忍不住去了老油库一次。巧的是她又遇到了那个清瘦的老人史珂。像过去一样，老人没有多少话。整个屋子里最兴奋的是父亲，身体笨重却手舞足蹈，笑声朗朗。他现在已经习惯于把狒狒按护在腋下，一只手抚弄她的头发，另一只手在空中挥动。狒狒被巨大的躯体、被噜噜响的火炉烤得热汗津津。狒狒至亲至爱呼她"姐姐"，师辉却听出了一丝得意与傲慢。狒狒把炕上的铺设搞得蓬松无比，叫着："从今再不得褥疮！"师辉知道这是暗中刺她对父亲照顾不周：他以前身体左侧发过炎，但绝不是褥疮。铁炉旁正化着几条冻鱼，狒狒一会儿过来拨弄几下，"从今再不吃高脂食物了！"果然父亲满面红光，做着扩胸运动说："我的病全好了！你爸现在有使不完的劲儿！"

一种绝望和无奈，还有怜惜和鄙夷，阻隔着老油库之路。师辉默念："快下雪吧！"她想让雪封存这个荒野，包括有关荒野的一切。她在长满了扶芳藤和苦艾、问荆和棒头草的郊外踟蹰，感知自己最艰难的一个冬天。当然是一种巧合，那辆黑色轿车几次在她身侧停下。史东宾为了御寒，已在颈部围了一条深红色毛巾。他不再像以往那样打招呼，而是四下看着，又极目远方，搓着手，像自语和叹息："看看吧，这就是一年，就这么快！"无比的沮丧和怨恨尽含其中。有时他说："我一个人在河湾游荡，真像个孤魂！"师辉想问一句："你的那些前呼后拥者呢？"她及时意识到这种询问有多么蠢，特别是对一个有钱人，问这种话就尤其蠢。他们在这个时代已

卷四

经拥有了这样的自由：想怎么就怎么，奢华，吝啬，一掷千金，当然还可以体味孤独。他们似乎真的在学习"孤独"，而且其中不乏获得"真谛"者，于是这种人再次投入噬咬将会增加十倍的凶猛。

"北边，就是我们望过去的地方，住了一位怪人。他从京城回来还嫌不够，还要独居……这个人就是我的叔父。"有一次史东宾向北方张望，声音干涩。师辉脱口问了一句："史珂？你的叔父？""是啊，他是我在国内唯一的长辈了！有他在那儿干熬，我倒不知该怎么过下去了。"他的目光在师辉脸上掠过，不停地搓手，"一切都想重新开始，可是，最难的是第一步……"师辉以为自己听错了：他和史珂到底谁想"重新开始"？对方似乎能够洞悉她的疑虑，走过来一步，语气沉沉："我在说自己，真的，我从来没有这样煎熬过自己，自卑，恐惧，害怕一生就这样废了。我宁可舍弃全部产业，所谓的成就和荣誉，也要迈出这一步。谁能告诉我，这是不是太晚了？"师辉被他的目光盯得难受，就退开一步。她在摇头。史东宾立刻问道："你是说'太晚'？"

师辉一边转身走开一边说："不，我听不懂你在说什么。""你会听得懂的，你会！"史东宾追上一句，声音大得把他自己都吓了一跳。

七　　第一场雪浅浅的，但终究落下。师辉站在窗前看雪花飘落，有一个身穿风雪衣的人挡住了视线。他笃笃敲窗，又摘掉风帽：史东宾。师辉打开一扇窗，还没等开口,那么大的一束玫瑰就递进来。她开门后人已经不见了。玫瑰上系了一张纸条:"尽管冒昧,但还是要问,问你能否帮我重新开始?我觉得这是最后机会,我不愿错过。"

师辉感觉不到惶惑和突兀。她只觉得这束玫瑰太美了。她找了一个陶罐把花插了。没有一点香气。她明白这是花房专门培育的插花品种:无香之花。由于没有香气挥发,这种玫瑰的枯萎期将推迟许久。果然,一个星期了,玫瑰鲜艳如旧。第九天上,借助邮局的"鲜花专递",新的玫瑰送达了。师辉拒收,可是邮局的人撂下就走,"我们不管其他,也找不到退还的人!"可是玫瑰太美了,她再一次插起来。

史东宾出乎所有人的预料,一次性捐赠给母校五十万元。而且他让校方许诺一个条件:不登报,不张扬。老校长竖着拇指来到师辉宿舍,刚要说什么,发现一个高个子先他一步进来,此人正是史东宾。老校长"哦哦"几声,说:"伟人哪!"就退开了。史东宾一动不动站在屋子中间。师辉说:"谢谢你的花。可是帮你的不会是我。""为什么?""因为我不会考虑这些问题。""永远也不?""永远。"史东宾口吃一样"哪哪"两声。他的声音压得只有两个人能听见:"你不知道,我第一次见到你就完全垮了。我不愿说那些了,都是陈词滥调,你会笑我。我只知道不会再与马莎一起了,我像再生了一次……"

师辉一再让他相信这是荒谬的,根本就不可能。史东宾却说:这些回答全在预料之内,问题在于自己——一厢情愿的爱。离开前他把汽车钥匙留下,说这车就送你了,哪怕你说我庸俗、炫耀！师辉急了，只得掷还。史东宾足足待了有一刻钟。最后他说："你真的没法改变我。"

师辉为了暂时躲避，回到了母亲身边。可是几乎同时，鲜花专递又追到了市区母亲寓所。她再没法向母亲隐瞒了。胡春旖听了"史东宾"三个字竟然未加评论，却转而回忆当年。她承认女人特别容易在时代潮流中错爱，这可糟透了。时髦是几年或十几年一变的，而婚姻却要跟人一辈子。她相信自己那一代姑娘有许多是走进了世纪性的婚姻骗局中，都忙着嫁了同一类人，而不管这个人的品质、教养，甚至连模样还没看清就激动起来！她感叹："要嫁的是自己选中的这一个，而不是这一类。"师辉反驳说："如果压根就不嫁呢？"母亲没有回答。师辉说："我觉得这个时候就是不适合结婚，也不适合生育。生得太多了，到处都在繁殖，生，一刻不停地生……不能再生了，首先是不要结婚！妈妈，我厌恶，我就这样决定了。"

八

老校长一见到师辉就说："你可回了。我受的苦你是不知道啊！我差点见不着你了。"师辉这才发现老人枯瘦了许多。老校长唉声叹气："我那天一看史东宾站在这儿的眼神，中，什么都明白了。他是疯迷了。大把的玫瑰啊，钱啊。这些我都没有。我得眼巴巴看着他把你领走，我白白守了你这么多年！你是我心上的肉掌上的珠，我下半辈子的欢喜。这一遭……不过，说实在话，跟了去吧！这是你积来的福，我还能说什么?"

正说着有人来喊师辉,原来教委主任来巡视这所郊区中学了,说要见一见师辉。她进门一看,天哪,还是那个秃顶的人。对方哈哈大笑,一见面就说:"怪了怪了,小师不会老,还是那样还是那样!"师辉有些亲切感,尽管又想起了他的"基本常识"和恶作剧。主任说:"怎么样,你喜欢安静,就让你到这里来了。再不久我也要退了,退之前你有什么要求?有事快办,晚了不成。"师辉摇头。主任端量她,咂嘴,哼哼几声,"我不明白。""不明白什么?""你怎么就是不结婚?"师辉笑了,"这是我的自由啊,婚姻自由,这才是'基本常识'呢。"主任挠挠秃顶,"话是这么说了。幸亏不是过去。我想起二十多年前,不,快三十年了吧,那时的一件事。有个资本家出身的女教师,要说漂亮可真漂亮,她就是不嫁人,谁说也不嫁。有人火了,报告组织,说这是因为她仇视新社会,不想给咱新社会传宗接代!老天,多么玄乎,可笑的是组织上有人一拍桌子,说这还了得,批斗!就这么批起来了,开大会,什么人都去参加,二流子光棍汉喊得最积极,难听死了,什么'俺就要干你!''越不让干越要干!''干死你!'净这些话。那个女教师一声不吭,会后该怎么还怎么,就是不嫁人……"

主任说走了神,后来发现脏字太多,就咽咽口水停下。师辉说:"如果那个女教师真的因为仇视才拒绝婚姻生育,那么我就尊敬她钦佩她!"主任嘴里哇啦一声,"哦哟,这不是反动嘛!你真这样想还是玩笑?""真这样想。极左时代的残酷到了让人不敢相信的地步,一个受害者仅仅是在心里'仇视',已经是最起码的权利了！"主任捂着秃顶不语。这样许久他才抬起头,"别扯远了,谈你,就是你。我想问问你和史老板的事——为什么还不快应下来呢?"师辉一怔。她马上明白这是史东宾的无奈和愚蠢:开始借助他人。她回答:"我不喜欢这个人。""你怎么能不喜欢呢?"主任拍打扶手,声音带出了怨气。师辉又笑了,"我怎么就一定要喜欢呢?"主任站起来,"你真的不喜欢——不同意?"

师辉不想说什么了。这简直荒诞得像演戏。她忍着才没有摔门而去。但是主任气呼呼的再也忍不下去,一句话脱口而出:"真是狂得不得了,你寻思去,要么跟史老板好好处,要么你就另打谱——咱的小庙能装得下你这尊大神?现在我不会开你的批斗会,可现在我有别的办法!"师辉摔门而去。

这一天她眼前闪了一下飘飘长发的小伙子。他肯定生儿育女了,剪去了长发?很遗憾,蓄长发是学了外国球星;可剪了还真有些可惜,那是她抚摸过的头发。人人都在学一点皮毛。十多年来遭遇的异性和同性——她在脑海里一一过了一遍。令她惊讶的是他们全都大同小异:差不多的求爱方式,无论是行为还是语言,竟是惊人的雷同。他们都是同一个师傅的传人。他们真的是"一类",而不是"一个";所以即便用母亲的标准,他们也是不可嫁予的人,不然就会再次走入"一个世纪性的婚姻骗局"。

师辉有许多话想告诉父亲,但那须是一个真正的父亲。无论是在史东宾的追逐下,还是在秃顶主任的"基本常识"面前,她都能坦然处之;可是只有自己一人独处时,她才能感到对"父亲"的渴望。他应该不同于母亲,坚强,自信,有男性的洞察力。而老油库里的那个人徒有虚名,他在她十几岁甚或更早就开始"名存实亡",如同母亲所说:你的父亲早就死了!现在师辉特别想到了史珂。她不仅想让他阻止那个史东宾,还有其他,那是更重要的需求。她觉得这位老人真像父亲。

这一天下午师辉一直向北,找到了那座河湾旁的房子。可是没人。顺着一条小路向南,直到看见了丛林中的老油库才收住脚步。那儿至少有五六辆小汽车停在路边。她绕开了。

九

史珂去了老油库。他有一些话要告诉这个荒唐的老友,因为他认为自己无法拒绝老油库。愤怒得额上血管突突跳的年纪已过,如今自己仅是一个"旁观者"——他还记得自己一生敬仰的先生有一句诗:"忍看……"是的,如今正是"忍看"之季啊。

鲈鱼一见他就疯迷一般扑来,"我的老伙计,我想的就是你!"这家伙身上的草药味儿比过去更浓。史珂四下看看,不见狒狒。鲈鱼大笑,"你找她呀,她也在那儿洗呢,如今她也爱上草药浴了,整天进去泡啊洗的,把自己搓得小水葱似的!"他的话刚停,狒狒就把头从浴帘中探出,做了个鬼脸。史珂引他去室外,他"哎哎"叫着裹上棉衣出门。

史珂抿抿嘴,去看大屋内飘出的一缕水汽,"她差不多也算你的孩子吧?"鲈鱼点头:"师凤是她继母。""那也不行!你还有纲理伦常?"鲈鱼双手齐摆:"没有你想的那么严重,没有!再说你还不知道咱们老年人的一些事儿？你让我怎么说？你如果想让我死，你现在就说，也不必拐弯抹角了！"史珂难过、气愤，还有羞愧，眼泪都差点出来。他知道这种谈话太可怕，太简略也太草率了。他站起，但心里保留了一次清算的权力。

回到大屋，狒狒已经出浴，火红的肌肤缠裹了一大块毛巾，大片的毛发也被裹起来。她笑着跳上了炕，拉上一道绿色的布帘。史珂注意到这绿色布帘属于狒狒的创造。一会儿她换好了衣服，布帘收起，头上的缠裹还在。"珂叔啊珂叔啊！"她叫着，端苦茶，还递过一把她亲手制作的健身木槌。没有见过狒狒从出浴到换衣服这一串流畅自如的动作，就不会体味什么才是冬天孤屋中的青春。史珂皱眉蹙鼻，因为浓浓的草药香都掩不住她的体息：像稍稍熟过了的杏子的气味。鲈鱼在一边感叹："怎么得了啊！"史珂不禁瞥了瞥狒狒，鲈鱼马上拍打一下膝盖，"这是属于人民的少女啊！"

正这时汽车的低音喇叭传来，他们马上站到门口。好几辆呢，史珂看出走下来的有侄儿史东宾、市长孔庆明、司机金壮一，最后还尾随了史东宾的儿子。"妈的，"鲈鱼骂了一句，"这都是哪路的神仙？"史珂一一介绍，他说："那我得上炕了。"待一行四人进屋时，鲈鱼已经歪在炕上，眼皮耷拉着。原来这些人从河湾那儿过来，只是顺路。市长与史珂握手，史东宾请叔父代为介绍。市长对炕上的巨人说："我听人说过你的情况，打过仗流过血，也不容易嘛！今后有什么困难可以向我、向民政方面提出！"史东宾说："您已经是我叔父的朋友了，当然是我的长辈……"说着压低声音，

"您的女儿在学校多辛苦,她可以来我的公司。"

在几个人寒暄时,金壮一却在逗狒狒,伸手一握狒狒就尖叫一声。史东宾呵斥他。一会儿狒狒又嘻嘻笑了,指着炕上的人说:"让他给你取个外号吧,不碍事的。"这话马上被鲈鱼听到了,说:"小伙子,外号我们都有的!"于是将屋里的人叫了一遍。史东宾左右端量过,问:"我呢?"鲈鱼指着金壮一,"会放电?那就叫'电鳗'吧。"史东宾又问:"我呢?"鲈鱼注意看他,特别让他侧过身子,很快拍起了大腿,"瞧哩,瞧他的下巴,这不是一条'扬子鳄'吗?"众人转过目光都笑。史东宾却一边点头一边拉过儿子,"您老费费心,再给我这'犬子'取一个吧!"鲈鱼马上闭了闭眼,"不值一提。""这也算外号?"小伙子一急,狒狒大笑。

几个人命过名就走了。狒狒说:你把那个市长忘了。鲈鱼说我才没忘呢,第一眼看过就有了他的名儿,只不过没人问起也就算了——"你们翻翻动植物图谱就知道,他可以叫'石鸡'。"狒狒真的去找了图谱,嘻嘻笑。鲈鱼对史珂说:"光滑干净,瘦小机灵,就是没有良心!"狒狒越看图谱笑得越厉害。鲈鱼还在说那个人,"他若不是市长,史东宾一拳就能把他捣死……"

史珂往回走的路上还在琢磨那几个外号。真不错。天色暗了一些。晚霞照着薄雪无边,让史珂伫立了许久,"京城有这样的傍晚吗?那里不过是卷舌音和儿化音多一些。"重新起步时看到了一个人,是个姑娘。她站在远一些的地方,在小路旁。她衬了白雪,晚霞也照了她。

当看清是师辉时,史珂差一点叫出来。他慢慢往前。他这会儿想起前几天的一个早晨：一开门就见到一只洁白的鸽子落在松下沙上；当时他离得很近，看到它无一丝污痕的羽、豇豆红蹄爪……这真是一个吉祥啊。

卷五

肖紫薇

一

大约是午夜两点,史珂又一次捕捉到了夜色里那轻轻一咳。他总要在这个时间醒来。三十多年前一个挚友传给他一个不良的工作习惯:夜九点入睡,两点起床;早八点用餐,然后懒洋洋翻书进入长长的午睡,醒来再工作。据说这是京城知识分子正在悄悄施行的一场作息革命。很好,尽管最初一个月显得脸色黄一点,后来一切如常。他最可怜小刺猬,午夜她睡得正香,他却常常把她打扰起来。狭窄的卧室满溢了爱人的体息,这让他想起故乡四月白杨嫩叶的气味。冬夜里唯有她的温暖,但还是不得不起床。这就是做学问啊,工作啊,头悬梁锥刺骨啊。坐在小桌旁了,只一会儿身后就有她的声音。她吻他的后颈,脸颊,贴紧了让他感觉自己。那一阵比一阵浓烈的杨树嫩叶气味缠裹了他。他发现她的头发、眼睛,还有肌肤,到处都在播撒这种气味。他们拥紧了没有一点声音。他把小刺猬放到床上,为她盖好被子,像看一个收翅静息的小鸟。

第一次听到午夜咳声让他吓了一跳。不过他倒没有想到荒野大盗之类，而首先想到了四处徘徊的流浪汉。揿亮电筒出门，一天星斗，风息树静，连个人影都没有。窗外有一堆柴草，那是垦荒的收获，他还能记得其中一小部分是那个吴妈抱来的。站了一会儿，只听到蛐蛐的吟唱。后来的夜晚又有一二声轻咳，这不得不让他请教博学的鲈鱼。对方不假思索即答："那是刺猬。"史珂听了不仅毫无存疑，而且立刻从心里感激这声来自原野的呼唤。半夜醒来睡不着，就开灯往本子上添字："史珂，刺猬，他们今夜都睡不着了。""他们都走了。只剩下一个人，还是两点……""他们"即包括那个研究所的挚友，还有发妻肖紫薇。

一直到黎明史珂都未合眼。黎明在这个海岸河湾的妙处是野鸡鸣叫，是一个老人在它的远呼近啼中咽下一口口米粥。榨菜比昨天多了一点酸味，豆豉中突出的是花椒的辣。这张原木桌对面空着，正虚席以待。常常有时缓时急的脚步声在四周踏响，史珂已经懒得去听。只有心中的叹息在回应。有时他闭一会儿眼睛，感受杨树的气味时浓时淡。那一天他在门前小路上看到了师辉，见她足踏灰蓝色长筒小靴站在薄雪上。"我们真该有这样一个女儿！"他抬起头，看着自己呼出的一道白汽。当年的小刺猬应该有把握生出这样的孩子，瞧她们多么相像，简直是酷肖……嗯，另一个也许要小巧一些——就像一只闷声不语的小鸟，从头顶一闪就飞过去了。她永远消逝在夜幕里。"妈的，"史珂骂了一句。"多么不是东西啊，岁月，老天爷，都不是东西。"

史珂没法绕开那座老油库。第一场小雪下过之后，他与老油库之间的比喻也有了:那儿是一堆火,他则是雪地里的人。这样一想拗气就来了,出门偏偏将脚踏向另一个方向。太阳融了初雪,小兔子又唰唰蹿动。河湾松林中有一对拣松塔的老人,他们吸引了他。两人是市郊村子的,史珂闲来无事就帮他们做,中午还请到家里来。两位老人都七十多岁了,瘦削,看上去非常健康。只是牙齿不太好,咀嚼食物十分费力。老太婆喜欢豆豉,指着它对老头子说:"甚好。"

二

史珂因为与两位老人同姓,就被他们叫成了"我家兄弟"。史姓老人邀他去村子,他就去了。一路上史珂几次要接松塔担子,都被拒绝。老太婆戴一顶黑色绒帽,瘦小,浑身是劲,不止一次接过男人肩头的重负。他们多次问过了史珂的职业、来自哪里,最后还是茫然:"哦矣,京城人儿。"他们叫他"大学士"。两人几乎不识一字,却对史珂充满敬重。他们望过来的眼神让史珂心上一动:这样的目光以前见过。他的心脏又沉又响地跳动了两下。

不知拐过多少街巷才进入一个小院。四周都是这样的建筑:特别矮小的青瓦房,被一道泥墙围起。院里有猫有狗,狗迎着生人吠两声,又很快甩着尾巴欢迎客人。史珂只看一眼小院就在心里惊叹:这里简直是在举办各种杂物展览,碎玻璃、布条、绳头、报纸、动物毛发……它们全都分门别类放得整整齐齐。他们把史珂招呼进屋,将唯一的一把大圈椅子搬到中间,又端来水盆毛巾和一杯浊茶。史珂许久才能适应屋内昏暗的光线，一一辨认着水泥灶台、风箱，还有一台老式座钟。他忍不住好奇去抚摸时钟，老太婆立刻笑眯眯凑过来，"还是古物牢靠，从来准时。"老头子吸着烟锅，"这是我爹分来的'果实'。"老太婆点头："甚好。"

晚饭颇让他们用心，先是一块儿动手在灶前忙，泡了干蘑菇、海带丝，又把炸豆腐切成细条。最后老太婆匆匆出门买来一小块肉。史珂要阻止已来不及，只好围上一起忙。油烟呛得三个人一起咳。酒菜端到炕上，盘起腿享受这餐盛宴。酒装在一个葫芦里，摇得哐哐响，史珂只好破戒。老头子喝到高兴处伸手一指老伴："她也是'果实'呢！"史珂一愣，因为他知道"果实"是指四十年代末贫农从地主手里分得的财物。老太婆抹抹眼睛，非但没哭出来，还朗声大笑抱住了男人。原来当年的男人是民兵，老伴是富农的女儿。最后老太婆真的哭了，男人为她抹去泪水。

饭后一段时间三个人交谈很多。史珂得知这个三百多户的郊区小村全是菜农，因为市区连年扩展，"开发区"又占了一些，剩下的土地已经少得可怜。村里年轻人有的外出打工，有的闲逛。"倒是老年人安分，种一点地，拣松塔采蘑菇收废品，老天爷只饿懒人！"老头子扬着烟锅。史珂问他们有没有儿女。老太婆拍起了腿，男人在一边连连咳嗽。她埋怨一句："是他出夫耽误了。"老头子一扔烟锅，"我出夫三年，余下呢？生呀！""生不出，俺生不出何如？"老太婆咧开牙齿稀疏的嘴巴笑了。老头子也笑了："就是嘛。不过没有儿女也好，像邻居家……"两个老人说到邻居一齐缄口：原来那是残儿寡母，儿子一生下就下肢瘫痪。

这一夜睡在两个老人的东间屋里，仍旧是午夜醒来。他琢磨"何如"、"甚好"等字眼，心上愉快。在这种语言氛围里他才找到了真正的归来感。在这瓦顶小屋嗅着满院杂物混合而成的气息，试着废除京腔最后的尾巴：打磨得滑溜溜光秃秃、没有一点棱角的儿化音。这发音使他有莫名的羞愧，就像当年总是读不好阴平字一样。那时候他羡慕所有能发出地道京腔的人，有时竟长时间失神地望着对方的嘴巴。有一次他和一位女同事在一起就是这样，他想看清她红润小巧的舌头怎样在洁白的牙齿间游动闪跳，想从根本上弄懂轻音节怎样送气——正在说话的她突然脸色绯红，低下头，再也不敢正视面前这个身材瘦削的青年。

她就是肖紫薇。史珂一生都酷爱和痴迷于她的发音。如果不亲耳听一听她的声音就不会明白什么才叫"有声有色"。从那次注视到第一次接吻，中间历经了一年多的时间和无数曲折。他带着热恋的战栗和陶醉，紧闭双眼——不是接吻，而是品尝声音的甘味，从它的出口一丝一丝寻索。他搂抱着她，因为专心品尝而忽略了爱人那副小鸟般灵巧的身躯。

三

那是个漆黑如墨的夜晚。没有电，街道像室内一样黑。甚至连个蜡烛头也没有。天色一晚庆贺的人就全走了，把一对新人留在夜色里。他们刚要迎视对方的眸子，刚伸出滚烫的手，又有人笃笃敲门。门开了，是同事元吉良。他小史珂两岁，整天尾随着像个小弟。刚才他和大家一起告辞，这会儿却又独自返回。他坐在窗前，史珂借助微弱星光看他惨白的额头。元吉良并不说话，只安坐了一会儿就离去了。又剩下他们两个。史珂感激有这样的漆黑遮掩。逼到尽头的幸福让人欲哭无声。他第一次知道自己的新娘每一根肋骨都精巧绝伦，一对小乳房如同食品匮乏时代的甜点。时光不知不觉到了午夜两点，可怕的饥饿袭来了。

史珂一生都不会忘记新婚之夜的饥饿。他觉得数不清的嘴在撕扯肠胃，他打开所有抽屉寻找吃物。没有，没有一块饼干或一点馒头渣屑。肖紫薇忍住了没说一个饿字，披上衣服为丈夫去取手提包中的一块糖果。找遍了所有隐匿之地，没有。可是她记得白天随手放在了提包中。她哭了，同样没有声音。直过了半个时辰，肖紫薇想到了换下的衣服。她终于从衣服内侧口袋取到了糖果。

她眼看着丈夫吃过这枚粗黑的硬糖睡着了。他是黎明时分侧伏在她的身边睡着的：好像永不餍足的孩子，睡着了还口含乳头。自己的丈夫简直像个发育不良的儿童，夹出一溜眼睫毛，在梦中吸吮。可是她没有一滴乳汁。

许多年后回顾那个短促的夜晚，所能记住的只有饥饿和甜蜜。后来，元吉良对史珂解释那个夜晚返回的原因：想来新郎新娘这儿寻一点东西吃，因为下楼刚走了两步就饿得弯下了腰。元吉良苍白，额头有点鼓，鼻子上翘，很天真的样子。他想不到那个夜晚的新房就和自己的单身宿舍一样，没有一粒粮食。

史珂在蜜月里晕厥了两次。肖紫薇完全不知道这是极度兴奋和饥饿混合一起的结果，只紧拥满脸菜色的丈夫呼叫，直到他醒来，揩掉豆粒大的虚汗。"你到底怎么了啊?病了?"史珂摇头:"不,是因为太幸福了。"他直视着她,第一次叫出小刺猬这个昵称。她除了和所有人一样忙着开会、上班,还要一天到晚牵挂永远饥饿的丈夫。到哪里寻找食物?食堂里一个留小胡子的年轻师傅多给了她一点稀粥,让她感激不已。有一天中午打饭的人都离去了,小胡子师傅使个眼色,她就进了厨房。原来他准备了一捧泡涨的豆子。就在她弯腰取豆子的时候,小胡子竟飞快把手伸到她的腋下。肖紫薇往上一跳躲开,豆子撒了一地。小胡子揩着手往后退,一直退了很远。她又看到了地上的豆粒,它们一颗一颗涨得饱满。她蹲下拣豆子,只把泪水撒到地上。

史珂忠实讲述自己的身世,因为无论对爱妻还是组织,一切都勿须隐瞒。史珂觉得有责任向妻子介绍从未谋面的两位老人,对方也是一样。肖紫薇却说:"我不知道自己的父母是谁。我是个孤儿,一对好心的老人领养了我。"说过后陷于沉默。史珂却长久地想象一个孤女走在寒冷的京城里,被他握住了猫爪一样的小手。

史珂多次要求探望妻子的养父养母,肖紫薇答应了。穿过半个京城,快到了郊区。一片青色瓦顶小屋,土围墙,挤挤的巷子。进了一个小院,出来两个六十多岁的花白头发老人。他们差不多一块儿抱住了肖紫薇。她在流泪,忘记了介绍自己的丈夫。这样许久她才抬起头擦眼。老太太问:"我的孩子,你怎么回家来了?你怎么就记起家来了?"肖紫薇看看丈夫,牵牵他的手,"因为我们饿。"

这是一个到处摊满了破乱杂物的小院,院角有一辆地排车。老太太说:"饿了就来家里,好歹有一口吃的。"这一餐饭吃了红薯、掺糠的窝窝，最后还是饿。老头子去院角掏了一会儿，那儿原来埋了一些萝卜。史珂一口气吃了两只煮萝卜，伏在了床上。老太太坐到身边，一下一下抚他的后背。她对女儿说："听口音他是外地人吧？哪个省的？"肖紫薇的回答听不清。她们以为他睡了，低一声高一声谈话。"你们正赶上了这个年头结婚，也难为了孩儿俩。""妈。""快些为我生个娃吧，趁今年还有吃的。""妈。""给我生个吧。"

四

史珂与肖紫薇不畏艰难，努力想生。大约有三四次，他们以为成功了，结果还是空喜一场。总算能够供电了，深夜的灯光照在妻子浓浓的、稍稍带点栗色的头发上，让他一直盯视。她的目光转向他，他将下巴颏抵上她的头顶，又把手指插进千万条柔丝中。"我对你没有任何办法，"他说。她的手舒展着他额上的一条浅纹，声音小得如同蚊虫："我也是。"午夜的饥饿没有尽头，肖紫薇有几次变戏法一般取出了煮熟的红薯干、花生米，还有一次是石头般坚硬的饼干。他问她哪里来的，她不答。他们伏在窗前，看到了街灯下有一个瘦长的影子——元吉良。"他吗？""是他。"肖紫薇低下头，"没有比他更执着的人，没有。""他心里只有你。他会一个人走到底，可怜的南方兄弟！"史珂差一点流下眼泪，再也不想看街灯下的人了。他问她，又像自语："是我害了他吗？"肖紫薇叹息："千万别那样想。"

难得的假日里，史珂如果得到一点食物就会像孩子一样高叫：

"找元吉良！吉良！"三个人拉上窗帘，把小小餐桌搬到卧室里，每人再沏一杯茶。茶像酒一样醉了客人，好几次元吉良脸涨得吓人，牙齿磕碰有声，然后伏上桌子。史珂去拉他，他满脸泪花抬起头，咕哝："我哪里也不去，我就和你们在一起。"史珂不知该说什么。元吉良又指着窗户说："如果你欺负了紫薇，我就会杀了你，然后从这儿跳下去。"肖紫薇阻止他说下去："吉良，不许再这样说。"元吉良尖尖的目光倏然软下，点点头。元吉良在学校的外号叫"元才子"，因为聪明外露，喜欢他的人不多，但有三五个品貌端正的女学生一直对他保持了探险般的兴趣。其中的一个在毕业前夕希望与他确定婚恋关系，他未置可否。肖紫薇见过那个姑娘：眼大，鼻梁也大，头发蓬松，乳房大得的确有些过分了。她相信在这个肃穆严整的时代，人们暗中不会原谅这样一对乳房的。姑娘进研究所找人，元吉良不在，她就像寻索某件私有物品，问着："小吉良哪里去了？"肖紫薇觉得这个姑娘开朗而成熟，某种生命的活力会保持终生。人们背后称元的女友为"傻姐"，认为她与光洁白皙、身材瘦小的男人构成了"既对立又统一的一对矛盾"。元吉良刚毕业那几年还口若悬河，指点史珂这样那样，说一个人如果过分"内秀"了就是愚钝。这当然是批评史珂。就在这个时期，他向史珂传授了知识分子最理想的作息时刻表：午夜两点起床。

　　史珂总试图找出元吉良沉默的原因。这个人好像突然就变得不事喧哗小心翼翼。研究所气氛压抑，还有后来的食物匮乏——这些都不足以如此有效地改造一个人的性格。最后史珂怀疑是妻子的缘故。他越来越确信这一点。有一天肖紫薇懊丧无比，说："我再也不做这样的傻事了!"原来她敦促元吉良与那个女友完婚,反引起对方莫大痛苦。她长长叹息,他安慰她。

婚后三年多的时光一闪而过,史珂夫妇没有孩子。他们努力过,所以问心无愧。生育失败的原因一半因为饥饿,一半则因为奇特的作息制度:他几乎总是与妻子轮换上床。他们许久以后还为这三年的荒疏而痛悔。这是多么珍贵的三年,他们做梦也想不到的是,三年之后就没有时间了——没有足够的时间上床了。一场接一场的运动,下乡,最后又是意想不到的变动。总之他们都忙得团团转,在同一张床上躺的时间真是屈指可数。这真是耸人听闻的婚姻史,只可惜毫无夸张,一切都是真的。谁没有在一阵阵饥饿的眩晕中伏上婚床,谁就不会对这一点有起码的理解。尽管如此,在最后的一段共同岁月中,史珂与妻子回忆往昔,仍然对那个时代的怀念多于谴责。他们作为饱读之士总算深明大义,回顾历史常要发出一串难以抑制的惊叹:那个时代啊,那个时代一口气出了多少伟大的人。

史珂有时觉得自己潜意识中也许根本就不想要孩子。未来的小家伙会是个血肉相连的陌生人,他(她)使单纯而亲密的小小空间变得复杂了。充满柔情蜜意的伴侣有能力,也势必会将貌似简单的两性关系升华到一个奇怪的高度,在这个高度上才有性的纯粹和浪漫——它可以折射出现代文明的总和。而后来生出的粘乎乎的小孩呢?他(她)又能使一个三口或四口之家高雅到哪里去?他愿意看到小屋规整、简洁,秘而不宣的窗帘,分手时那个含蓄的微笑;还有,他特别乐于看见妻子穿浅紫色高领毛衣,这模样让他想到"仪态"两个字。感谢深厚难测的中华文化吧,它就有取之不尽的好词儿。夜间,最好是月光射进斗室的时刻,那时的床单上像漾着浅水。他迷于她的一切。他在这个时刻也是沉默,想着另一个好词儿:胴体。是的,无与伦比,精致却又丰腴。很难想象如此躯体在未来的一天也要膨胀起来,然后晃动着上街,说"我有了,我有了"。他把妻子的内在脏器预想为薄薄的玫瑰花瓣,并肯定一场生育会撕裂和弄折它们。他害怕到了极点。

五

史珂门前的垦地蒙着银霜。这是季节在封存劳动。他知道初寒迈过严冬,就是春天的播种了。这段时间他仍然帮小村两个老人拣过松塔。以前总是忽视了这些小果实:一层层交错叠生,结构精巧,天然的艺术品。幸亏这时他注意了它们,而平时一走上林间就踢得它们满地乱滚。"艺术满地跑,就看你找不找",他一颗颗拾起,抚摸一下装进两个老人的粗布袋。它们的结局是焚烧,是化为洁白屑末,让人想起凤凰再生的仪式。两个老人叫着大学士,与之亲密无间,几乎再也没有自己的秘密。史珂真正惊异的是如此贫苦的老人,却又如此幸福欢乐。是的,欢乐。这从他们俏皮的、缺牙少齿的嘴巴上看得出来。有一次老头子朗声问史珂:"我家兄弟,你一个人夜里孤单不?"还未回答,对方就磕了烟锅插上衣领,"不瞒你说,俺俩这大年纪了,夜里还是相搂着睡哩!"史珂为他们高兴。他在想"相搂"的准确含意:它显然与"搂着"不同。他笑了。

每天收足一担松塔，他就送两位老乡回返。他们每次偏过老油库，与那个丛林中的黑色建筑形成一线时，史珂就要停步。"走啊，家里歇去哩，反正你是一个人。"两位老人一劝，史珂也就收不住步子了。

史珂有一次进城有事，正好遇到两位老人出门收购废品。他们拉上地排车钻进窄巷，进入市区。巷子迷宫中，两位老人有惊人的穿越能力。史珂伴他们走了许久。这一天他们把酒瓶随收随卖，拖在车上的是动物毛发、碎玻璃和铁片等。史珂一直和他们踏上归途，又绕来绕去进了那个小村。在村子东南部他们一齐停住了脚步：前边出现一幢式样别致的三层小楼，朱红瓦顶上开了几扇窗子。小楼四周是大片草地，还有常绿乔木，围了铸铁花饰栅栏，巨形铁门前站着穿制服的警卫。老头子告诉史珂："这是村头儿的家。"老太太更正："叫'老板'，我亲耳听过。"

这个夜晚又宿在了两个老人家里，半夜了还听着对面屋里谈个不休。早晨老太太告诉："昨夜俺们商量借不借钱的事：东邻居，就是生了瘫儿子那家来借钱了。老头子问：借她能还？我说：能矣！"老头子走过来，"我的意思是，借给她就得打谱白送。咱不可怜她谁可怜她？"史珂一大早陪两个人送钱去，一进那个门吓了一跳：一个中年男子满脸胡须，坐在一块木板上，正两手狠力捶打地面。原来木板上有几个小轮子，他见了来人两手一撑就滑到了里屋。一个健壮矮小的老婆婆出来招呼客人，随手把里屋的门掩上。这一大早东邻又改变了主意：无论如何不借钱了，"不借哩。儿子说得对：咱是凑付着活，上边再催'提留'，妈就拉上车子把我送了去!"老人双唇包紧牙齿,眼中没有泪水。

史珂这一天总是想起肖紫薇的养父养母。自己一生的后半截常被这种思念缠住。他不难察觉妻子与他们的奇特关系:既亲近又疏远。肖紫薇把仅有的一点积蓄送给他们,他们却毫无通融一概拒收。史珂从不认为他们对肖紫薇会比亲生女儿差——事实上她是两位老人唯一的慰藉。史珂婚后曾幻想有一天分到宽敞一点的房子,这样就可以与两位老人同居了。他常常提议去看望他们,肖紫薇应着,却依旧像过去一样忽略过去。他有时看着妻子的背影,觉得这个娇小的身躯正潜藏了不为人知的隐秘。

是的,这隐秘险些怀上一生。

六

即便最美好的婚姻也难免要由一些奇怪的东西组成,如两人断断续续的思念、捉迷藏般的分分离离,再如一点猜嫉、许多的不满足——它们带来的痛苦;甚至还有过分盈足引起的愤慨,有稍纵即逝的某种机缘的丧失……婚后最缠绵的三年一晃而过,原以为夫唱妇随的大好时光无边无际,他们还有个隐约的期待:准备在以后的岁月里大肆缠绵。他们过早许下白发时期的浪漫,抒发各自的豪志——到那时自己的爱力不是衰萎,而是成倍增长。三年后饥饿消失,分离开始。研究所已经分批遣派研究人员去边远农村劳动调研,第二批离京的名单中就有史珂。

这之前他们也曾有过一个多月的分离,那是史珂跟上一位老研究员去一个中原城市。三十天的时间已经够长了，尚未期满，肖紫薇就请假去了那个城市。这次分别和相聚的所有细节都存于两人的记忆中。史珂记得肖紫薇一进门就嘲笑他的男子单身宿舍"有一股公羊味儿"。史珂觉得她说得很好。他回到了城里的小家，一进门就认真嗅过，说："有一股母鸡味儿。"肖紫薇告诉丈夫：他离开的这段时间元吉良来过。史珂说：当然。她不知他的意思。其实史珂永远怜惜元吉良，有时真想伸手去安慰他，抚摸一下那个惨白的额头。

他们都知道这次分离会是长期的。好在中间会有返城的机会。真是不巧，元吉良偏偏不在这次下乡的名单中。行前他来了，餐桌已经比三年前丰盛十倍：有煎豆腐，小咸鱼，还有糖蒜。元吉良扯着史珂的手说：你放心走吧。这个夜晚史珂睡不着，也没有时间睡。午夜两点以前他们想有个孩子，两点以后主要是谈话。史珂记起未能去那个小院向两位老人告别，有些难过。就这样天亮了，他走了。

想不到一场早来的厄运让他们提前相聚了。史珂离京不到二十天，一个夜晚，驻地领导突然让他火速回京：直接去单位报到，不得回家，就坐夜车。豆大的汗粒渗满了额头，揩去又出来，一直挨过了两天两夜，手心冰凉坐在研究所的一个单间里。来谈话的是一个陌生人，左边耳朵有缺损，这使史珂有些害怕。整整一个小时过去了，史珂才从对方巧妙的迂回中弄明白：肖紫薇许多年来隐瞒了重大的历史问题，她的生父生母极有可能是罪大恶极的敌人，"这一点她必须交待，你也必须交待！"史珂惊异于自己的镇定：几乎在一瞬间接受了这个悲惨的结论。他如实回答:"不知道,她从来没有讲过这些。"

轮番盘查进行了一个多月,史珂一直没有见过妻子。他想象她近在咫尺,各自忍受煎熬。左耳有缺损的人文雅而又冷酷,他最后告诉史珂:任何隐瞒都是无效的,所里年内已经有三个人畏罪自杀,其中一个人被抢救过来——尽管如此,他们自己或先辈的历史问题也还是被揭露出来。史珂实在无话可说,他认为自己只有等待"揭露"了。结果他被放回家里,就在城里"待审"。家里空空荡荡,却有比任何时候都远为浓烈的"母鸡味儿"。他没了恐惧,只有深长的渴念。他把头埋在妻子的枕头上。

肖紫薇比史珂晚回家一个星期。她瘦了一点,但仍比想象中好得多。他们相拥的时间很长,既无眼泪也无欢笑。他们相互拥有,好像双方的躯体在分别的这一段刻满了盲文。她什么也不说,也不回答,仅仅是不到两个月的时间,她改变了如此之多。只有她不乏贪欲的长吻能让史珂回味往昔:夜色沉沉,她伏在他身上,由于用力,左肩胛骨高高凸起……史珂泪水汪出,她为他抹去。黎明前她悄声说:"我对不起你。"史珂真是一辈子都要钦佩她的安定沉着——她说过这句话返身检查了门闩,又重新拉了拉窗帘,然后到一些旧衣服那儿撕碎了什么。她转回身开了床灯,放在他面前两张照片。

照片上一男一女,三十多岁,一个英俊一个美丽;长衫旗袍,眼镜……史珂从容貌神色上一下就想到他们是谁。"他们现在都在台湾,他还是教书。多么糊涂,年纪大了就这样,去年通过香港的朋友往养父养母这儿捎信，他们要知道我的情况——这就暴露了。"肖紫薇咬着牙，"养父养母被抓走，他们死也不承认，什么也不说。"史珂感到彻骨的寒意。他为了抵御，只有抱紧妻子。她推开他，"再看看他们吧，看最后一眼。"他们在灯下一起看，然后又一起动手撕，撕成米粒大的碎屑。天亮了。史珂记起了什么，说我们马上去看望养父养母吧，快去吧。肖紫薇摇头：两位老人放出的第二天就不在了，他们自己决定这样。

七

史珂在六十年代中期过着风雨飘摇的生活，那时身材更加单薄。曾有一个得志的长小胡子的食堂师傅为他量过胸部厚度：十四点二五厘米。这家伙再不用挽上袖子做饭，而是进了研究所的一个小组，此小组半数以上的人擅长斗殴。所有人都忽略了史珂的韧性，多少被他孱弱的外表给蒙骗了。在最艰难的时刻，别人都以为他痛不欲生，他却能寻个机会独自勘查一些地方，在那儿流连徘徊。没有一个人知道他在夜色里去了哪里，包括肖紫薇。比如他很想告诉妻子：养父养母的近郊小院坍了，站在巷口就能看到窗棂里茂长的狼尾花，裂叶牵牛从木格上攀出来了。他还去过几个更为隐蔽的地方，那更是一生的秘密了。男人嘛，总会有些藏匿。

自从那次隔离盘查之后，史珂与肖紫薇就算刻上了特殊标记。随着风声渐紧，所有人都不敢走近他们。元吉良的疏远给了他们真正的一击，但史珂总能原谅他——为了求生，也因为怯懦；但他不该泼来污水,不该发出吓人的指控。史珂原谅了他。他注意到元吉良每次都小心地避开了肖紫薇,这正是感人之处。但有人仍不肯放过,揭发这个瘦小的南方人与史珂共享一个女人。元吉良走向了绝望。曾经热恋过他的傻姐是个非同一般的角色:趁着人多混乱,往元吉良下身踢了一脚,凶狠而又准确,让人当场昏厥。她还想以相同的方法对付肖紫薇,被那个长小胡子的家伙一把推开。

史珂最怕回想的就是那个大风雨之夜。这令他心上流血。经过了那个夜晚,他想自己再也不会原谅谁了——后来的岁月却恰恰相反,时间证明他最不能宽恕的一个人正是自己……那天是中秋节,史珂几个人已经在一百里外的郊区农场苦熬了三个月,这天有幸被允许回家团聚。几个人兴冲冲往回赶,由于搭的便车坏了,他们就徒步跋涉了五十多里,进城时又下起了雨。史珂一路上都默念着:"小刺猬!小刺猬!"他们分别了三个月,可实际上的隔离要长得多:没完没了的批斗会和学习班,与家人见面只有送衣物食品的三十分钟。只要肖紫薇出现就有人在一旁监视,好像他们会传递什么可怕的讯息。临到进农场了,这可是长期分手啊,所领导小组偏要让人陪同回家取行李。他在离家那一刻深深瞥了妻子一眼,只一眼就看到了她泪水盈眶。从此只有对妻子的牵挂,只有在心底喊着那个动人的昵称。

史珂满身泥水扑到了自家小门上。他一颗心擂得发疼,敲门的手轻得像抚摸。门开了,肖紫薇尖叫一声,手里的东西掉在地上。他的泥水沾了她一身,他们不顾一切地簇拥。"我真想不到!想不到!"她欢叫,准备吃的东西,要出去买月饼。他阻止了她,让她暂停一切。他只是抱着她。史珂用力忍住才没有流出泪来,他发现妻子在中秋之夜美到了极致:真正的美原来是经久的、难以摧残的。他嗅着她身上熟悉的气味,揉搓她散发青杨叶气息的头发。当他站起来环顾室内时,不知是确有所感还是随口吐出一句:"你这儿再也没有母鸡味儿啦!"

一顿简陋的晚餐让他们耗去了那么久。青春的纠缠伴着骤然增大的雨声归来,他们不愿放过对方每一个微小的动作。史珂觉得妻子咀嚼食物的样子都格外迷人。肖紫薇望望窗外说:"老天在哭。""高兴得哭了。"他预感到这又是一个无眠之夜:无论是心灵还是肉体,他都贮备了成吨的语言。但他不愿让中秋之夜这一餐草草结束。正这时,突然有什么异样的声音,像闷雷——不,是重重的击门声。史珂的筷子掉了,肖紫薇站起的一刻脸色煞白……她不得不去开门。

三个黝黑的男人身穿连帽雨衣站在门口,雨水淌了一地。两人戴了眼镜,另一个是那个得志的小胡子。史珂马上认出他们都是"小组"的人。"怎么了?"一个眼镜问。肖紫薇嗫嚅:"史珂……回来过节。"眼镜拍桌子,"那也要报告!"史珂解释:"这是农场领导批准的,让我们放三天假。"眼镜一咧嘴露出了一颗锃亮的金牙,"农场领导?他们说话做数吗?你立刻给我返回农场,逾时不归,按逃离规定处罚!"肖紫薇转身看小胡子,小胡子脸上泛出铁青色。她几乎在向他一个人恳求:"看在……面上,就让史珂过了夜再走吧,下这么大的雨。"小胡子不吭一声。史珂的声音小得几乎被雨淹没:"让我过了夜吧。""净想好事儿。"眼镜看看其余几个,猛地转向史珂,"命令你立刻返回农场,立刻!"

史珂一个人冲进了滂沱大雨中。他不愿再听妻子的哀求,更害怕自己的乞讨。他头也不回跨进了黑幕后面的呼啸,"哗……"到处都是当头浇泼的声音。他奔走了许久才想:没有车,甚至找不到路,究竟怎么返回百里外的农场?还有,同归的几个人呢?他们也被驱赶到号哭的中秋之夜?一路吐着口中的雨水,后来又蹲下。他发现胸口灼烫如炙,大雨都浇不熄。他躺下,让淌过的凉水浸灭胸口的火种。全都没用。他站起来就往回跑了。"我要去找小刺猬,我死了也要和你待上这一夜,我宁可死!"他叫着跑着,踏溅一地积水。真想不到会有如此强劲的步履,几乎一口气摸到了那幢灰楼跟前,又蹭蹭蹭上去。擂门,使劲擂。天哪,死一样寂静。他又飞蹿到楼下,绕到前面去看自己那面小窗:尽管拉了窗帘,但仍可看出灯是亮的……他的两膝又疼又软,拖着腿转回楼道前面。站了一刻,他退到远一点的雨幕里。他料定自己的小刺猬是被那几个家伙带走了。他要在这儿等下去,死也要把她等回。胸口的炭火炙得他又一次躺下,整个身体都浸在了浊水中。

大约是午夜两点,雨停了。他的眼倏然睁大,直盯着楼道。有一个人从楼上下来,出楼道时愤愤地掀了连衣帽:是小胡子……史珂看着他踏响泥泞走远了。天哪,这个家伙刚才会待在哪里?从九点到午夜两点——他待在哪里?史珂闭上眼睛想了许久。他并不害怕,因为他想不明白。他盯着突然死寂的楼道出口,直到午夜三点。他又一次拾级而上,站在了自家的小门前。笃笃敲门,只是三两下,门一下打开了。肖紫薇"啊啊"呼叫,掩口,去扯他的手。他站在门外,看着她的脸。

"我九点左右返回了,使劲擂门……"

"真的?我……被他们带走了。我也是刚刚回来。"

"刚刚回来?"

"刚刚!"

"哦,"史珂拧下衣襟和袖口的水,"我得返回农场了,雨停了——我不能逾期不归。你关上门吧。"

八

史珂回忆二十多年前那一幕:最后的关门声。它真的响过?好像伴随自己咚咚的下楼声还有其他声音,撕裂了什么……风把门关上了。她的尖叫、呼唤,都压不过风声。一百余里的泥泞全不在话下,他竟然一口气返回了农场。一路上他做出决定:过完痛苦而有力的余生吧。"有力"这个词是经过选择的,它可不同于"勇气"之类。有力,男人的力,这个世界你尽可以拿出所有的力,但不见得你就能站在那儿。

一路上史珂都在问:"我还能相信谁去?"他想起身边的许多朋友,特别是挚友。像元吉良,从未对自己保存过秘密的小兄弟,长了那么惨白的额头,竟在某一天伸出了指控的手指。好了,今天不是昨天,今天甚至可以怀疑元吉良做过另一些事情。那里没有母鸡味儿了嘛——史珂惊讶自己刚刚归来就敏锐地指出了这一点。

他希望农场生活残酷而漫长。可它还是结束了。同屋人开口作歌,嚷叫回家了回家了。史珂提着洗漱用具之类——"回家"。敲那扇门了，一颗心又激动了。拥抱，上床，只要不死就得上床。她的绵绵情话并不少于昨天，看来只要不死就得有绵绵情话。史珂对肖紫薇两鬓的白发不闻不问，对她莫名的泪水不闻不问。无论史珂在城区的任何地方，只要变天了，哗哗下雨了，他就要没命地往家跑，一进门就浑身透湿拥住妻子，然后上床。有一天正在办公室上班，突然狂风大吼天色骤暗，几分钟后大雨就扑到了窗子上。史珂心跳如鼓手脚滚烫，愤怒得手指骨节胀疼难忍，立即抛下手边的一切，急急闯到了另一层楼，嘭一声推开了肖紫薇的办公室。她一见他的样子就返身拉了窗帘，复又反锁屋门。她先一步躺在了长沙发上，一边解衣一边流下泪水。史珂急切而匆忙，除了一阵急似一阵的大雨什么也没有注意。

那个得志的小胡子在史珂归来的第二年就被捕入狱。同时入狱的还有当年小组里的另一个人。但小胡子服刑仅一年又放回，并重新在食堂掌勺，与过去不同的只是头发秃去多半，做菜总要放超量的盐。史珂亲自打饭，当肖紫薇吃菜皱眉时，史珂就安慰她："他可能嫌现在的生活太没味道了。"肖紫薇一声不吭。又是一个雨天，午夜的大雨把两个人同时惊醒，史珂翻身坐起。他再也不能安生，火辣辣的眼睛盯着外面。闪电生生灭灭，史珂掀亮台灯，不顾一切拥住了她。泪水在她脸上漫流，史珂像过去一样视而不见。她猛烈推他，喊："我要从头说，我要向你解释……"史珂厉色道：

"不，最重要的是现在正做的事，别的一点都不重要。"

这一次肖紫薇没有妥协，她反抗得像头雌虎。史珂汗水淋漓停息下来，抓起台灯下的眼镜戴上，好好端量一会儿，吐出淡淡一句:"你真想说说吗?"雨马上停了。肖紫薇的哭声胜过刚才的雨声。她开始哽咽,"史珂,你不该这样,你也没有权利这样。看在我们多年夫妻份上,你该听我从头说起——无论你信还是不信。我说过了你就可以决定,一切都让你决定:或者原谅我,或者干脆分开。"史珂从床上下来,低头说:"既不原谅,也不分开。"肖紫薇一双大眼瞪着,"天,那就是折磨我……你没有权利这样做啊。"史珂再无声音。许久之后他才说:"那你——说吧。"

肖紫薇开始了一生中最为艰难的叙说。断断续续,从那个小胡子早期纠缠遭拒,到他后来的逼人之危,这当中有许多年的时间跨度。夫妻间长久的分离,两位老人的自杀,还有近在眼前的摧残,都使她恐惧和绝望。小胡子许诺尽全力保护她,终于未食言:她既未被赶出京城,也未被一场连一场揪斗——比她情况好上许多的女人却被剃了阴阳头,有的甚至被打发到盐场劳改,被轮奸;小胡子最重要的许诺是要尽快把她的男人从农场调回,当然最后他食言了……史珂打断她的话:"不,我最想知道的不是这些。""那是什么?""你爱不爱他。""我怎么能爱——他?!""一点也不爱、不需要?"肖紫薇号叫了:"我不爱,我不需要!"史珂的身体紧挨在床上,"你自己提出要说,那就拿出勇气吧!你现在告诉我:一个人的长期独处是不是让你产生了需要?还有,他给你的真实感觉是什么?全是厌恶?"

这是一段长时间的停顿。肖紫薇像经过了长久的跋涉,所有的力气都耗尽了。她吐出的气息弱而又弱,并开始口吃,"不,我太孤独太煎熬了。尽管恨那个人,还是接受了。那时我闭上眼睛想,我已经死了。他很壮,第一次知道一个男人会这么壮,他的肩膀让我搂不过来……但我明白我恨他!""他和你一起多少次?""五次,不,六次。""这么多年一共只有六次?""因为我恨他。""只有'六次'?""六次。可是多少次,这真的很重要吗?"她陡然提高声音。史珂的拳头擂起了墙壁,只几下就流出血来。他大喊着:"很重要!很重要!"肖紫薇进一步肯定:"六次。"史珂点头:"那好吧。还有,我要你说说你们一起的细节,越细越好,特别是那个大雨的晚上。"肖紫薇再次恸哭起来,哭了一会儿她抹抹眼睛,一字一字很清晰:

"我明白了。让我们分开吧!"

史珂咬着牙不发一声。他的手伸出去,伸到她黑白掺杂的头发中。她紧依着他的咚咚心跳,脸颊落满了他的泪水。她在听丈夫的低语:"你说得多么简单,分开——我们怎么分开……"肖紫薇咬着他的手指,松开说:"因为我知道你这辈子不会原谅我。我们只有分开一条路。"

这个夜晚黑得像那个新婚之夜。不知不觉停电了。史珂夜色里的声音也宛如那个夜晚甜蜜的悄语:"我要原谅你。不过你得再给我一点时间……"

九

肖紫薇一直想弄明白史珂的"一点时间"是多长。一切如同过去,他再不叫小刺猬这个外号,而且一到雨天仍旧会涌起可怕的冲动。最使她不能容忍的是他一兴奋起来总要提到那个人的名字，使用淫荡不洁的字眼。这使她有些不认识这个文雅矜持的丈夫了，心身深处泛出一股寒意。她再无法习惯他随意吐出的妙语冷嘲："我如果来得及锻炼，肩膀会宽得让你搂不过来！""年纪大了，头发疏多了，再有不久我也会变成秃子！"肖紫薇在午夜听着男人的呼吸，不止一次在心里说这几个字：失贞节，毋宁死！她与他不得不小心地绕开一些名字和一些词儿，生怕触动痛处。有一次她不经意提到了元吉良，史珂立刻摆摆手："我真恨不得忘了他。"她明白这是元吉良对他的伤害太重了。但她知道男人仍旧怀念这位不幸的兄弟，因为有一次史珂说："我真不忍心叫那个名字，可又忘不掉！这不是原来的他了……这真难为我！"史珂后来竟然半真半假给他取了个外国名字：吉良尼奥·元。"这个人像外国人一样陌生。"

有一次正吃饭，史珂突然问了一句："你和元该没有那种事吧？"一句话让肖紫薇跳起来，"你怎么了？你连那些恶棍的胡言乱语也信？"史珂脸色铁青，"过去不信，现在不同了。我就是想知道：你们之间到了什么程度？"肖紫薇两手按住胸口，像在极力回想。史珂的呼吸平缓下来，抚摸她的头发，"说吧，这样我们都会轻松一些。这已经不碍事了。"肖紫薇点头，"吉良是真正爱我的人，他为我耽误了一生，可我对不住他。他要求的并不多，可我还是不能那样……你下乡之后他来，坐一会儿，有时我留他吃饭。他动我，一开始我不忍心拒绝，后来就呵斥他。我是为他好。他快疯了，喊叫，乱说乱蹦，为了让他安静下来，我亲了亲他的脑瓜。他那个地方像火一样。我们到最后也至多这样。"

史珂相信她的话。他长叹一声,"如果在小胡子和元吉良之间必要选择一个,那我赞成你找元。他爱你,这是起码的。他会让我承受起来容易一些。"肖紫薇阻止他说下去,他还是添一句:"你选择男人的能力差极了!"

肖紫薇在后来的日子中一直没法习惯丈夫的嘲讽,没法接受他与性有关的一些机智谈吐。她明白这样忍受的时间已经不会太多了,所以也就放弃了反抗。衰老感、莫名的疼痛、各种悔恨愧疚掺和一起,纠集在她的胸窝,后来又是其他部位。两条腿越来越沉,她终于提出让丈夫搀上去近郊一次,看望那座小院。史珂摇头:"那儿什么都没有了。过去还有牵牛花缠在窗棂上,现在只有新建的舞厅和洗脚房。"他的声音很淡,轻声音节处理得完美无缺,送气清塞音没有丢掉韵母,而这在过去他是做不到的。肖紫薇两眼昏花,用力看着丈夫,满心欣慰:自己到了快死的时候丈夫才大致解决发音问题,这样,今后再也没人在说话时挑剔他,他可以融入京城熙熙攘攘的人流中了。

就在肖紫薇提出去那个小院第二年,春天刚一冒头她就住进了医院。医生发现她的胸部和腹部长满了大大小小的疙瘩。史珂永远记住的是妻子躺在病房里的样子:灰白的头发铺散在枕头上,眼窝深陷,转动的眼睛到处寻找丈夫。"我在这儿。"他握紧她的手,想叫一声小刺猬,终未吐出。时间过了太久,已经不习惯这样的称谓了。偌大一个病房住了许多病人,陪人和其他亲属分成一簇一簇,各自围拢着自己的不幸。在无人注意的时刻,史珂想热吻妻子,想向她说出一切,但最终还是没有。

肖紫薇就在这个春天离开了。史珂从此将永远是一个人。他在她生前想倾吐无尽的愧疚，只嫌太晚。他多么想告诉妻子：自己是个残忍的、罪孽深重的人；不错，他爱她，可是他生生折磨死了她。而另一些话——那仅是自己的隐秘了，他却不想说。直到许多年后，在一个个无眠的深夜，他一直追问的还是这样两个问题：自己是否有权像酷吏一样审问盘查妻子？另外，自己是否有权保存最后的一点隐私？

他找不到回答。

卷六

狒狒

一

在老油库,鲈鱼最适应的还是三个人的生活。黄狗老憨一直被他看成一个寡语的男人,一生郁郁不得志。再就是狒狒。离此地不远的另一个独居男人,还有偶尔来此的其他什么人,都不过是对三人世界的补充。黄昏前他总要踱到大屋前嗅嗅老憨的气息,尔后各自愉悦。老憨的肥爪上有了老茧,眉头上方生出了凸肉,这让他心生恻隐。"你像鲈鱼老哥一样,一辈子可算经历了一些事情啊。"老憨无动于衷,浑浑的双眼盯住他。

狒狒走过来,抓挠老憨的胸肉,又弹它的脑壳,"你看它从来不笑。"鲈鱼把她揽到身边,"你该知道什么才叫饱经沧桑。它眼里再无新奇,连花姑娘都不愿看。"狒狒皱皱鼻子,双脚一跳。她染成棕红色的浓发扎成一束,两个毛刷扑楞楞扫他的鼻子。她斜倚他厚实的肩部,一条腿翘着炫耀崭新的登山鞋。她伸手整鞋带时,鲈鱼看到那双手背全是小肉窝儿。她咕哝着:"我最天真了。"鲈鱼拾起她的手看着,她笑眯了眼,"这可以称之为'小手'了吧?"鲈鱼郑重点头:"当然!"他们趁着天黑之前这一段仔细巡视院子,经过草堆时伸出棍子捅一捅刺猬窝:一胖一瘦两个刺猬出来了,它们推磨一样绕了一圈,然后返回。一只栗色雄兔蹿出抱紧了狒狒的腿,又在地上打滚。鲈鱼赶紧转身点了烟斗,回身时兔子前爪按住他的双膝,脖子伸长,胡须弄得他唇部好痒。鲈鱼忍着,飞快接近它的三瓣小嘴,然后吐出满嘴浓烟。雄兔"扑"一声仰倒在地,又唰一下冲进柴垛。两人大笑。狒狒知道他是不吸烟的,近期出门却要带上烟斗对付兔子,有时也对付刺猬。据他说以前都是往它们的小嘴里抹辣椒酱。

他们在噜噜炉火声里上炕读书。真正的夜晚开始了,安静无风,野物的啼叫从窗缝传入。狒狒只读一会儿就让他念来听,兴奋得双手不断拍动。她认为这是世上最会读书的人:抑扬顿挫,声情并茂,总在原来的句子中插入"啊,是这样啊"、"也就是说啊",再不就是"你看看这就来了"……总之语气和意思与原书结合得天衣无缝。所以那些最有意思的书狒狒反而不看,而要专门留给耳朵。读累了他们就仰躺一会儿,狒狒起身给炉子加炭,沏酽茶。屋里的气温在午夜之前从不低于二十度,这样她可以穿着带花边的法兰绒连体衫在炕上炕下奔波,让整个夜晚火火爆爆。满屋里都是狒狒的气味:一种南方酸橙的香气。最初他还以为她擦了什么,后来才知道是分泌的体腺。狒狒说继母最早发现了这一秘密,所以为她改名时嵌进一个"香"字。

"你为何如此刁顽?"他闲下来一手持卷,总要问上一句。狒狒并不回应，去揉他的太阳穴，端量那对上扬的眉毛，从鼻翼和嘴角寻觅当年英俊的残留部分。她的手在为他按摩和搓洗时已对整个躯体烂熟于心，特别记住了无伤大雅的几处疤痕，还有健壮敦实、宛如柞树节瘤似的尾骨。她的两手感受着汗腺和皮脂，被草药浴液浸得泛红的肌肤，心中涌涨的亲情暖意连自己都惊讶。一种巨大的温厚蕴藏在这个硕长的身躯中，就像无害的蓝鲸躺在下午三点的白沙上。由她一个人拥有和照料这条搁浅的大鱼，耳边响起继母那句叮嘱：好生服侍吧，他一辈子没有好好歇过一天！经过了浴盆中长时间的浸渍，再用印了金色菊芋花的长毛巾为他细细揩过，心头交织起阵阵痛怜。他在她面前流露着毫无保留的欢欣，让她一时不知所措。没人对她这样依赖、信任、疼爱和器重，她在最短的时间内感受了母性的尊严。他留下了冷酷标记的皮肤，写满了阅历的脸庞与神色，一切都吓不住她。她在深夜被他紧紧拥起时大喊大叫："你快些亲亲我吧！"晚上她睡得香甜无比，鲈鱼先一步醒来，一转身看到她额头上落满了早晨的阳光，脸上是幸福的女大学生才有的微笑。他知道：生命重新开始了。

她缠着他讲故事。她这一次可真找对了人，世上没有多少人的肚里装了他那么多的故事。而且这故事全是真的，百分之九十是亲身经历。她听着一次次情场历险，迷人的欢爱，兴奋得直打他的脊背，"快讲快讲，什么都不用在乎，我什么都不怕。"她的话让鲈鱼反而停止了叙说。他回身抚摸她鼓鼓的额头，眼角渗着泪水，"好孩子，你就像刚刚学会啃草的小羊。"

他停息的时候她就说："你听我讲吧，听我讲七天七夜的故事。

我冷的时候,你得不顾一切搂住我……"

二　　　"妈妈是个人见人爱的美女,爸爸让人可怜。他是师范学院教授,文化大得不得了。文化太大的人常常让人可怜。别人说尊敬你尊敬你,那是哄着玩。我妈就哄我爸玩。爸妈都忙,爸忙着辅导学生,妈忙着让小车拉上跑,十天半月不回家。那时我上高中了,也忙,不是功课忙,是忙着做'问题少女'。这个词儿是校长说的。我在学校有三两个好朋友,都是女的,她们在外面交了厉害的男朋友。

"我们几个从十六岁那年就不打谱升大学了。书念多了要倒霉,这是谁都明白的,信不信都是这么回事。我们这一代人聪明,开窍早。我们常传阅一些有意思的书,把最刺激的部分抄下来。将来做什么还没想好,反正怎样都会比别人强。我们知道的事儿别人一辈子也摸不着边。十七岁说来就来,吓我一跳。一个染金头发的男友常拉我去最好的餐厅,洗恒温海浴。他夸我的身体,说是顶尖级的什么。他的话让我头晕。他说十七岁嘛,开玩笑,你知道自己十七岁了?有一天我去了他家。这是我见过的最大最怪的地方:两层,有地下室,黑洞洞空荡荡,家具什么的全是黑的。他一进门就去一个地方搬酒,我不喝,他说开玩笑嘛,十七岁了!他会弹吉他,边弹边唱,一看就知道是从外国电视片上学的。到了后半夜我们看一些录像,上面一出现光身子的人我就背过脸去。他关了录像,往杯里加冰。我们到另一个房间,这儿是玻璃屋顶,房间中央真的种了花和树，大床和沙发就在它们旁边。头上是星星，身边是植物，草地上有小蚂蚱在蹦。有一次我伏身捉小蚂蚱，他就把我压住了。见鬼去吧！我又踢又咬，伸手抓他的脸。他真没想到会是这样，吓住了，没有一点办法。他只重复一句话：'你十七岁了！你十七岁了！'他什么办法也没有……"

鲈鱼的泪水流下来，狒狒为他揩去。"过去我有一把手枪，"他拥紧了她，"我是个弹无虚发的人。""你会打死他吗？""肯定。""为什么？"他摇头不语。狒狒抱着双腿坐起，盯着窗色，"他们是剥削阶级。那些用车拉走妈妈的也是剥削阶级！"他抚着她额上的乱发，"这就对了。这样你就会明白一个老战士的心情……多余的话我一句也不用说了。"风沙沙响起，他重新为她裹好被子，但这次她没有躺下。

"高中的最后一年我可不想好好读了。爸被妈气坏了，到了夏天满头都是痱子，有人说那是被绿帽子捂的。他再没心思管我，我就自由了。爸那时候天天考虑离婚的事，妈说：离就离吧，你这样的人天生受苦受难的命。我觉得妈说得也对。他们离了。我妈不要我，她一个人嫁给了挺大的军官。其实她早就有了目标。不知是故意还是碰巧，妈妈嫁过去两年那个军官就死了。他一死有人就想把妈赶出那个花园小楼，妈摔了一块碟子，说：没良心的，小心你们的小命！这下他们就不敢了。妈至今还住在那里，天天接待新朋旧友，见了我就横眉冷对。我们母女俩是天敌，可我又不愿和爸说话。

"我实在没地方可去，后来又回到金头发那儿。他那个黑洞洞的大房子原来是个监狱、是个妖魔洞。他再不弹吉他了，只喝酒，说：你十七岁了！有一回他领来一个面孔挺熟的女人，我想来想去才想起来，这个人常在电视里嘛！谁也想不到这么好看的女人进门三两下就脱光了衣服，还指着我说：她呢？我当即跑开了。在大街上我想：我今后会跑得远远的……不过也难保不重新回到这座城市。可我还会跑、跑，天底下的地方大着呢。"

三

"我那些女同学当年是几大美女。她们比我好看，身条高爽，脸白，一开口说话把人甜死。有的干了夜总会领班，有的当了秘书，还有的为海外老板当大陆代理。她们见了我都说：金头发没有办不成的事儿，你反正是他的人了，不要太亏自己。她们不信我会干净，一辈子都不信。她们的话让我有了个主意，我就回到金头发那里，对他说：我现在十九岁了，你得帮我！他笑了，皱皱眉头。他让我加入他们的'扣子俱乐部'——名字可真怪。

"俱乐部里的人都很年轻，不过是凑在一起聊天喝酒。这些人当中有的会画会写，还有的下一手好棋，得过奖。这儿没有多少色情，他们把那看得不值一提。金头发卷一种树叶抽，让别人也抽，有人怕上瘾，他说这就错了。很多人都抽上了。夜里一起待久了害困，有人就在一道布帘后边做点什么，然后出来喝咖啡。我离这些人远远的。金头发说我永远都是一个'老冒'。我们当中有一个正在写书的女人，她指着我对大家嚷：瞧她多么天真。我就是从她那儿知道了自己天真。我想向她学着写书，她说容易死了。她问我人的中心在哪里，我说当然是心脏了。她说那不过是一种比喻，真正的中心就在人体的最中间部位，'一阴一阳谓之道'，你只要懂得抓住中心去写，也就成了。那时你怎么都成，外面有些闲溜子会寻一些好词儿帮你凑热闹。

"我正经学了一阵，没成。不过这期间我养成了读书的习惯，没有书挺难熬。金头发很怪，他心里恨着我，可当面还说一些秘密，什么我们当中这拨人谁有命案了，谁的父亲喜欢雏妓，谁的亲属与海外一个大军火商是朋友……他们要介绍一个歌星去意大利，伸着三根手指谈价钱，并不避我。我知道人的一辈子总要有个去处，再说也不敢待下去——我害怕金头发。我说我要工作，我要出去闯世界！他们说那你还嫩了点，你知道什么是'世界'吗？告诉你吧，简单点说，'声色犬马'再加上一些苦难，这就是——世界！

"他们留不住我，就答应把我介绍出去。去哪儿？都说太远了不好，不如去郊区那个全国闻名的集团：'那可是一个大集团！''多么大？''驴那么大！'天哪，都说那儿看模样就像个小国。集团的名字叫'松树坡'，老总一直藏着谁也见不着，有人说是个大圆脸，有人说模样孩里孩气的。我就到那里去了。"

四

鲈鱼的泪水流个不停，眼睛四周的几道纹路闪闪发亮。他沉默伤心的样子让狒狒几次停止诉说，盯住他看。"我的老天，他为我牵挂成这样。可是他什么没经过,我的老天!"狒狒为他垫高一点后背的枕头,揩去泪花,做这些时嘴里哎哎叹息。她觉得他连这点经历都受不住,这才叫天真呢,他不过是个长得过大的儿童。她以前听他伸长了两手告诉:他们给我戴过手铐呢!她这时越发不解,料定那些人是搞错了。半夜时分,那种难以说出的温情像一只鹿一样在胸口乱撞,她偷偷观察过身体的各个部位,发现一对乳房不再羞涩,那真是渴望饲喂和收养。"我啊,我不折不扣是个做母亲的料儿!"她隐约看到一群赤裸的小家伙在四周欢乐,但不能肯定那就是自己的孩子。如果随时随地响起一片"妈妈"的喊声该有多好,那时她就坐拥天下,敞开胸怀,好好幸福一番。她低头注视这个男人,对显而易见的衰老的逼近视而不见,只觉得他可怜动人。天哪,周围的世界多么黑暗啊!她一次又一次为他抹去源源不断的泪水,听下去吧,听我好好讲下去吧。

"我刚来'松树坡'集团还好,被安插在别墅区带班,有几个小姐还归我管呢。我的顶头上司大我三四岁,也是女的,漂亮得像个玻璃人——后来才知道是个母夜叉。我们这里什么人都来,一辈子该见的全见了。有一天晚上住进来一个人,满身臭气香水都盖不住,鼻子左侧还长个肉瘤。那天我收拾客房,想不到一进外间就被他挤在一个角上。我摆脱太急,慌乱中反而闯进了里间:一个小姐光光的伏在床上。我气坏了,让她穿上出来。我把所有小姐都叫到走廊,告诉她们:谁敢做那种事儿,就从这儿滚。她们一个个挨过训就走了。剩下我自己,高兴得想流泪。

"谁知第二天上司就把我叫去,她没说几句就恼了。她抽我的耳光，故意踢我的下身。我刚还手就从里屋出来两个脏黑的男人，模样像掏烟囱的。他们三两下揪破我的衣服，往狠里揍我。这个母夜叉就在一旁看。她太狠了。那天我真想杀了她。我被关在一间又潮又湿的屋子里，关了三天。可是放出后也跑不掉，后面总有人跟着。在车间里，一个说话不清楚的大舌头遇到了我，对旁边的人喝一声：'哈？'我就给送到了他那儿。那时我还不知道他就是集团老总的儿子，外号叫'半语子'，马上就要接父亲的班了。他眼下负责赌场娱乐业这一大摊，是国中之国。我们一些男女要穿漂亮制服做侍应生，正式上岗前还要培训。半语子糟蹋的女人不计其数，好几个姑娘被逼得喝药自杀。他脾气大得说火就火，有一回领人一口气打死了一个民工。还有一次内部有人往上打小报告，半年下来舌头被割去了一截，这都是半语子让人干的。

"半语子一喝酒就变成畜牲。他欺负了多少姑娘，还想欺负我——做梦吧！我那次咬了他的手，他就把我推到了水里，差点淹死。我恨死了他。一天我们三四个姑娘被命令脱下制服，然后来人宣布辞退。辞退了又不让我们走，却交给一个开篷布车的人。那辆车遮得严严实实，里面有吃有喝，押车的是三个壮实汉子和一个四十多岁的女人。我们一进车厢就知道完了，这是交给了黑道。我们几个女的都是平时与集团头头结过冤的人，可能早就被盯上了。谁都明白这回如果不在路上逃掉，那就不知要弄到哪里。车子晃动得越来越厉害，大概驶进了山区。我们几次提出解溲，那女的就扔过一个塑料桶。一点机会都没有。车跑了三两天，夜里就宿在路边孤零零的房子里，一起睡通铺。我们的手一直被捆着。这样的夜晚我害怕了,我特别想爸——他这辈子都解救不了我,因为他太好了。"

五

"车子穿过几个吵吵嚷嚷的地方,又往前走。到后来车子一停,我们当中就有人给押走。最后车内只剩下我一个了。又在车上过了一夜。这一夜我被捆得一动不能动,只求天亮快到终点,哪怕那儿等我的是一口枯井。

"车停在了一个荒凉小村。这儿还是山,河套里搭了石头平顶屋。我被解了绳子,可一下车那女人就抓住我的胳膊。我想只要有一丝松动一点空隙,我会撒腿就跑。村头不少人过来看,上年纪的女人抱着孩子。他们的衣服可真破烂,眼神尖尖跟住我转。几个男人拉上押车的说话,在一堵泥墙后边喊喊喳喳。有几个年纪大的男人揉揉眼看了我一会儿,在那儿议论:许家老二这回该恣了吧?有人不同意:模样中看,就是屁股小了些,还不知能不能怀上男娃哩。正说着鞭炮在一棵枣树上点响了,一个戴了崭新的蓝帽子、高颧骨的大男人从草垛后面出来。我一眼就猜中这是'许家老二'。这人的手可真大,我的眼再也离不开他的手。

"我和许家老二当夜成了亲。新房里外都有看守。入洞房前那个随车的女人找来村头,把我领到一边开导了一番:知你跑这么远路嫁来不易,又听说是个城里婆娘。俗语说下了,'命里八尺难求一丈',又说下了,'嫁鸡随鸡嫁狗随狗'。许家老二是全庄第一泼娃,能吃能做,你跟上也没有大苦受。开头日子过不惯,过个一年半载生下娃,让你走你还舍不下哩。有些话不用说了,你心知肚明,太犟了没有好处……我听着,一句没应,也没有眼泪。我看看对面那间贴了红纸的小门,觉得这才叫'洞房'呢。我做梦也想不到的男人,一个高颧骨戴蓝帽子的人,成了我的男人。我的命好到了离奇。不过随着天色一黑,我被推到了蜡烛闪跳的小屋,听着对面这个男人呼呼喘气,真想好好看看这个'全庄第一泼娃'。

"这一夜他差不多只是抄着衣袖看我,我转脸看他,他就躲开。他太高太大了,骨骼凸出,嘴总是半张,露出一口结结实实的牙。眼看天要亮了,他吭吭喷鼻子,在床上活动,像低头转圈儿,就是不看我。我问:既然来了就是一家人了,你得告诉我这是什么地方;还有,你为我花了多少钱?他不吱声,两只大脚挪来挪去,抽烟。天就要亮了,我一瞌睡,他伸开两手就按过来,一下把我按得牢实。任我说什么他就是不松,真是'第一泼娃'。我说你得回我话,要不我就死在这里。他泄了气,说:中。原来这个穷山沟叫'大眼夼',他为买我花了五千元。我得知自己的价钱,没哭出来反倒笑了。我一笑他才高兴,张开大手问:你恣了?

"几个月过去,我硬是没让泼娃沾身——要是到了那一天,我准是死了。住的地方总有看守,有一回泼娃往我腿上拴了链子,那是他要出门。我明白先要让他们信我,要不就别想出这个庄子。有一回他央求我,说好好过下吧,有娃有家就是一辈子,千万别坑山里人,一家人攒了十几年才有五千哩。我说:已经是你家人了,怎么会跑。说真的,我可怜这个泼娃,他是好人。半夜里我半是不解半是逗他:泼娃,你大字不识也敢睡城里女人?他搓搓脸,村长说别怕，都是人哩，拥住就中。我问他全村还有多少光棍汉。他扳着手指算了两遍，说还有十三个吧。他说村东的'二斜眼'不能算了，买过婆娘又跑了，今个也五十多了，老了苗了。我得知整个大眼夼先后买过五位婆娘，除了一死一逃，其余都活得挺好。现在省吃俭用备下婆娘钱的光棍汉真不少。我和泼娃相处得不错，让他领上出门，一块儿做田里活。我问他为什么叫'大眼夼'，庄里人眼并不特别大嘛。他把我领上村南的山顶往下看：下面是很大的一个锥形山口，很像朝天睁大的一只眼。原来是个火山口。泼娃说下面有蓝宝贝，有功夫领我拣去。我想这可能是蓝宝石吧。从山上下来时我发现，不远处还有人捎着鸟枪：我的心凉了。

"那个随车的女人叫'杏安'，原来是泼娃本家，周围小村的外地姑娘就有她弄回来的。杏安一天到晚劝我'应了泼娃'，还说我反正早就是个见过大世面的人了——从'半语子'那儿出来的女人个个皮实。我说我还是原来的我，谁也别想碰我！她不信。我这一天好好哭了一场……杏安让我哭得心软，就听我从头说起，最后也骂起了'母夜叉'和'半语子'。有一天杏安来玩，泼娃找出一个小口袋，给我们看里面的一些东西。这真的是蓝宝石！我说：这些如果在城里，还不知要卖多少钱呢。杏安听了两眼发亮，一下连一下咬嘴唇。大约过了十几天，泼娃说杏安又要出远门了，还要走了小口袋——这次顺路准去松树坡呢。我马上明白她要去那里干什么，就鼓动泼娃一起跟上：那是我们的蓝宝贝啊，咱不能让她自己发财！泼娃突然明白过来，盯着我说：中。

"村长和杏安都不让我和泼娃上路，可泼娃拗着性子准备，自己动手做了一大摞锅饼。几天后杏安真的出村了,我们知道得太晚,追到十几里外的小车站,早没了影子。泼娃说一声'寻哩',拉着我就上了车。我的心一阵阵狂跳。车开了,我回头看看大山,知道这一去再不会回了。可怜的村子,可怜的泼娃!"

六

"我在车上只有一个主意,这主意让我高兴也让我难过。泼娃没出过远门,一离了家就像个大孩子扯着我的衣襟。我呵斥他,也为他难过。这条路要走三四天,中间换两次车。我想趁早逃吧,走远了泼娃找不到回家的路。在换车过夜的小站里,他一睡我逃去正好。可是我看看他的老实模样又不忍。有一次我下了决心,站起来又想最后抱他一会儿:你醒了我就等下一站,不醒我就走了。我知道他困透了,睡下摇都摇不醒。我抱住他,一沾手眼泪就出来了……可是没有办法,我一定得逃,一定得找那个和我一样受苦受难的爸。人都有一个命,爸和我,还有泼娃,天生就让人欺负。谁欺负我们?不知道,可能是自己的命欺负自己吧。

"他没醒,可是我一动他就像孩子一样牵住我的手,打着呼噜握紧了。这样挨到天亮,我们俩背上锅饼奔下一站。一路上都有个声音催我快逃,我忍了一路。一抬头看到郊区车站的牌子,到了'松树坡集团'。我的心扑扑跳。泼娃喊着'寻人寻人',下了车却没了主张。我先把泼娃安顿在车站小旅店里,然后出门——泼娃说不哩不哩,我得相跟着!真急人啊……我们在集团转了一天,真的找到了杏安。她一见我们就有些慌。我忍着，说你该把宝石卖给母夜叉一伙。她不愿理我，只到一边训斥泼娃。泼娃嘴歪着想哭。她硬逼我们回小旅店，一路上泼娃没松过我的胳膊。

"我硬着心，开始琢磨怎么离开泼娃。谁知天一黑杏安就领来一个女人，我一眼认出是母夜叉！她一见面愣了，翘着嘴角厌恶我：你怎么来了？我笑笑，说人都是命，原本是让人弄到山里，想不到配上个男人老实忠厚，日子过下来也不比城里差。她哼哼几声。我这才看出她眼角有了一道皱纹，皮下的小血管一根一根发青。杏安絮絮叨叨：那个山里有个火山口，家家拣得宝石，就是不知宝贵，几个小钱就卖了。我这回就想找人联手发财呢！母夜叉两眼放光，把那个小口袋里的东西反来复去看个不休。

"母夜叉刚走，杏安就告诉我她要用蓝宝石诱人的事儿：先把她骗进山里，宝石嘛也不愁出手。她让我俩记住怎么应话，泼娃说：中，中。这事儿让我快意死了，只是杏安盯得我死紧，我怎么逃啊。两天内母夜叉来了几次小旅店，对蓝宝石的事儿不再疑心。她说找个方便车快去快回，几天就能看货付款。最后一次母夜叉眼都红了，不等杏安同意就打了个电话，进来三个女的。我认出她们都是她的贴身，什么坏事都干过。杏安说我们只有坐山区客车偷偷走才好，要不让缉私的逮住就完了。母夜叉没了办法，也没了心智，因为她这会儿急着要蓝宝石。"

七

狒狒把被子揪紧，拱在鲈鱼怀里。他们忘了往炉中添火。"好孩子你受尽苦楚，这滋味等于我挨了子弹。我现在等着他们倒霉呢！"狒狒一下坐起。她听到了外面的沙沙声，知道那是刺猬游到窗外了。平时遇到这种情况老憨总要打着哈欠出来，用胖爪轻拍几下它们的刺背。她推开窗，见老憨也伏在窗前。今夜都在倾听。狒狒起身下炕加火。

鲈鱼一直注视她在寒冷中跳跃的灵巧之躯，看那鼓鼓的额头和翘翘的臀部，泪水又一次糊住双眼。他直盯着她添炭，看白色的灰屑扑上刘海，水壶呜呜响起。她胸前那对小鹌鹑转过来，双腿一跳上炕，把浓浓的酸橙味儿带进被窝。她又一次为他抹泪，"别难过也别担心，后来的事儿都挺顺的。告诉你吧，那几天的山路颠簸会让母夜叉记一辈子。三天没白没黑赶路，山越来越高，几个长了蛇蝎心肠的女人熬不住了，她们一恶心呕吐，这边就议论几句蓝宝石。她们竖起耳朵，两眼变得贼亮。好不容易到了那个车站，杏安揪过泼娃咕哝几句，说你快些去村里喊人来接，我们在站上等。泼娃跑起来两手像翅膀一样，他除了听别人的话，没有自己的心眼。"

他忍不住打断她："等我百年之后，你就把泼娃接来老油库吧！"狒狒拍拍他，"好生听吧，你操心太多了。我们在站上等，母夜叉两手捂着胸口。天快黑了，这个玻璃人儿在那儿发着光亮，山里人见了要盯半天。他们从来没见这样光滑的女人。他们做梦也想不到火山口那儿连着地狱，玻璃人儿要领上三个黑心妹赶去。还好，天刚黑透泼娃就引着篷子车来了。母夜叉几个从后面给塞进车斗，杏安坐在驾驶室直笑。我知道车子咚咚一开，她们的好事儿就开头了。

"她们进村了，那情景就和我当年一样。不同的是她们哭叫更凶，大骂。母夜叉从扭住她的人当中挣出半个身子，盯住我喊：'你记住吧，是你让人贩子拐了我，从今以后你身上有案子了！瞧我盯你一辈子！咒你一辈子！'我出了一身冷汗，不过我什么也没说。山里人看惯了这些，没人理她。民兵连长是个脾气暴躁的人，村长说他'牛都敢日'。就是他领走了母夜叉。村长见她又蹦又踢，就叮嘱连长：'夜里千万小心！'连长揪住母夜叉的衣领说：'大叔尽管放心，咱让她当夜怀娃。'一边围看的一个老太婆欢天喜地：'听听这娃多么能吹！'街道上笑声骂声连成一片，鞭炮响得像过年。

"谁也想不到这就是我和泼娃分手的日子。全村都在看守那四个新人，没人注意我。这是我的夜晚，泼娃的夜晚。他累得什么也顾不得，倒头就睡。是他飞跑了十多里引来篷子车，累坏了。我坐在他身边看他，从没见他这么可怜。以后就是他自己了。如果他这会儿醒来我就拥他到鸡打鸣，那时再跑也来得及。挺好一个泼娃，不过是生在了山里，不过是想要一个女人。我真该交给他，只一次也好。我把他亲了又亲，他就是不醒。想想真是害怕啊，我和人贩子联手卖了四个女人，这怎么说得清啊？我今后得逃一辈子了。天哪，我得走了，鸡打鸣了。"

鲈鱼的嘴巴大张着，"可怜的孩子你让我说什么！多么惊人的保存哪，然而……遗憾总会有的，我这一辈子就充满遗憾——算了，不要难过。我打心里佩服你的勇敢。你这辈子注定了要干一些大事，我要加紧培养你。这个老油库宽宽大大，安安静静，可它是一座学校呢！我们读书，还要翻看动植物图谱。等到了将来，到了那一天，你从老油库走出去的时候，所有人都会惊得哑口无言。他们是想不到，想不到一个大姑娘会出挑成这样……好孩子，记住我的话吧，不要难过，越快越好地忘记昨个的事儿，就像一首歌里唱的：'好一阵恼人的秋风……'"

八

狒狒说："耶！耶！瞧你把我夸得都不好意思了。也该我有福，苦尽甜来嘛，俗语说得一点不假。这儿比我想的还好，我是一个人要死要活跑了一路，到了这一站就不走了！"鲈鱼大声赞同："不走了不走了！好狒狒，你天生就是个吉祥物儿，大灾大难都躲你远远的，有时眼看它来了，贵人相助又赶得没了影儿。我说过，你的天真连你自己也没法改变。我远远端量过你：小嘴儿永远湿漉漉的，这就是天真！"狒狒拭了拭自己的嘴巴，嘻嘻笑。

天快亮了，狒狒在剩下的一点时间里像唱摇篮曲一样讲了寻父经过。"我到处找爸。他没白没黑教书，可怜的爸。我不太想妈，因为她有好日子过。我今生不会牵挂她了。我只找爸。找啊找，学校没有，人家说他办了内退回老家了。我要赶到另一个城市去。当时是个秋天的下午，一阵雨刚过，梧桐叶儿落了一地。我又看见了我们家原来的房子。它那么小，黄土染的墙皮发了黑，最破最旧的一座楼的四层,两间半。里面的气味我还记得。可怜的家,我就生在里边。我出生的这个城市啊,太不公了。我又恨又爱这个城,可是我要走了。

"爸的老家是个更大的城。原来那儿有个人吸引他,他们怎么认识的一辈子都是个谜。爸的模样显老,可继母要大他不少。反正两人只要相爱就不迟。继母一头白发,文雅得让人目瞪口呆。她与爸才是一样的人,他们会天天幸福。继母那么大年纪了还有一对杏核眼,水汪汪的。除了白发她哪里都不显老。爸与她有时一起洗澡,水声笑声响成一片。既然爸有了继母,我也就不必陪他了。我在他们身边什么也没讲,可我自己知道还有案子在身上,危险还没过去,弄不好得掩名埋姓一辈子。

"我对爸说:'爸,我以前对你不好。'爸说苦命的孩子,你和我都一样,我们都要重新开始。爸说的对,可怎么开始?我大胆提出跟继母姓。他们赞同,她还为我取了新名儿:当时她拉着我的胳膊嗅了嗅,说这孩子身上香气自来。我真爱继母。我又回到了十七岁以前,在家里欢欢快快,有时从地板上一个鲤鱼打挺就能翻到他们软乎乎的大床上。有一天下雨,爸见继母不在就问:孩子你这些年哪里去了?跟爸讲讲吧!你不知这些日子我是怎么过来的。爸发出了哭腔,我一声不吭。我在想'大眼奓',想泼娃。我这辈子忘不掉这个男人了,好像只有他才是我的男人,其他的只能是冒牌货。我忍不住大哭起来,爸害怕了。我哭个不停。

"就在这些日子传出一个消息:城里有几个女孩不顾父母千阻万拦上山当了尼姑。我的心立刻开了,心想这法儿逃案子最好了。

真后悔现在才想到这儿,再说我早就该上山修行了!可是这回我再也不能不辞而别了,我要告诉苦命的爸。他们都不同意,为我哭。他们说:孩子,你要过正常生活,你要结婚!我难过得差点笑了,心想我早就结过了,窗上贴过喜字呢,我那个高大结实的男人哪,往跟前一站会吓你们一跳。爸差不多要哀求了,我只好暂时不提上山的事儿。不过我心里挺苦的,我总是叮嘱自己:走吧,别待在城里,我该离这儿远远的。也就在这不久,他们背着我一遍遍商量什么,这就是来老油库的事儿了。我听了这消息马上明白:这是老天爷为我指点了一条路,一个好地方,我必去无疑!行前我要他们隐去我的行踪——有人问,就说我上山修行去了……"

九

"你为何如此刁顽?"鲈鱼在下午暖洋洋的光线下又喊起来。他一看狒狒在一边挽着衣袖做活儿就兴奋不已。这样的好天气真想喝点酒,因为他心里一高兴就有这样的冲动。有时候他嚷叫:"喝吧!喝吧!一口气喝成酒理事!"他认识的一个酒鬼竟然是"酿酒协会理事",这曾使他兴奋了许久。狒狒早把所有的酒瓶锁到了一个箱子里,钥匙就拴在自己腰带上。她让他自己安静下来。她有时要出去摘野菜抱柴草买东西等,一离开他就惶惶不安。她出门前总要拍拍他,"你得听话,在屋里好好待着,我一会儿就回。"她不仅把茶备好、炉火捅旺,把常看的书放到跟前,还把需要剥制的豆角筐子端去,这样他读累了可以做点活儿。

狒狒在大屋里走动,搬弄东西,喘息,只要有她在他就愉快。她多么勤快,除了读书就是干活儿:分拣草药,涮浴盆洗衣服,摆弄针线……她每天要经手多少事儿。这间屋子大得过分,她常常在一个角落忙忙活活,像在做一些非常个人化的事情。真是暧昧啊,可分明又什么都没有。她鼻子喷气发出的声音常让他难以安静,要拖拉着身体踱过来,一下一下抚弄她的头发。他觉得这孩子踏着一个长长的故事走来,简直就成了神话中的小精灵。

鲈鱼有时想念老友史珂,很想让狒狒去看看,担心他会一个人病在河湾的房子里。"都是偏性子,而且,此人很不乐观。"狒狒一听就明白他在说谁,忙问:"我替你去请?"他笑了,"这个真鲷不知忙些什么——你找个时间给我打探一番。我真想让他再结一次婚,那就什么都好了。其实除了我谁也不会知道老人的心事。"狒狒不答。她没有告诉:自己有一次好奇,走了很远,直踏过一片开垦得松松的土地才到了那幢孤屋跟前。那门上是一把小锁。她贴在窗前看了很久,里面黑漆漆的。

狒狒出门时,鲈鱼的不安常常演变成恐惧。他在室内室外乱走,到院里张望,与黄狗老憨胡说一通,使它不知所云。老憨的清静安然让他从心里钦佩:它靠咀嚼往昔度日。"真是'三人行必有我师',老憨干得不错!"他回到屋内,站在窗前遥望,伸手抚摸胸口,有了一种抒发的情怀。丛林一片,雾霭远逝,茫茫然故地他乡,哦哦,我有少女婀娜多姿,手挎竹篮而去。她的头发像苘麻一样,粗韧茂密披洒双肩。我欲起身寻她,四处不见,蓦然回首,她正坐河边歌唱……这样念着,突然听到一声枪响。他匆匆扳开木栅栏门一看,见前边树隙里正有一个老者挎着帆布包打猎,手里的枪还在冒烟。鲈鱼走过去,见老人须发皆白,戴一顶狗皮帽,便棉鞋,下边一截裤脚围了粗布且用麻绳扎起。他忍不住好奇问老人高寿。老人答:"九十四了。"正说着有一只兔子从旁蹿过,老人立刻目光咄咄,右手做成剑指往前一捅,屁股一弓跑去……鲈鱼呆了。多么健康的老人,太健康了,健康到了幽默的地步!一种无比的喜爱在心头荡漾,他真羡慕跑去的老人。

他扳着树枝往前,慢慢寻到了那条小路。他知道狒狒总是踏着它归来。"我多么想念,多么……你是个革命的尤物吗?"他口中念出声音,一只兔子在前边不远处双爪合十,他却完全忽略了。风从河湾吹来,凉气让他一怔。他抬起头时惊呆了:三十多米之外站着两个人,一是狒狒,一是鬈毛男子。"老天",他压住惊呼闪到松树后面。狒狒挎篮往前,那男子竟退后一点拦住。她再往前,他再退后。真像一种可恶的游戏。他这时到底看清了,那个男子不是别人,正是电鳗。

鲈鱼胸口发疼,蹲在了那儿。那两个人一进一退继续往前。他从树隙看他们的影子,直到模糊一片……"老战士,一场战斗开始了!"他扶住树木站起,紧盯那个方向。风越来越凉。远处又传来一声钝钝的枪响。他望着枪响处,"这就是我们老年人的声音——'嗵!'瞧,我们习惯了这样发言。"

卷七

史铭

一

　　史珂需要好好考虑一下了。原准备今生不再远行。远行的概念在他这儿也许有待确定，比如去其他城市访友，算不算远行？至于去生活了多半辈子的京城，那就肯定是一次远行了。那儿太遥远，已划入生命的另一半。史铭几个月来一连三次催他去纽约，都是郑重的信函，这还不包括发给史东宾的因特网件、让其代转的三两次越洋电话。太远了，远在天边，远到了虚幻国。那仿佛是筑在一块巨大浮冰上的城市，勉为其难地漂浮在大西洋上。那是流浪在哈得逊河口的一个孤儿，排行老幺。许多年过去，那里也繁衍得子孙满堂，很像个样子了。史珂几年前去过那里，亲自用脚踩过地表，以感受那块浮冰的坚实和厚度。他知道那是怎么回事。所以当他瞥了一眼哥哥那好似生锈的零部件组装成的汉字，就明白那个人的思乡病犯了。这病非要用他来医治不可，自己就像被注明了产地性味和名称、标上了"正宗"二字的一味中药。有一封信还建议他带上史小吉，史珂于是得知病人的焦躁：希望多一味药引子。这可不行。病疾乱投医，忘了药物配伍禁忌。他那孙子已被命名为不值一提。

信云：不可耽搁。也许这是兄弟二人最后晤面。古稀之人了。我又不能回去。你也该到这样的地方来透透气……就是这样的语言风格。简洁，字里行间多有蕴藏，句号很多。还好，这回没有夹杂那么多英语单词。这在他是很难的。几十年漂泊无根的生活，语言的消变，还有发音：鼻音变得强而长，高元音常带出强烈摩擦。这是介于英汉之间的"第三种语言"……史珂反复琢磨的是"我又不能"和"透透气"两处。他怎么也不明白兄长为什么就不能回来！不是焦思日炽吗，那回来啊，如今又不是过去，谁也没心情把你掳起来。至于"透气"一说，那是颇费猜度的，他相信即便让对方亲自解释也会相当麻烦。这里很闷吗？有人总以为只有自己那儿才是通透的。"透气"其实也是个艺术感受范畴的问题，比如绘画——史珂总也不忘那次去看朋友画展的情景。有一位女画家温文尔雅，仪态万方，正专注地看一幅画。那时朋友就在一边。女画家夸这些画"扎实"、"焦墨用得好"，最后却加了一句：可惜不太透气。那位朋友一直欣悦倾听，到最后脸立刻沉了下来。事后他对史珂恶狠狠地说：她透气，她透了大气了——这行了吧？

有时一个城市也像一幅作品一样，很难表述。史珂一直苦于无法概括哥哥居住的城市。他不愿像有些人那样天真，总想"一言以蔽之"。纽约可不那么简单。如果硬要他拿出一个像样的比喻、一个说法，那么他倒愿意借用那个朋友的现成话：纽约透了大气了。

至于那位女画家，史珂总在心中全力回避。他见她的次数不多,大约只有一两次。最后怎么也见不着了——他不敢回想。他曾发誓永不回想:她的目光、容颜,特别是她的微笑。誓言对人是如此无力。他常常要猝不及防地想到她。比如几年前在纽约大都会艺术博物馆,当他走进史前期的一个展厅,竟蓦然想起了她的眼睛。然后就是努力驱赶,可费尽心机也是枉然。她简直无处不在。这样的情形在二十几年的岁月中时有出现,终于构成了他苍老木讷的一个原因。"野马也,尘埃也",总有一天遮天蔽地的思绪之埃把人埋葬——如果当时像史铭一样身在纽约,也就尸骨无还了。

史东宾一直怂恿叔父再次远涉重洋:"你以为这是过去?坐上飞机打个盹就到了,我们都在地球村上。它并没有你想象的那么远。你如果坐在因特网前击键,会觉得曼哈顿就拥在怀里。网上对话,唰唰来去的电子邮件。总之是个心态问题。没办法,你不上网。"史珂摇头:"我在飞机上睡不着。我得大睁着双眼出国。"他当时很想讽刺侄儿几句,又没有兴趣。你以为曼哈顿是马莎?未免太一厢情愿了。真实的情况仍然是:它是大西洋沿岸的一片低地,离我们非常遥远。你当然可以坐在网前不停地击键,但它还是大西洋沿岸的一片低地。

"去吧,带上史小吉。"史东宾好像要一锤定音。史珂不应,心里却预感到自己将远离河湾一些时日。他看着手中舞动粗雪茄的史东宾,语气含混:"史小吉?不值一提?不……"

二

最终是史珂一个人来到了纽约。飞机直达底特律，然后才是拉瓜迪亚机场。像上次一样，史铭自己开车来接。史珂一眼就看到了眼镜后面那张有些凹的脸。银发后梳，短须得体，真正学者的脸。一个学者只有喝异国他乡的水达二十年以上才会长出这样的脸。他不笑的时候谁也察觉不到那种顽皮，真是不动声色。当年他就是靠这套了不起的伪装才能混到一个代表团里，然后溜之大吉。史珂出机场先一步看到了兄长，心头马上涌起了爱怜。瞧他孤零零一个人站在那儿，嫂子黄珊没来。大概他的眼神已经不如过去，久久张望直到最后。他张开了嘴巴，两眼直勾勾看着从天而降的弟弟，一层短须像粘上去的一样。"我和你嫂子可等苦了。露西没有来，我让她在家等。多好的天气，大学生正好今天入校。可能是个好日子。两边纬度差不多，不过时差会让你受苦。我的老弟，这一次啊，这一次可不比上一次啊！"史珂有许多话听不懂。只要处于激动之中，史珂往往缺乏用心捕捉语义的能力。

就这样住到了皇后区的一座小楼里，呼吸着几年前那种仍然能够回忆的气息：楼前楼后的草坪青生气混合了月季和金盏草的香味。楼前一棵赤橡通常有三只松鼠爬上爬下，如果来了那只病快快的暹罗猫，松鼠就了无踪影。在沙沙的雨声里赤橡叶子亮了，它的背景是浅灰色水汽，下边的草地一片晶莹。史珂特意选了厨房旁边一间小屋做卧室，因为这儿的窗户正对着那棵大树和大树的客人。那只猫的蓝眼睛时有艾怨，它大概无力分辨同一座楼中两个面目酷肖的亚洲男人。小雨中，一只松鼠从树顶蹿下，嘴里叼了沉甸甸的连理果，让史珂惊诧不已。他坐在窗前许久，直到史铭和黄珊走来。哥哥对小嫂子这样介绍："我弟好静不好动。"黄珊像大多数入籍华人一样，有一个平平常常的外名：露西·黄。史珂第一次来这儿要很费力才能吐出那几个字。史铭告诉弟弟，这是露西舅舅为她取的，"你该好好和那个人拉拉，那才是个人物。我每次和他在一起都待不够。说真的，我们这些人比起他来都只能算作不谙世事的人。初次接触会觉得他很天真，其实我们自己才是幼稚可笑的。美国是一所大学校，他就是你的老师。"

史铭的外名叫"迈克尔·史"。在家里或其他场合别人称他"迈克尔"，有时也叫他"史"。史珂觉得这有点像游戏，但一看到他们严肃的面容又觉得一切必得入乡随俗。他叫她"露西嫂"，对方马上纠正："就叫'露西'。"露西少史铭近三十岁，真正是一个小嫂子。他们十几年前结合，让史铭结束了单身汉生活。这种年龄差距在史珂看来有些不好接受，可史铭说这是陈旧得不得了的老派观念，"在美国以至于整个西方这都是司空见惯的事情。老夫少妻的妙处才刚刚被人类社会认识呢，真正是方兴未艾。所以我和露西之间谁也不必说欠了谁的，算是各得其所。"史铭只要一触及自己真正感兴趣的话题就滔滔不绝，再也没有那么多句号了。他镜片后面闪烁的那双眼睛每逢这时候就有点像猫。他手按史珂肩头，"老弟，我的话你不要大惊小怪，我的意思是在西方，你可以找一位上好的姑娘结婚。白人黑人或亚裔就不必挑剔了，将自己的肉体和满脑子生活经验一并交给她算完。这种婚姻往往是美满的，处理得当并加强锻炼，也不见得就useless（不中用），走路呼呼喘……"史珂不再接茬谈下去，他知道初来乍到的东方人要接受同胞的某种西方文化普及教育，其捷径十有八九是从性开始，还要从性结束。性在这儿常被作为一味药来使用。

对于史珂而言，时差问题并无多少不便。午夜醒来倾听窗外露滴的微音妙不可言。在大洋彼岸的醒与故乡的醒有什么不同，他还难以区别。睡不着，仍旧要翻动那个笔记。"我们人类有个最难对付的东西，这就是：性。""果不其然，我又想到了吴妈（吴娇娇）。"他觉得笔触生涩而有力，精力生旺，不知是时差原因还是其他。晚饭是中西合璧，露西能烧极好的参汤排骨、焖米饭，也能做沙拉。毕竟餐后冷食吃得多了些，肚子略有不适。史珂在想这里——环境、情绪，一切方面与几年前的变化。想不出。当年史铭一家刚从长岛那儿搬来，主要是为了谋这幢较好的房子。这儿据说车库好一些，还有，后面的草坪要大十平方米，"这是很能吸引人的呀！"露西伸着胖胖的短臂向他介绍两处的差异。她讲话时让他捕捉到了声母的特殊音值，本来很想问一问她与闽南一带的渊源，后来又被对方打断。那一次史珂初来乍到，对小嫂子露西有着深深的惊讶。第一印象是她的矮胖，还有姣好的面容。那对圆圆的大眼睛和巨大的乳房同样使人不安。它似乎象征或者干脆直截了当地显示了一种非凡的哺育能力。可惜她并未生育。对此她很快向这个老大不小的小叔子做出了令人信服的解释：你哥哥可不是个喜欢孩子的人，他小心得什么似的！史珂赞同她的说法。他当时甚至想告诉小嫂子：这完全是史东宾让其伤透了心。但他并未说出，因为他不知道这位小嫂子做继母的心情。

史珂不断告诫自己：对这个小嫂子可要格外尊重，尽管她一点也不像嫂子。不是指年龄，而是指缺少内在的庄重和典雅，也许还包括娴淑。她对史铭照顾得无微不至，但这让人觉得还不是娴淑。史珂以前在研究所见过一两位高龄同事的续妻，她们同样是小，甚至有些幼稚，但眉梢那儿透出的神情贵气得不得了。他也琢磨过这个露西，认为她让人觉得不得要领的原因是话太多了。想想看，不停地说，而且事无巨细，甚至没有内外区别，一股脑地泼洒过来……当然他感激这种信任，感激她一开始就没有拿他当外人。"你呀，也是过来人了，实话告诉你吧，你哥哥这人太情绪化了。"史珂惊愕之余还要忍住不笑，因为小嫂子常在不觉间勾画出一个滑稽的形象。她说起他们结合的原因和过程："当时我见到你哥哥吓了一跳。他当年真是身无分文，在华人店里打打零杂，那模样啊，沮丧极了。我当时想：一个男人怎可这样沮丧？就这样，我嫁了他。"

三

史珂觉得哥哥对老家的事并无太大兴趣，因为话题一转到那边立刻变得潦草了。他只问了儿子和孙子两三句。提到那个宝贝孙子，史珂很想告诉他这孩子有了一个贴切的外号——这儿该怎么讲呢，哦，unworthy of mentioning（不值一提）！奇怪的是他马上道出了自己的外号，同时还忍不住连带介绍了那个擅取外号的老友。史铭认为这是东方人的孤寂落魄，是一种悲哀：相互取外号来玩。史珂当然不会同意。因为他看到和感到的兄长有着另一种寂寥，甚至是更深的寂寥。这一切从急不可耐召唤弟弟从国内赶来这一举动就看得出，只是对方拒不承认罢了。史铭说，国内的情形嘛，一切都了然于心，现在有了lnternet（因特网），"如果你有信息饥渴，只需伸出手指按按光标。"史珂却宁可相信对方天生是一副包打听的性格——七十年代中期一位出国见过他的同事曾大惊失色告诉史珂：天哪，你那位身在美国的哥哥什么都知道，他差不多知道国内所有的政治大事，并且拥有不同的版本！当时最大的机密就是"副统帅"出逃，国内的人还蒙在鼓里，那边的史铭就一五一十悉数全知。后来史珂与他见面，这才得知哥哥从无疲倦地注视着那片背弃的大陆，从天安门广场四五吟诗，一直到解散人民公社，全一清二楚。当史珂试图以亲历者的身份纠正他一些看法时，他马上表现出不屑的神情。对于标志性事件他有着惊人的记忆力，一些烦人的数字能够脱口而出："人民公社已不复存在，截止一九八四年底，全国已建立九万一千四百二十六个乡镇。"史珂想插一句："这其实是换汤不换药"，未及张嘴，对方的思维已疾速转向："一九九〇年一月十一日……"

"你在那个河湾小屋没有上网，也不打算上网？"史铭明知故问。史珂在京城的最后一年也有一台电脑，不过离开时交公了。他随口说一句："没有网，人类已经觉得走投无路了。"史铭的嘴用力往后咧着，史珂明白他只有遇到弥天大谬时才会有这种表情。但他显然尽力克制着向这个来自懵懂之乡的弟弟发问："strange tales and absurdar-guments（奇谈怪论）！难道你真的不认为人类正通过高科技实现一种自我解放?"史珂嘴唇嚅动一下,没有出声。史铭的声音已经不自觉提高了几倍,"你必须回答我!"他在屋里走动,叹气,仿佛一句话让其精锐磬尽,"你是一个研究员,一位'高知',换了别人我才不管他说什么。老天,我真不敢相信自己的耳朵。"史珂此刻的思维马上被引领到了一个高处。以前在京城也有类似的辩论,不过他总是沉默。每逢这时候耳边充斥的都是逼近的警号,地球向人类发出的警号。在这频仍尖厉的警号之下,人类却沉迷于一种叫作因特网的游戏。"'天上的星空,心中的道德律',比起这二者而言,你的技术充其量只是一种小儿科。"他没有把握已经肯定做出了如上的表述,因为他并未发现史铭有什么勃然大怒的模样。对方只是催促:"你说呀,说呀!你给我说!"史珂恍若回到了二十余年前的一个批斗大会上,正被人揪住了衣领晃动着质问。他额上的一层虚汗冒出来了,连声不迭向史铭说:"不不,你别介意,对于网的事我一窍不通,真的,我什么也不知道……"

这时的史铭才真正像走入愤忧的兄长,这让史珂听到了也看到了。"你竟然什么也不知道!这等于承认你正处于穴居时代——你还在钻木取火呢。你知道是什么在吞噬一切改变一切,让整个世界面目全非?"史珂眼巴巴看着利嘴钢牙的兄长,毫无还手之力。他心里回答:是什么?原子弹氢弹?可它们四十年代就有了。不是它们,那肯定就是你那张空手套白狼的网了。史铭的食指快点到了他的鼻子上,"我郑重告诉你,不快些回到网络计算机时代,三年,不,顶多一年,你就会发现自己像个外星人,根本无法与他人对话!"史珂很想回一句:不,是网里的人像外星人,是他们无法与正常人对话。很可惜,三十多年前就显得聪明透顶和胆大包天的哥哥,这会儿一慌,把事情搞颠倒了。他很想同样郑重地告诉兄长:一个世纪前的一些先锋人物,他们关于本世纪的预言和推理,今天已被事实证明百分之九十九都是虚妄胡言!为什么?就因为他们分不清人类生存和延续的浩大工程中,什么才是小儿科。他们全都慌了。当然,做父母的都爱孩子,小儿科也是重要的——可小儿科……小儿科?"妈的,我可真够莽撞,我到死也讲不清了!"他骂了一句。史铭立刻有了反应:"你讲不清什么?你说呀!""我讲不清……是纽约让我更糊涂了。真的,我不该跑这么远来惹你生气!"

四

由于在整个下午的谈话中所显示的无知和固执,史珂觉得自己简直无颜坐到这张餐桌前。餐厅的蜡烛插在五叉银烛台上,显得气派辉煌。露西展开白餐巾时好像故意向他抖了一下。"这就是中产阶级的晚餐了,不过对我来说还缺一块黑溜溜的烤红薯。"史珂在心里自我解嘲。他希望哥哥不要在小嫂子面前提那些最前卫的话题,这样就太没面子了。露西说:"原定舅舅来一起吃饭,后来又说去画廊有事。"史珂巴不得他来。这个人叫李志保,外名为"罗伯特·李",与美国南北战争时期的那个将军同名。李的话题从来与他们不同。那人长得其貌不扬,属于小骨骼的人,六十多岁,人显得很年轻,早年从西贡跑出来当了画家。这是个少爷坯子,高兴了就讲一些少爷事情。上次史珂来美与李相处时间很长。

从晚饭后到午夜之前这一段是很重要的娱乐休闲时间,大概整个纽约没有一个人睡觉。史珂想睡但睡不着,常要很不情愿地忍受哥哥的夸奖:"你适应得总算很快。"史铭端着一杯干葡萄酒到他的小房间里来,像是要一起度过崭新的一天。"我年纪还算可以的那几年从不待在家里。一方面没有个像样的家,另一方面心里也躁。直到午夜两点了还赖在第五大道,眼瞅着富人的不夜城像水一样流。其实那时候我只配住在哈莱姆区那样的贫民窟,幸亏朋友相助,一脚踏进去又收回来。我在纽约待了几十年,它对我成了个可憎可爱的谜。这里什么都在滋生,什么都在淹没,真不愧为'世界之都'。你只有踏上曼哈顿岛,才能听到人类铿锵赶路的脚步声。"史铭平平淡淡的语气,眼里却似乎闪着泪光。史珂又一次听到了"世界之都"的说法,上一次在李的嘴里也听过。这是因为联合国总部设在这儿吧?这一来别处,更不要说东方了,相对于纽约而言都成了外省和乡下——对于这样的见解纽约自己会心安理得吗?

史珂越来越明白了,一个身在异乡的人要快速而有效地医治自己的思乡病,那就是毫不留情地教训来自故乡的人。相反,如果要没完没了地追问老家那三根韭菜两把葱,自己就会越陷越深不能自拔。看来史铭精于此道,他正抓紧一切时间做自己的事。"所以我对你说了,你不看电视,也不上网,真是怪异——可怕。知道我这儿有几台电脑吗?五台!我和露西各有两台,另外我还有一台便携式!这还不算更新淘汰那些……"史珂马上在心里反驳:"我颠沛流离了一辈子,你就让我过几天安稳日子吧!"这一点他佩服老油库里的人，那人对电视机有一个极为恰当的比喻：电视是什么？那不过是用来馋人民的机器——想想看吧，他们翻箱倒柜找出了那么多大美女，这还不算，还要再描眉眼再打扮，打上光。他们把房子和其他东西搬上电视也要这样做。这些老百姓在现实生活中永远也得不到，只有眼巴巴瞅着，结果弄得越来越沮丧。老友说得不错，电视的确是制造虚幻的东西，它的出现，其实是让人类走入了普遍的沮丧。史铭就是不愿把那点酒一饮而尽。他在一点一点品，"真是一个'世界之都'，晚上你从哈得逊大桥上过去，两岸灯火让人怦怦心跳。老天，不愧是囊括全世界顶尖奥秘之所！想想看吧，这里什么没有？就拿比赛来说吧，大陆上总搞青年歌手大奖赛之类——还'去掉一个最高分'！这里的名堂就多了，拳击、钢琴，连青蛙和狗也有专门赛项，连接吻也能比赛——说不定还有手淫比赛呢！瞧这个国家，大学者大歌星，诺贝尔奖得主健在百十位，软件大王，流亡国王，就连Mafia（黑手党）也往这儿跑！多有张力的一片土地，unimaginable（不可思议）。你还有什么可说的……"真是无话可说。史珂一直琢磨"世界之都"这个称谓，认为最稳妥的叫法还是称为"发生事情的地方"为好。"发生"不完全等同于"创造"——从历史上看，欧洲，希腊，还有齐国，大唐，都发生了一点事情；清也发生了一些；中国六十年代中期差一点也要发生，不幸的是宵小们一闹，完了，成了闹剧。如果硬要说"世界之都"，那么二十世纪初是英国伦敦；更早时候李世民的长安也算一个；二十一世纪或更以后呢？仅就中国自己的京都而言，那也迁移了许多次呢。风水的确轮流转。

史铭愤愤旋动手中的杯子,"该是好好把眼睛转过来的时候啦。冥顽不化者大有人在。前些年我接待一个来自大陆的死硬烂臭的乡巴佬,就因为喝多了酒再加上心气不顺,竟然站在一百一十层高的国贸大厦上破口大骂,说:'我操纽约!'我明白他的心态,这未必不是某种观念在起作用。我想,你操吧,华尔街上的石头硬着呢!你瞧瞧,这就是国人——你怎么不说话?你该多说一点才是。"史珂咳一声,"美国人……怎么说呢?他们如今搞钱是有一手。不过,他们的文化中似乎还缺少一点'优雅'。我说不来。"史铭终于把酒一饮而尽,哈哈大笑,笑得眼泪都出来了,"中华文明确乎有许多的'优雅',比如茶与长衫,比如园林和围棋。不过这'优雅'的结果是什么呢?"史珂皱起了眉头。他想说一个民族优秀文明的核心部分哪有这样简单,西方文明的资源同样也是悠长复杂啊。说到"优雅",那么起码要从战国秦代一路说下来:荆轲的壮烈,谭嗣同的慨然,更有瞿秋白面对行刑者吐出的一句"此处甚好"——这一切可否也要包括在内?这样的文明也是不可指望的吗?史珂断然不信。但他也深知这些远不是能够在此讨论的。

五

富家子弟虽然不会有固定的长相,但大致还是能够看得出来。如果不是黄珊和史铭多次讲过李志保的家世,史珂第一眼准会把他当成饭店伙计,或者是华裔旅行社里的司机之类。露西背后用极为赏识的语气谈论舅舅,认为他是一个历经了所有人生大事而归于平淡的"通人"。史铭这样向弟弟概括纽约的亲戚："人极聪明，当年两手空空来到这儿，说'我要当画家'，就成了画家。他不比我们，他一年时间所掌握的这个花花世界，抵得上我们一辈子。人品好极了，不太讲空话，绝没有大把的理论，不实用的他一句不讲。"史珂与之接触后，觉得他们的介绍恰如其分。李志保常穿灰色衣服，面色无光，神情恬淡，举止毫无做作。他当然不是一个勤奋的艺术家，画廊的生意也马马虎虎，主要时间都在忙一些"业余爱好"：找朋友闲聊，去一些场所待一会儿，寻觅一些所谓的艺术品。史铭说这才是少爷，而且他身上的那种"少爷天赋"至少还要遗传给下一代——可惜他没有孩子。他爷爷的一辈就在西贡发展，当时的许多人喜欢把那里叫成"西昆"。到了他父亲这一代，堤岸的纺织和碾米业都有份儿。李志保从小精通的绝不是产业经济，也厌恶求学这类繁琐，只迷于当时的娱乐场所。他十五岁即进出妓院，并将这个兴趣保持了一生。他从来没有正眼瞧过家族事业，却亲眼目睹了一个时代的兴衰。随波逐流来美国后，即便在最困窘的日子也没有中断寻花问柳。开始的几年他几乎没有正业，但奇怪的是从未缺钱。无论是在史铭还是露西面前，他谈论自己的嫖经毫无难色，总是语气平淡，像提及一段段老友故事。

几年前由于史铭忙于大学里的事情，就让李志保带史珂出去玩，说："罗伯特，让他好好了解一下美国。"那些日子史珂真是累极了，一颗心都要跳出来。跟他去赌城和好莱坞，逛迪斯尼乐园，最后才看了几个艺术博物馆，去百老汇看了两场歌剧。李特别强调说："我有几个适合你的地方"，安排周到且格外利落，让史珂拒绝都来不及。他永远不会忘记一个眼睛有些鼓的东方女人怎样向前逼近——她吐成一串的话语令人无法听懂,但那迅速解去遮拦的下体却令人大惊失色。女人高大坚实,朱唇大张,让他马上想到了"血盆大口"这个词儿。他当时真的是惊呼而蹿。那次史珂回来对兄长发出许多抱怨,史铭立刻说:"老弟,这就是你的不对了。要知道你在街上的所有费用都由李来付——这在美国可不是一般的大方。千万不要误解他的美意,出门要听他的。至于你在那种场合参与多少,那完全要看自己。那儿又不吃人。再说你不去怎么能了解呢?还有,恕我直言,你已经苦了一辈子了,也应该有些基本的娱乐。这在美国也属正当消费。"

李志保那一次似乎对史珂的尴尬和恼怒一无所察,一路只是循循善诱:"许多亚洲人一开始总是好奇那些白种女人,其实要各得其所并不容易。我是按照你的年纪和体量来选择的。你的身体也未必经得住颠簸。回头我为你找一个胖瘦适中性格相宜的:我认识她许久了,每一次都没有那么多话,尽职尽责从头做下来。那种体贴你会很容易就感觉到。你们会有许多共同语言。"最后一句差点让史珂哭出来,但他一直忍着。李志保继续说下去:"不必担心染上什么病殃,她们在这个问题上会比客人小心十倍。早年是哗啦啦一盆来苏水,现在办法就多了。每个区的价格不一样,我最困难那几年深夜常去马路边,那个时段她们一般要打打折的。你谈价格时一定要注意。"

李志保对另一类做法反感甚至不屑:"有人乐于合伙找一个女人,这样说不了多少心里话,一场下来也很累的。还有人偏去那种地方：随便扔几个小钱从四方孔洞里乱摸。滑稽无聊。你不要那样。人上了年纪才明白经历的重要：多经历她们吧。她们大多都很善良，并且其中的许多人也很富有，职业道德也高。我从她们身上学到的、体味到的，一辈子受用不尽。我领迈克尔找过几个上好的，露西一反感他也就作罢。人各有志嘛。看来露西是个直性子，不仅苛求他人，也严于律己。她不让我牵扯自己的丈夫，当时还套用了中国的一句俗语：'没有那金刚钻，就别揽这瓷器活儿。'说得也对。"

去有些场所纯粹是为了"目击"。史珂在李的引导下去了"同性恋酒吧"、无政府主义者集会地、脱衣舞厅，还特意在巨幅女性生殖器彩绘前留影。李指着它，"画得多美！不过由我来画，我会处理得水灵一些。"他那天兴致颇高，半天时间走过了格林威治村，又带史珂去另一个地方。这是一处地下俱乐部，一个呈四方形的大厅，纷乱的灯光和嘈杂的呼叫令人头晕。罗伯特侧着身子走过疏疏密密的人群，不时回手拉一把史珂。前方是一个缓缓旋转的凸形台，上面有几个裸体被聚光灯打得刺目。裸体扭动呼叫，很快又被台下的声浪淹没。光身子的男人扎了小辫，胳膊上的刺青闪着水光。台上有个主持人模样的伸出一根手指按在唇边，两眼扫着台下，又歪头倾听什么……史珂不知自己是否头脑错乱。他在发出乞求，反正李志保很快把他领出了。多么强烈的阳光。史珂这一次真的央求了：我们全了解了，我们不能再去类似的地方了！李志保也点头，这时一转脸指了一下，"那我们去听个演唱会吧——哟，是她！门票会很贵的……"

六

说实话,拉斯维加斯的艳舞,还有那天喧闹可怕的演唱会,都给史珂留下了难忘的印象。这儿的经济与艺术的火箭同样都使用了性的固体燃料,不由它不维持强大的速度。那天演唱会的华丽和声势都是闻所未闻的。他不相信今生的后一截还会去看类似的演唱。台上的超级女歌手大概使用了上百人的舞台服务,享用现代声光技术的全部威力来推进灭绝人寰的豪唱。什么T形舞台、升降器、垂吊牵引、半裸或近乎全裸的集体伴舞、群交形体语言,不一而足。她想携带技术商业时代的全部杀伤武器,一举摧毁这个时代的正常感知能力,比如视觉听觉,甚至还有味蕾和性兴奋系统。"天哪,他们在争先恐后为一个城市,不,为一个时代命名。我想问的是:你们最后还能怎样?还有李志保,真实的美国既是各式各样,你为什么偏要一口气送我一个"纵欲的美国",自愿充任性的启蒙者?他这样问着,直到结束,直到走回自己的住处,那个面对了赤橡和松鼠的小屋。长长的夜晚耳边全是哗哗吼叫的雨声,惹得他几次推窗去看。没有,天空星辰灿灿。还是雨声——对了,这是几十年前的一场豪雨,是中秋节的那场雨。有一个浑身炽热的男子冒雨从百里外赶回,向往着自己的女人。然而那道门没有打开。这个夜晚他在那个小而寒碜的牛皮纸封皮笔记本上写了:性的时代和阶级斗争的时代哪个更好?精神的艾滋病和肉体的艾滋病哪个更好?回答不出。"殊为荒谬——这二者怎可如此作比?"整个夜晚有一点他是再清楚不过,于是一笔一笔刻下:"小刺猬,我越来越想念你!"

这次又要面对一个李志保,他只想对哥哥说:够了,我只需要去另一些地方，或者坐下来拉一拉。在你们看来大陆同胞多多少少都需要同一味药：服下就会药到病除；其实这味药压根就开错了！我们为什么不能更多地谈谈艺术——他既是画家，我们总该多谈一些绘画吧？史珂对于绘画是多么喜欢，甚至私下里也学着画了许多——这种爱好可与一些美好的记忆分不开啊，只是他永远不会向哥哥说起罢了。史铭劝弟弟一切尽可放松，这儿既是"世界之都"，也就远没有那么单纯。比如同样是那么多人来这儿，道德家看见了性，电子专家看到了芯片，军火商则牵挂最新的制导系统，老赌棍一头栽进了拉斯维加斯，演员就会瞄着百老汇好莱坞……史珂承认哥哥说得好，心想他业余一定关心过《红楼梦》研究，那段话很像一生崇敬的先生对那本书的不刊之论。可惜说与做完全是两码事，他们偏偏热衷于推销另一种"美国"，这是史珂永远感到费解的——自己不久又要日复一日迁就那个罗伯特·李，这人真是哥哥和小嫂子手里的一张好牌，也是每次来美国的一场重头戏、一席大餐。史珂真心实意认为李志保为人淳朴诚恳，是个非常正派的色鬼。但这儿毕竟是美国，他作为一个老实本分的色鬼也并不得志，总让人感到处于某种边缘。是的，他在急速旋转的曼哈顿过得竟如此悠闲。他算是一个有闲阶级，但却算不得一个有钱阶级。钱与闲能在同一个人身上分离，这非得是少爷坯子不可。

　　李志保请史珂去他家里住一段，史铭两口子极为赞同。李住在法拉盛这个很像东方小城的地方，史珂一看到路边上抖动的废纸就有一种亲切感。李与夫人住在一幢红砖公寓中，居室很宽敞，其温馨和舒适程度正好与公寓破败的外表形成了对比。住下来才知道，他们在别处还有一套小房子，离画廊近，有时两个人就去那儿待上七天八日。李的夫人名字不中不西，叫"铎贝"，高大微胖，对人很好，只是有些冷漠。李向史珂背后介绍夫人：人是足够通晓事理的，风风雨雨过来了，也是西贡堤岸人；疾病缠身，常劝丈夫多找些女人；她对珠宝极为内行，这方面尽可请她帮忙……史珂发现这儿的伙食要优于哥哥家，这主要得力于一个五十岁左右的广东籍厨娘。

史珂很想与李谈谈艺术，可对方并不积极。李的画室很敞亮，这就使涂了满地的油彩和绷在架子上的半成品格外刺目。这儿一望可知主人的懒惰。李说，他画的主要是人体，这方面模特儿的合作至关重要。说着他从隔壁取来几幅作品：全都画了一个人，那张脸一看就知道是他的太太。全部赤裸，肉色鲜明，毫发毕现，史珂后悔踏进了这一间。可是李志保点点划划说："你不要以为我是美化了她，她的身体就是这样：几近完美。强烈的质感。这当然是基于深刻理解。你注意她鼻梁那儿，那儿稍稍有一点土耳其女人的味道。这是我唯一的处理手法。画廊里卖掉了几幅，有人弄清了原型是谁，特意辛辛苦苦来找，要为她一掷千金。我是支持她有朋友的，可她不行。她在那一刻总是为我难过。她还是一个老派。"

七

史珂是一怒之下返回哥哥家的。起因是李志保夫妇要走，而他自己正想单独待一些日子。李说那好吧，反正厨娘在；还有，我会让人按时来做钟点工，你想出门散散心也可以让这人领路。史珂未加思索同意了。想不到他们离家第三天"钟点工"就来了:一个描眉画眼的三十岁左右的女子。她在室内忙的时候史珂就待在自己屋里。她敲门,他就说:我的活儿自己做了。对方笑:自己怎么做。他只好开门。女子进来后两手一直背在身后。他低头看书,不时抓起杯子喝一口。女子说:"不要拖得太久了。"说着坐在沙发扶手上,伸手揉动他稀疏的头发。又是这令人厌弃的一套!史珂马上站起。谁知对方魔法一般解了衣服,史珂无可逃避地看到了白细肌肤上青青的血管,还有乳房。他呵斥一声躲开,一颗心骤然狂跳。女子说:"罗伯特先生说了,您一定会尖叫的,这是上一代大陆知识分子的风格。"史珂喝道:"他是放屁!"女子触碰他的小腹,喃喃着。史珂觉得泪水从脸上流下来。"幸福吧?您都快哭了!怎么能拒绝呢。罗伯特说了,做与不做钱是不一样的。"史珂推开她的手:"好孩子,你一边歇着吧,就算做过了。"她看着他,"那你要对罗伯特说做过了。"史珂点头,心里却在骂:什么"罗伯特",是李志保!他端量她,问什么时候出来的,原在大陆做什么。女子披件衣服,说刚出来两年,原是电视台的主持。史珂实在看不出她如何能主持。他照例留下一番苍白无力的道德说辞,让对方苦笑。

史铭对弟弟的归来早有预料似的,对露西说:"舅舅总以为珂弟是客气。唉,就是这样一个好人,总想帮助别人,总想为别人花上一点钱。"露西点头:"舅舅就是这样一个好人,他帮不上你心里会难过的。"史珂余怒尚存:"我上一次来美国早就告诉他别这样别这样……"露西一摆手:"唉,那过了多少年了。他的心压根就不在这些事上。他早就忘了。也怨不得他,你的性格也真是太倔了。"

史铭每周平均只去一次学校,主要精力是在家编一本专业刊物。他每天要吞服一把花花绿绿的药丸,还劝史珂也试一试。他说这是西方世界破译生命密码的一个个成果,制造返老还童的药物。他预计一切还来得及,他准备活一百三十岁左右。人体某些指标如gonad(性腺)、pineal gland(松果体)分泌物,说明着许多许多。所以说他对问题总是这么认真而乐观,对生活的要求总是这么强烈!史铭说如果弟弟对于电脑网络包括基因技术等等一系列前沿高科技能够再有一些实践热情,那么仅仅就婚姻一项也会获得成倍的回报,说不定几年后会像一个情窦初开的少年那样羞涩而热烈呢!观念啊,观念的制约使偌大一个中国整整落后了一百年,我们的民族实在是耽搁不起啊!史珂脸色红涨,最后又变黄。但他并不准备发火。他在心里愤愤骂道:"多么冠冕堂皇!在你嘴里好色倒成了爱国!"

但是,史珂仍然同意这样的见解:欲望是一种真正的能,它有点像等待开发的铀——那种威力啊。史铭又一次显示了他的教训癖,精力变得异常充沛,完全不在乎听者,"现在必须推倒一切观念障碍,老老实实地学。这是一场一百年来未曾有过的revolution(革命)。"他猫似的眼睛全力盯过去,终于让史珂感到了颊部的刺痛。他发现哥哥的眼睛有一种紫颜色在闪烁,这让他想起了秋水仙衰败前的样子。他想反问一句:学美国,惟妙惟肖学下来?让技术和财阀统治我们?可美国还有一些不甘死亡的人——比如那些艺术家们——正一路尖叫呢!我们行吗?那边早有人巴不得大干一场呢,那才是一种老现成,他们现在正撒了泼地学呢!你真的以为他们做不到,他们不能做?他们能矣!史珂好费力才把这口气咽下去,可一看史铭那双眼睛又受不住了。这是干吗啊,你说服了一个弟弟并不等于征服了全中国,他又不是国王,还犯得上你动用二十余年积存的深远见识,再配以李志保不动声色的性讨伐吗?我缄默投降便是。不过在这样做之前我还是想告诉你:电脑也许是伟大的,但它的确只是一台算账的机器。革命既"不是请客吃饭不是作文章不是绘画绣花不能那样雅致那样从容不迫文质彬彬那样温良恭俭让",革命也不是——算账!大陆,解放前地主老财的算盘一天到晚啪啪响,最后还不是让真正的革命——"一个阶级推翻一个阶级的暴烈的行动",给打了个落花流水?……史珂的汗从额上淌下。多么疲倦啊。"一时激愤就难免言重!电脑?一台'算账的机器'?"他看着史铭那苍苍白发,终于吐出一句:"算了吧哥哥,咱还是别在外国'叫阵'吧。我们应该多谈点老家的事儿,就是说让我们开始思乡怀旧吧!"

八

一句话让史铭沉默以至萎靡起来。他看了史珂一眼,两手在胸口那儿抓挠了一下,满脸懊丧。"我真不知从哪儿说起。"他苦笑。史珂的声音低得隐隐可闻:"我知道你是需要我的。可我远远赶到这儿又不知该做点什么。我在这儿像个废人,还要惹你发火动怒。也许我与纽约这样的地方真是合不来的。"史铭叹气,"快别这样讲。不过是的,我一直想问问你初次登上国贸大厦的感觉:有没有一种震惊或者辉煌的情绪涌起?不要紧,你好好回想一下,只管照实说。"史珂摇头:"没有。我只是担心,怕这么多高楼挨得太近会出问题。那是各种各样的问题。楼像山峦一样压过来,一排一排往前逼,我不舒服。""但这是美国的奇迹。""不。我更喜欢这儿的一些小城,像波士顿以北的康科德一类地方,像梭罗这个人转悠过的瓦尔登湖四周。那儿才让我感动甚至震惊,也有一种辉煌感。原来现代人最伟大的事业就是与自然万物的和谐相处,除此再没有其他更动人的事业了。"史铭呆看着弟弟。他发现史珂在真正为之动情的时候也颇具表达能力。这次他不想驳斥弟弟,因为对方描述的那片湖水让他马上想起了故乡的河湾——他于是开始了详细询问。

史珂终于有机会谈谈老家了。"现在我就住在父亲遗弃的老屋中嘛。很可惜,挺好的一个河湾很快要被你那个儿子糟蹋了。"史铭说:"我那个儿子太像我了,这反而让我不喜欢。我知道他在恨我,恨我把他和母亲抛下。恨得有道理吗?也许有一点点。不过更有道理的是我,这要由亲历过那段风雨的人来裁决,比如说你。"史珂一点头,史铭的泪水马上在眶中一旋,"我抛妻弃子去了西德,也连累了兄弟。可是对我来说这好比冒死一搏。这需要大勇啊。有人安慰自己的不义和残暴绝伦,只说别人叛国。依我看,这么好的国他们不好好干,他们才是叛国。国家的真正边界起码有一部分是由正义组成的——这是我在穷困潦倒的流亡途中想到的。所以,在'爱国'这个最美好最俏丽的字眼下,人可一定要清醒啊!"

史珂震惊了。他望着兄长。从此他再不愿轻易否定这个人了。

他洗耳恭听。"我先转道西德,可一句德语也不会。我知道这是中转站,归宿是英语国家,当然首选美国。我把那儿想象成一个大而无当的地方,所以才有'美国梦'一说。其实不然,这是一望而知的。我直到退休也只能是个副教授,在下不才吗? wait a moment(且慢)……这些暂时不提也罢。只说我对他们母子的牵挂、对你的牵挂。我明白最冷的日子开始了,你们要一天一天熬,也许熬到死。父亲太'爱国'了,从海外一头扑进国门,结果留下后患无穷。他死了。我是老大,承受的压力也最大。求学、婚姻、就业,每一个环节都被盯着审查,战战兢兢走过来,不关我事的一声吆喝也要吓个屁滚尿流。如果有一天早晨啪一声给我戴上铐子拉走,我也不会吃惊。'你这个反动资本家的儿子、敌特子弟,双料混账!'他们就这样指着鼻子骂。我原来的恋人是个学生会文艺委员,就因为一个小头目看上了,我就得咬碎牙关离开。其实这种恐惧不是后来才有的,而是很早就发生了。记得读中学的时候,一天中午我们几个学生没有午睡,搭人梯到屋檐下掏鸟窝。最上边的同学从高处小窗往里看,下边的催他下来,他就摆手。这样两个同学轮换到上边看,临到我吓了一跳。原来这是间教工宿舍,女校工没有睡,赤身裸体仰在一张桌子上,旁边站了一个男的,是负责开会训话的学校头目。他不停动女校工,到处动。女校工死了一样。可能是有一面镜子把我们反照在里面,只见男的一声不吭出去,女校工还是躺在那儿。我们三个被逮到了。

"三个人被轮换关到一个地方,最后只留下我一个。女校工也进来帮男的。他们脱光我的衣服,用煤铲托起下边羞辱我,又取过一根柳条抽打。太疼了，求饶也没用。男的说：'不是愿看吗？就让他看个够！'他让女校工脱了下身逼得很近，在一边嚷：'你这个敌特崽子！今生这辈子就别想玩这个了，我今个就废了你！'说着唰一下抽出一把老式剃刀。我吓得大哭，说再也不敢了。那女的讲情，总算取下了刀子。我吓得全身是汗，盯着抽得血淋淋的下身一声不吭。他说：你如果这辈子漏了半点口风，马上就给你割个精光——你这类崽子就是这样下场！这就是中学时候的那场经历。我常做噩梦，梦见下体没了，两腿之间全是血……可我谁也没有讲过。后来我的'叛逃'，多少也是被这个噩梦逼的。"

史铭摘下眼镜拭着。一滴一滴泪水，手帕捂紧鼻子，时间很长……总算好好哭过了。是啊，早就该这样。史珂呼吸轻轻。史铭小心翼翼戴上眼镜，"史东宾骂我，他不知道自己的父亲在国门两边都是九死一生。到了今天这一步可真不容易，算是一滴血一滴汗淌过来。他以为我成天花天酒地，不知道我那个可怜相。不错，在这儿尽可以纵欲，可是你得有钱。对不起，一个大子儿都没有的人是没有性自由的！想想看，我在这样一个花花世界竟然禁欲十三年！这是人受的罪吗？后来倒好了，有了露西。哗——她倒是个放水的高手！只可惜出场太晚，我的身体早就完了。"

九

露西与史铭琢磨给史珂取一个英文名字，皱着眉头想得头疼。史珂反复拒绝，史铭说："这怎么行？没有这样一个名字你会很别扭的。"史珂苦笑："有了这样一个名字就更别扭。"不过史珂由此想到了元吉良——在此之前自己竟神使鬼差叫他"吉良尼奥·元"。西风东渐,是为命也。一切都在不知不觉间发生。为什么要给他改名呢?那是因为太心疼他了,他在回忆后来的不幸和龌龊时实在不愿玷污。受这个思路的启发,这会儿史珂还想给另一个心疼的人取一个类似的名字,因为他从来就不知道该怎么呼唤她。史珂抬头看看哥哥和小嫂子。露西的圆眼睛悲悯了,她好像每看一眼史珂都要压住一个叹息。有一次她对史珂总结说:"从大陆来这儿的人基本上分为两种表情,一种是苦大仇深的样子,再一种就是嬉皮笑脸的样子。"史珂问自己属于哪一种。她说:"都不是。你已经木了,两种表情都没有了。"史珂笑了。因为他突然想到哥哥说她是"放水高手"。他骂了自己一句:"真该死!"

  李志保从外地一回就来了史铭家,一见史珂就说:"听说你过得还愉快——她说你还算马马虎虎……""算了吧,我什么也没干!你千万别信她!"李志保马上不高兴了,"她没有提供服务?这就没规矩了!"史珂突然想到当时与那个女子的约定,有些后悔。李志保狐疑的目光扫着他的脸。这时正好露西过来喊了一声,李志保就离开了。过了一会儿他又回来,有些遗憾地说:"你也太客气了!"史珂没有再说。他知道已经无法与之对话,因为对方固执地认为他的拒绝是一种节俭——不让主人"破费";而以前的拒绝、坚辞不受,也被理解为相同的原因,顶多再加上大陆人的羞涩。史珂真是愤怒啊,但又无处发泄。这时候他听到哥哥在另一个房间对李志保做进一步的解释,用语甚多,最后只听清一句:"他这一茬人不能再干什么了,他们只能眼巴巴地看……"

露西私下对史珂说:"你哥哥,还有舅舅,他们都在千方百计让你过得愉快,只是有时候急了一些,不知该怎么做才好。这几天他们正在筹划一个家庭聚会,就为了让你结识一下纽约的名流。到了那天你看吧,你一定会高兴。"史珂很想问一句:我结识这些名流干什么?但他怕问得不得体。露西说:"你哥哥常说,你这一辈子真是太亏太亏了,剩下的这些年月一定要设法弥补一下。全补回来是不可能的,不过能补多少算多少吧。"史珂一边听一边思量:说到亏,那要看和谁比了。比起元吉良和其他人,我总算活下来了,这还算幸运呢。人哪,看来的确存在一个怎么度过下半生的问题。不过尽管如此,我还是不准备寡廉鲜耻。

史铭与露西,还有偶尔来此的李志保,都为那个家庭聚会变得兴冲冲的。他们亲自动手整理二楼大厅。楼梯、一楼的小厅,甚至连地下室也一一打扮过。一切看似没有多大变化,实则用尽心思。比如楼梯拐角有一幅国画就是新添的。史珂好像第一次发现这儿有不少中式器具,如餐桌上的漆盒、一旁的两把镶贝木椅。他真难以相信这是那个露西或迈克尔·史的东西。真有趣。人哪,瞧把思乡之痛藏得多深。这场即将开始的名流聚会,它已经使好几个人额角的脉管鼓胀起来了。但他们的幸福感据说全是为了让另一个人高兴,而这个一生处于"外省"的人与"世界之都"的名流又毫无干系——可能将来也不会有。

就是这样的一场兴奋、欣悦、自豪和谦卑的聚会,可惜一旦开始也不过延续了两个多小时。最后弄得杯盘狼藉谁都懒得收拾。李志保走了,史铭和露西也回卧室了。史珂一个人待在面对赤橡的小屋里,同样因为疲劳的缘故,尽管有诸多感触,却不愿在笔记上划一个字。他盯着窗外发怔。印象深刻的是那一二十位老外。其中一个金发少女只有十五六岁怎么就成了名流?电视主持,教授,汉学家,医生和律师,还有三两个奇怪的职业直到最后也没搞明白。史铭真不愧在此待了几十年,能奋力招呼这么一群人围着桌子端杯,伸出叉子耐心地缠绕那一团意大利面条。哥哥向众人介绍自己的弟弟:一位伟大的当代语言学家、国粹主义者。众人一齐看过来。可惜,史珂觉得自己无论什么时候也还是一副"外省人"的模样,或许还有一些倒霉相也说不定。哥哥太兴奋,也许微醉了,话太多。一会儿他重重击掌,一男一女两个中国学生从一侧上来。他们长得白皙且光滑溜顺,穿了深色衣服,每人手里携一把古琴。露西伏在史珂耳边介绍:女的是日本人。他们都听过史铭的课。可能要结为伉俪了。表演开始,全场静极。这就是高深莫测的中华文明,此一刻全凝于几根纤弦。勾挑拨拉,特别是摩擦和悠颤,这让一群直肠子洋人如何消受得了。史珂仿佛觉得全场人的耳朵都像兔子一样伸长了,正不失大雅地一下连一下活动。演奏突兀地终止,真的终止了。许多外国人还在品味"峨峨兮若泰山,洋洋兮若江河",这时猛醒一般鼓起掌来。有一二个似乎在抹眼泪。史铭不知什么时候蹭到了弟弟跟前,说:"你看,他们懂!就是这么复杂,不好概括啊……在这儿人的观念真是千差万别:许多家庭直到现在还保守得很。有些女士一生都像处女一样羞涩,多看一眼就会哭。你看,单单是比试贞洁我们也不是他们的对手啊!"

史珂记得哥哥风马牛不相及的议论马上被掌声和露西打断了，他猛一举手跑到一边，很快取来一个大漆封面的经典笔记本。原来聚会已近尾声，他要请来宾签字。他翻动时史珂看清了：上面已有许多中外名流签名，包括大陆来的作家诗人高官歌唱家之类。大家依次签字，仿佛早有准备。史铭恭立一边看着每一位写上芳名。有名流笔迹，这就足以证明他在"世界之都"的存在。史珂的眼睛一刻也没有离开微醉却不失谦恭的哥哥。他真是喝醉了，因为最后竟走到了史珂面前，让弟弟也签一个！史珂只好抓起那支派克笔，一笔一画写上自己的名字。

赤橡在一阵夜风中摇动。繁星闪闪。史珂瞅了手中的笔记许久，最后写上："他'存在'了，我也'存在'了"。端量了一会儿又添上几个字："'峨峨兮若泰山，洋洋兮若江河'……"

卷八

元吉良

一

那一天史珂和元吉良一起去看画展。元吉良没有注意他的目光。他们很长时间跟在一位女画家的身后，听她不时对身边的人说点什么。可是那一天她却凝在了史珂眼中。

她中等偏高的个子，脸部、颈和手等未被遮罩的部位极为白皙。不太长的浓发柔软拂耳，略微偏向一边。那双眼睛在脸庞上的比例显得稍大，使整个人的神气像个毫无含蓄的儿童。她没有专注任何一位在场者，可史珂觉得这目光让自己身上阵阵灼热。她是从画廊一端走来的，看着说着穿行而过。

整个过程快要结束时，大约是在最后一个展室门前吧，她一转脸与史珂的目光相遇了。她点头微笑了一下。史珂愣在了那儿，两脚像生了根，直到元吉良揪一下胳膊才回过神来。他们继续往前，仰脸看画，然后走出展室……阳光刺目，整个庭院都是晃动的人影，史珂再找不到那张微笑的脸庞。

可他就是忘不掉她。不知多少天后，史珂乘的一辆交通车在一个站牌下停住，正好对面也驶过一辆——他一抬头差点喊出来：女画家正从车上走下来，真的是她！就是这么巧合……然而她很快隐入了人流。他没有忘记去看那辆开走的车：405路。

她是谁？一个画家？他后来甚至连这个基本事实也要怀疑。因为有一类人是无从命名的……史珂曾设法从那天画展上见过的其他朋友那儿打听，谁也不知道——好像都没有在意。整个京城太大了。只是这个形象无法抹去，而且随着时间的推移愈加清晰。他试着对自己说：我爱她？

这句话隐藏了一辈子。可是一个爱字也嫌单薄，甚至没有触及表达的核心。但也只能如此了。肖紫薇听不到那个隐秘，这使他半生抱愧。他对那个女画家说过这个字吗？没有，他们之间甚至没有一句交谈。他只在画展上聆听过她的声音。那是另一种语言，纯洁雅致清爽，而且绝没有那么多卷舌音。总之这种语言不可模仿和复制，就像歌唱家音质的一部分要取决于腔腭间等等诸多生理因素一样，那是天生的。那一天史珂有幸近距离看过她，发现那乌黑的浓发在较强的光线下呈现微微的龙胆蓝，眼睛则是真正的紫色。

就因为偶尔一次见到她从405路公交车上下来，在以后十几年的时间里史珂竟无数次乘过这路车。大风天里他戴一顶针织便帽、颔下围一条蓝格毛巾挤上这辆咣里咣当的破车。风沙从无数缝隙钻进，车子走走停停，乘务员无一例外使用那种口腔里仿佛安装了小转轮的嗓子吆喝不停。一站又一站乘下去，直到疲惫无比。

史珂一生只见过她两次。她一闪而过，像闪电一样。但她留在了心中。

二

最后一次乘405路公交车了。二十余年过去，好像还是当年那一辆。但这一次是来告别的，他将告别京城的一切：她，还有元吉良……

元吉良是从那个春天的深夜开始消逝的。记得那次他刚从农场回来，半夜了，突然有人敲门。进来的人就是元吉良，他差点让史珂没认出来：满脸胡茬头发芜乱，瘦削得牙床在唇部凸出了轮廓。他的出现令人大吃一惊。元吉良一进门两眼就四处扫着，连肖紫薇去了哪里也不问一声。他只是盯着史珂，坐下来盯了许久。后来他又突兀站起，呜噜了几句什么，抬腿就要离去。"吉良！吉良！"他叫着，对方却未应一声。他一直追到外面：漆黑一片，连个人影都没有。

他知道一切都源于一片鼓噪——元吉良原恋人控告了他们。这个外号叫傻姐的女人简直疯了，好像到处都有她的影子。史珂有一次上街，亲眼见她走在一群人的前方，肩扛四尺多长的柞木棍。她现在更加肥硕了，脸庞泛着光亮，鼻子两侧闪着鲜润的奶皮色，一件军衣束在制服裤子中。就是她提出了一个指控：元吉良与肖紫薇夫妇同居鬼混。

史珂于是被勒令回城。开始的日子他并未隔离，每天被训斥一番尚可回家过夜。他觉得最对不起的就是小刺猬了，她如此纤弱，躺在午夜的床上宛如静息的小鸟，怎么受得了那样的污口？夜太冷了，她缩了又缩。他用一个春季磨糙的大手去探寻她那鲜花般的心窝。寒夜的泪水格外烫人，她永远醒着。

史珂寻一切机会找元吉良。他对这个南方小弟总是阵阵疼怜。他想念那双又黑又尖的眼睛：受惊的神情也掩不去的柔善。史珂回想以往，记得因为同情和手足般的挚爱，有一次真的在心底冒过这样的傻念：就让抱志独身的元吉良来家里住吧，住到终生、永远。他现在为自己这种宽容和怜惜而流泪。

有一天傍晚史珂认出了前边踟蹰的人，立刻大叫了一声。这喊声却让前边的人兔子一样奔跑起来。史珂穷追不舍。飞快的山地兔子，唰唰踏着满街纸片。他在心里哀求："停一停吧，停一停，我不是猎人！"前边的影子蹿跳不息，一直奔到一个平顶小屋跟前，飞快开门扎入……史珂守在门边，两脚生根。

直到午夜时分小门才打开。他差不多是扑在史珂怀里的。多么瘦小，乱发粘满草籽，周身散出一股男人的怪味儿。他的身上有伤。史珂问："他们打你了吗？"他点头。史珂咬咬牙，"多么下流的侮辱、栽赃！"元吉良呼应："我们都是最冤枉的人……我对不起肖紫薇，我只为她害怕！"这样说过之后退到角落，一直抱着头。史珂嘴唇颤抖起来，去抚他的肩膀，"吉良，你……结婚吧！"元吉良一声不吭。他的泪水干了，剩下的时间一直伏在黑漆漆的窗户上。

三

史珂去乘405路公交车，好不容易挤上去，刚一开动往外瞥了一眼，心立刻慌跳起来。肖紫薇站在不远的巷口。他呼叫，拍打车门，跳下车去……肖紫薇慌得双手乱抖，"你，你要到哪里去？"他问怎么了。"天哪，那些人一直在找你，找了一天。他们要开你的会，说这回你是主角。"肖紫薇哭了。他明白这是什么意思。他安慰她。肖紫薇又哭。她央求："你今夜就跑吧！你跑到老家去藏起来吧。"史珂摇头。

会议室的所有出入口都由专人把守，里面的人屏息静气。各种声音在耳畔乱成一球，史珂听不清一句有头有尾的话。半天过去突然静下来，原来外号叫"木锨脸"的一个头目进来了。这个人的一张大脸渗着油光，头发后梳。他摆摆手臂，说来旁听一下。他的话音落下许久会场还是安静。突然，一个沙哑的南方口音喊出一声："我来揭发……"史珂全身一抖：是元吉良！那个瘦瘦的身躯由于激动难以站稳，后面的话时而中断时而口吃。木锨脸侧耳倾听。"他……没有比他更可耻的人了，尽管老实……他在跟踪一个女人……"史珂只觉得脑海中有火花在噼啪爆响。"他跟踪谁……我也不知道。反正他恍恍惚惚找一个人，这我能看出。"史珂松了一口气。元吉良又嚷："他在学校读书时，麦收支农，在地头上耍弄贫农老乡的小孩，被怒斥……还有，他爬上一棵树，小女孩也爬上了。后来小女孩流着血哭了。"史珂如坠云雾，无论如何不能明白元吉良的话。有人立刻喝问，史珂一片茫然。

他不知费了多少劲儿去回想。支农的事情是有过的，劳动间隙逗田间地头的小孩玩也可能有过。小女孩流血？他终于记起那是为她去摘一枚红果,想不到刚刚爬到树的半腰她也上来了,不小心被树杈划破了手。当时他果子也顾不得摘了,赶紧抱住啼哭的女孩攀下树——这个过程元吉良可能是目睹过的,但他究竟为什么如此转述,又语焉不详?他永远也搞不明白。他只好当众把十多年前那个平淡无奇的小事复述一遍。旁边的人紧声追问元吉良是否属实,元的眼睛却盯住史珂,"当时他的裤子上——一条浅灰色裤子上也有血!"史珂快要哭出来了:当然,这是完全可能的,因为小女孩手上的血滴在了上边。不过,元吉良为什么在这样严厉的场合提起这样无聊的往事,而且还有细节?它将成为史珂心头一生的谜团。

幸亏旁边的人开始追问别的事情。混乱中元吉良叫着:"我敢保证!我敢保证!……"史珂想听听他敢"保证"什么,却被呓语般的叙说搞得不知所云,"我还记得,做梦都记得他身上有血,彤红彤红。这是沾上的。你们看看他的手吧!你们都看看他的手……"

四

史珂被监禁起来。他每天要应付多次审问,还要写交待材料:与国外那个败类的联络方式(渠道),叛逃步骤(计划)。刚开始由肖紫薇送饭,后来转移到另一个地方就见不着她了。这里安静到极点,没有喧声呼叫,只有门外看守的咳嗽。他不记得二十余年甚至更长的时间内有过这样的安静。是为享受,可惜没有自由。好好回忆吧,回忆早逝的母亲,父亲的白须,哥哥的狡黠。以前不敢回想那个叛逃者,现在可以了，有人专门让他在宁静中想念这个人。

他一想到元吉良就难过。没有恨，只有惊讶和怜惜。瞧他当时害冷一样打抖。不过这个再熟悉不过的人在那天变得高深莫测了——他提醒所有人注意手。史珂长久端详这手：惨白，细长，两个指甲裂开了一点。这双手除了下乡劳动就是持笔，翻动纸张。它没有触摸什么禁忌和危险，除非是她——肖紫薇！史珂觉得胸口那儿有块炭火在燃，真的，她才是不能触摸之物，周身披满了处女的金沙，如同看不见的白幔。当年它们就是被自己这双罪恶之手抚掉了。史珂大睁双眼看自己的手，"我多么想念！这种想念只有死亡才能阻止！"

元吉良提到的"血"，让他有一种电流沿神经束传导全身的感觉。那不仅是一种深红色的液体，还是极为神秘的物质——它永远保持着感动一个民族的力量。是的，我们在激动中涉及的许多话题实际上都与它有关。他至今不敢回想与肖紫薇度过的第一个夜晚，她命中注定了要受伤流血。他只记得女性用伟大牺牲交换的幸福在她眸子里闪烁，记得那个一生的挚友兄弟——元吉良的痛苦异常。史珂明白了：从新婚之夜开始，元吉良就在他们夫妇旁边徘徊——不忍告别。

史珂不想使用"背叛"和"不义"这样的词儿去对待元吉良。史铭走了，元就是手足。史珂不愿在这人世间想到"孤儿"二字。这两个字真凉啊。元吉良那天在会议室的指控，他超人的洞察和发现让他的灵魂都弓起来了。只是他掩饰得好，乱哄哄一滑就过去了。他的思念和寻觅永远是隐下的秘密。女画家被藏在心的一角，底部。他在最安静明晰的时刻,愿意想象那个人的容颜,想象她对他的微笑和可能施予的温存。真是庆幸,这种思念无人知晓。

肖紫薇越来越不安了,她说几次发现黑夜街巷里有人跟踪。史珂沉默半响说:"这个人决不会伤害你的。""为什么?""因为爱。"她再没作声。有一天她回家后一股脑把皮包和头巾扔在床上,叹一声:"原来是他,是元吉良这个卑鄙之徒!"史珂喝止:"不许你这样骂他!"肖紫薇哭了,"可是他要置你于死地!"史珂摇头:"你不会知道他多么爱你——这一点他从来没变,今后也不会变……"

史珂去了农场。元吉良则去了一个盐场,离城时间比自己稍晚。这样他越发理解了,理解那一次次的深夜跟踪是为了告别——元吉良大概害怕再也见不到肖紫薇。但肖紫薇始终没有讲过他最后是否当面吐露过什么。但愿这个来自南方的小弟比自己勇敢。他信任妻子,又同情元吉良。他常回忆读书的日子:他们那时常常牵手而行。有一次元吉良重感冒,史珂记起小时候老保姆让他喝足热水蒙上被子发汗,就如法炮制。元吉良受不了燥热想挣扎出来,史珂就死死按住。结果他的病真的好了,躺在那儿一声不吭,紧抱史珂的胳膊,史珂想动一下都不行……回忆让史珂心疼。他不认为自己会在磨难中倒下,但他不放心的是元吉良。

盐场虽然辛苦非常,去那儿的却是一些稍有指望的人,所以这些人每个月尚可回城两次。在史珂经历的那个可怖的中秋节前夕,曾经发生过这样一件事,它是多年后肖紫薇复述的:一个灰蒙蒙的雾夜,突然楼前响起奔跑声,接着是呼叫、求饶。肖紫薇从窗上望去,发现一些背枪的人在制服一个男人。男子衣衫不整,瘦小,但是非常倔犟,喊叫、踢,他们就把他的头发揪住往狠里打。领头的是那个小胡子。她一眼就认出被打的人是元吉良,吓得捂住眼睛。"我没做什么啊!我不过在这儿溜达!"那是沙哑的呼告,声音很大,像是故意喊给楼上的人听。肖紫薇在房间里急急走动,想冲下楼去,最后还是没有……当妻子复述这段往事时,史珂却在想发生这件事之前的一次偶遇。

那次他被所里的人从农场传回城里,时间只有三天,却不准回家。几乎总是有人看住他,他提出回家取衣服,有人就让他把所需物品写下,然后派人去取。巧的是他在所办公楼前边见到了元吉良。尽管有其他人在场,史珂还是忍不住喊了一声。元吉良一直低头往前,这时一抬头愣住,然后死死盯住再不转睛。史珂又喊了一声:"吉良!"对方的目光变软了,嘴角蠕动却终未说出一个字。只有那目光让史珂永远不忘。还有谁比他更懂得诠释这目光?这其中除了怜悯、羞愧,还有愤怒;更多的是绝望。但他总觉得元吉良有极重要的东西要告诉,肯定是的,这绝不会错。

可惜那是他们的最后一面。史珂再也不会听到这个小弟的声音了。史珂真该感谢那个中秋之夜的雷雨,是它转变了自己的命运,并帮他掀开了无可回避的凄惨一角。撕疼的巨创中他倒想起了元吉良那一天的目光:他突然明白了对方想告诉他的是什么!那一刻他觉得心脏被一只手按住,然后奋力一揉。

于是就有了他与妻子的另一场对话。他问:"元吉良每次从盐场回来,一定要在我们家四周徘徊,是这样吗?""大概是的。""那么说,"史珂的呼吸放得轻轻,"你早就发现了他常来这儿?"肖紫薇点头："当然。你知道,他以前跟踪过我。""你一个人住在家里,害怕了吗？""有点儿。不过我想他也不敢怎么样的。"史珂忍住,淡淡说一句："那倒是。会有人把他抓起来,狠狠揍他,把他赶开！"肖紫薇不作声了。史珂说下去："元吉良太冒险了。他在盐场劳改,还敢回来侦察别人的秘密！"肖紫薇哭了,"珂！你千万别把我想得那么坏！元吉良被他们抓起来,挨揍,是因为夜间巡逻的民兵发现了……我绝没有报告组织上！"史珂脸色铁青,"但你心里明白,你也完全知道,元吉良探知了你的秘密！"肖紫薇一开始哭得厉害,哭了一会儿擦擦眼睛,语气也平静多了,"珂,我再说一遍,信不信由你：我绝没有把元吉良来这儿的事报告任何人！"史珂总结一句："就说这些吧。"

他清楚记得,就在那个雷雨之夜不久,农场里传着一个惊人的消息：元吉良神经错乱,不知怎么摸进了六楼会议室,从那儿跳了下去。这次自杀并不成功,人摔残了。史珂日夜在心里呼叫他的名字,可是许久之后当允许回城时,元吉良却早已离开了这个世界。

五

史珂不愿提到元的名字,总想为其找一个代号。比起史铭,史珂更愿将元吉良引为手足。他给予的那些伤害和折磨,而不仅是亲密和理解的程度,也更像手足。人的一生总是自己对自己的折磨最重,除此而外就是自己的亲人。他们太爱我们了,不想他们是不可能的,不想元是不可能的。他远在天边近在眼前,谁知他的前世今生又是什么、由什么奇妙的因子合成。只是生命一旦合成，它的需要和反需要——宛如及物动词和非及物动词——也就来了。这一生真是繁琐啊，追求，观念的冲突，好恶，贪求物质，还要屈服一些分泌物，比如荷尔蒙，还要有从纯客观上看很可笑的——做爱。就是这最后的一招，把我们这些人好端端的庄重感全部破坏了。想想看吧，背头，外语，严整的思想，几十年积累的教养，回过头却要做爱。人类啊，多么尴尬的哼哼唧唧。史珂只要想下去就会引出诸多懊丧。他总是告诫自己：打住，再也别想了。

可是只要一停止漫想，手就要在笔记本上乱划一通。"我们谁比谁更胆怯呢？""你一直没有忘记那个爬到树上的小女孩——她是谁呢？""我们，所有的人，对一种红色的液体都非常敏感。是的，人类今后也仍然要依靠它来解决许多问题。"史珂反复看刚刚划上的文字，不太相信自己的眼睛。它们能够阻止那些面容的浮现，能够掩去那些声音吗？仅仅是一次画展都忘不掉，还有那温煦的笑。"'为那无望的热爱宽恕我吧……'"他又一次念出。

就这样梦一般过去？京城里新一茬孩子长得可真快，他们从小吃鸡腿，同时吞下养鸡场施放的抗生素和生长激素。他们都不真实地壮硕高大，像鸡一样摇头晃脑，儿化音和卷舌音更多了，嗓子间那个气流推动的小飞轮转得更急。史珂与他的新知旧友都成了研究员副研究员。史珂仍居于四楼。他偶尔出发去外地，归来后一进那个黑洞洞的居室，马上蓬蓬吸响了鼻子。他想从这个鳏居之所嗅到一丝"公羊味儿"。没有。

史珂不知该怎样重新开始。他现在不仅研究语言还想运用语言。他认为没有记述就会遗忘，记述是最重要的工作。有一天半夜他从办公室回来，不小心在宿舍楼后面的一个坎子上绊倒了——自己倒的可真是个地方。那个中秋节的雷雨之夜就倒在此地，嘴里灌满了浊水。真可怕，三十年后那道坎子还在。古老的京城啊。他刚刚爬起，有个影子就婷婷袅袅过来。浓香扑鼻，肩挎蛇皮小包，抹了蓝色眼影。刚开始他还以为是问路的，迎上一步女子却发出气声："你……想让我陪陪吗？好商量的。"史珂望了望不远的家，"那时候这儿都是拎枪的，站在黑影里……""你真是幽默，把自己的家伙叫成'枪'。""可怜的孩子……"他费力绕过。

　　从未有过"书一本"。多么渴望。不是功名心和成就感，而是要记录和怀念。他发现语言的功用是使用而不是研究：当把往事镌刻纸上。这是全新的工作，该找人看看。副所长是个四十多岁的新锐，一个幸福的成功者，四居室住上了，娇妻俊儿俱全，还有洋博士头衔。史珂对他这儿的法国香水味、过分美丽的妻子，还有交谈中不时夹杂的四五种外语单词，一概不能适应。年轻人全身都是一股干练劲儿，并未因稍稍秃顶和发胖显得别扭。多么充沛的精力，总是深夜休息，总是做不完的课题，电脑用得呱呱叫。他十四五岁的儿子也可爱之至，史珂与副所长谈话，他就放下书来考爸爸："你知道什么是'红联指'、什么是'阴阳头'？"副所长把儿子推到一边："去去，不好好学习，净问一些乱七八糟的。"妻子赶紧扶着儿子走开，在一边劝导："精力可不能分散。脑子要用到正地方去。你爸不是说了，要掌握两种以上的外语，要精通电脑，这是进入未来的两张入场券……"儿子打断她的话："可是你们还没回答我的问题:'红联指'、'阴阳头'!"

史珂离开时心中忐忑。但他有些喜欢那个追问不休的小男子汉。史珂担心的是,这种追问的声音还能响多久?他突然不太想去找副所长了,因为他不知道与这种学术相匹配的会是什么。

但他后来仍然抱着一线希望和心情,往那间苍黑的四层楼上请过另一位新锐。他知道这个居所的全部气息与自己的文字是和谐一致的。新锐毫不留情地嘲笑了他。那种无时不在的卷舌音和儿化音冰凉彻骨。他在那个失眠之夜不禁想道:该是叶落归根的时候了。如果不从根上守住什么,他将忘掉一切。

本来启程之日还要晚些,可是另一个事件做了催促。所里要搞一个庆祝:迎接自己的五十诞辰。这一天要举行报告会和成果展览会,特别是一个大型座谈会。届时电视台报刊等全来,并要请一些学界领导和泰斗到场,还安排了少女献花。史珂一大早就去了座谈会。他总想从桌旁找一些旧影。都不在了。元吉良应该占有一席,还有他、他。副所长主持会,只讲了几句就全场鼓掌。泰斗们被助手和秘书搀扶入座。紧接着是少女献花,泰斗们接住,亲少女的脸。

正这时史珂突然发现那些年迈的受花人中有一个特别面熟。他看了又看,最后断定是木锨脸!"嗯?"史珂惊叫一声站起。没一个人注意他的惊叫。一刻也待不下了,他必须离开会场。他弓着腰找路,挤,好不容易才从镁光闪烁的会场挤出。

径直下楼,奔上大街。阳光罩了一层雾霭。这是下午三点左右。他一直往前,像被牵引一般来到了一个站牌下。405路公交车嚓一下停住。摇摇晃晃,挤。一个孕妇过来,他赶忙起身让座,却被一个戴耳机的小伙子麻利抢坐了。他刚吐出一句"哎?",对方唰一下摘下墨镜,目光如刀。

又是京城的黄昏。天际红了。大地开始了晚祷。"元……"

卷九

胡春旖

一

　　四十多年来，胡春旖历经了三次分居和两次离异，最后是对丈夫远远的疏离和怨恨。她相信老油库中的人不会恨她。这个男人几乎不会恨任何人，相反对一切人都满腔热情，特别是对异性。所以说他的糟糕是自然而然的。多么可怕，他一直半死不活地留在她的世界里。这大半是因为师辉。只要女儿在身边待上一小会儿，她就能断定这孩子是否去过老油库。

　　孩子身上会携来他的气味。那不是他在配种站工作时期的腥膻，而是独居野外的男人才有的怪味：混合了草药和体腺分泌物，或许还夹杂了一些穴居动物的土腥气。胡春旖反复阻止女儿，后来才稍为通融："你在那儿看一眼，放下东西就走吧。"一些烤红薯，山药，南方腊肉，咸肉粽子，都是一起生活时养成的饮食偏嗜，她不知不觉就在家里大量储备起来。师辉每一次去老油库都要带走一些，因此她不得不花越来越多的时间出门采购。有一次她买到了上好的蒜肠，一放到贮藏室就骂起来。她骂那个贪吃的丈夫。

但是胡春骑知道自己永远也不会重复过去的错误了。如果说这一生最大的错误是答应嫁给他，那么更不可原谅的则是一而再再而三的分与合。这其中交织着多少恩怨情仇、软弱妥协与心遂笃定的故事。就是铁石心肠也不敢回忆那些岁月，不敢去稍稍想象那个身上有好几处伤疤的男人。这个人在青春勃发的年纪不用说煞是可爱，魁梧非常，有标准的军人姿态。他虽说对异性往往有些过分的殷勤，但最初总是给人耳目一新的感觉。特别是在经历了诸多磨难的半岛地区，一张明朗的军人面孔会给人多大安慰。它代表了许许多多，是各种幸福的无声许诺。所以半岛上数以万计的妙龄少女嫁给了军人或类似的人物。她们伴着新政权着手恢复生产扩大春耕之机，掀起了另一个热潮。"快些吧，你还傻愣着干什么！"她们总是互相催促。过来人动辄诉说光荣的经历，说第一夜就看见了他肩胛骨上的一个疤痕，还有尾骨附近的；特别是他每天上床前有条不紊地解下衣服，砰一声把手枪放在窗台上的样子，真是让人激动啊。种种议论都未让胡春骑心动，她仍旧沉静自然。她精巧的小鼻梁，在阳光下微微活动的鼻翼，无不透出倨傲自尊、独立坚守的品格。但是一个人要抵御整个时代的风气有多么难。幸亏她是有名的老校长的女儿，有一种宗教家庭背景，若不然事情变化起来将会更快。很难说当时的风气没起催化剂的作用，因为当那个穿军装的师麟在藤萝下出现之后，她就再也没有忘记。

后来的危机导致的分手令她万分痛悔,虽然类似的离异在全城多得不可胜数。发人深省的是,女人们见面再没有过去的欣悦和骄傲,倒是相互倾倒满肚子苦水。她们共同的体会是:这些男人比起另一些男人也不见得就好到哪里去。特别是其中有个把再婚的女子做了详细比较后断言:他们个个都一样,还不就是那一套!咱们哪,让他们骗了!越是当年起劲叫嚷"快嫁呀快嫁呀"的女人越是出言凌厉:"咱真是瞎了眼啦,嫁了这些糟蹋人的乡下佬!"胡春旖在一片谴责和偏激中反而滋生了另一些情绪。当时他们分居已经一个多月了,最初的震惊与悲愤渐渐平息,事件也发展到了一个关键时刻:离婚还是怎么?看来重新组合已经无望。想想看吧,一个被对方喻为石女的小妻子竟然遭到了背叛,这说明他先前的柔情蜜意信誓旦旦全是谎言。但一想到最终的分手,想到孩子失去父亲,又像个噩梦。"讲个战斗故事吧!"孩子总是提出这样的要求。她的脸庞和眼睛很像父亲,长而浓的睫毛以及神采又像母亲。从侧面端详她的脸部轮廓线,真是与那个混账父亲一般无二。胡春旖一闭眼就能想到师麟漂亮的腭线——一般人在中年之后就开始消失,而这家伙直到五十多岁了还依然如故。这些都在说明自己当年的婚恋并非盲目,更非病急乱投医……她不想在长夜讲什么故事了,因为女儿需求的故事无一例外来自那个人。

二

胡春荍第一次分居的这个春天太漫长了。当时她已做了两年的小学校长,这从一开始就惹出丈夫的俏皮话:"校长生出的还是校长。"她仍旧那样娇小,只是在稍稍丰腴的同时增加了许多矜持。师麟在家只称她的头衔,每逢商量事情就说:"请校长来决定吧!"这个春天那棵藤萝疯长怒放,好像也受了分居事件的刺激。学校的教职员工都知道这个不大不小的变故,只是没有一个在她面前提起。一位刚刚复员的区教育助理来小学检查了两次工作,第三次就约她单独谈话。助理不像行伍出身,坐在那儿胸部有些下陷。他嗫嚅了一会儿说:"我也是一位'八路'。""现在没有'八路'了。""可性质是一样的。"胡春荍盯他一眼,"是吗?"助理脸红了,抓耳挠腮,"是的。我身上仍是军人作风,办事干脆,不喜欢拖泥带水。我想与你开始这半路夫妻,你带个孩子我并不在乎!"胡春荍很快从对方闪烁的眼白那儿看出,这个人的神经系统并不健全。

但与助理的这次谈话却构成了莫大刺激。这样一个人竟然也打起了自己的主意。她更加痛恨师麟,是他让自己陷入这样可笑的境地。那天她的身边一直环绕着他的声音与气息,挥之不去。夜间她第一次给孩子讲了一个战斗故事。失眠,呓语,在床上翻动不息。而过去弯在那个巨大的身躯旁边睡得何等香甜。睡前他会顽皮一句:"你身上有一股春天小羊羔的气味。"再不就说:"晚安,老师!"她暗暗惊讶的是荒唐的丈夫始终对自己保持了初恋般的热忱。瞧他天真无邪,情感真挚,既是追逐女性的老手,又是个老大不小的儿童。他对付异性那一套真是炉火纯青。他对她们既非专一,又非欺骗,只要爱上就爱得要死,爱得对方大惊失色不知所终。当一个女人真正理解了这个精力旺盛的男人,才会明白满腔怨恨都是文不对题般可笑。因为她们遇到的与其说是一个通常意义上的流氓,还不如说撞见了一位情豪。

师麟在这个春天的一个周末去那棵大藤萝下,偶然遇到了打扮一新的母女。胡春旖说一声:"快,我们回家吧",抱起孩子就走。孩子却回头看到了父亲,伸出小手一声连一声叫唤。没有办法,她只得放下孩子,看着父女俩拥在一起。他的脸贴在孩子的小脸蛋上,泪水扑扑流下。他抱着孩子往前,径直向那两间小宿舍走去了,她只得尾随。天快黑了,父亲还在给女儿讲故事。夜深了,她终于第一次开口说话:"请你走吧。"他点点头,也是第一次回她的话:"我饿了。"他说着自己动手做饭,就像在行军路上开火兴炊一样快速而草率。他吃过饭,脸色红润,哈欠连连,一头倒在床上睡起来。那熟悉的鼾声悠长匀细,像过去一样催人入眠。孩子在自己的小床上睡着了,胡春旖却弯在长沙发上无法合眼。大约是午夜一点,他踱到了沙发前。目光的重量压过来。他用一只手臂就轻挽了她的身体,她怕吵醒孩子只好无声地挣扎。毫无用处,她一转眼就给携到热气四溢的大床上,并且被体贴过人的男人拍拍打打盖上了荷花图案的被子。挣扎在继续,只是力气越来越小。最后师麟叹息一声:"我的小石女!"他在这个夜晚发现她的身体柔软无比,骨肉相连,比记忆中的任何一个时刻都更动人。他说:"我以前说过,这个世界上还没有什么能够拆散我们!"

她的心融化了。她不是原谅了他,而是原谅了自己。这个男人是永远不可原谅的。她在宽恕自己的爱。夜晚余下的时间听他绵长无尽的疯话,全不陌生。可怕的是他的每一句都出自肺腑:"原谅我的那些缺点吧,老夫老妻了。我一见了你就忘记了自己的错误,因为你太可爱了。这么可爱的女人——严格来讲是人世间的'宝物'——剥削阶级总愿叫成'尤物'——她爱上的男人又会有多少缺点!我这样说倒不是开脱自己,我是指你的小胸脯里面装了个大胸怀,你会包容一切!别说我这样普普通通的坏人了,就是更恶更坏的大强盗也不在你的话下……"她听了只是哭。她知道没有办法,就是这样的命:一次次接受他那荒唐离奇的逻辑。这家伙只有一句算是稍稍说对了:"老夫老妻了"。她在微弱的灯光下看着他的脸,直把他看得垂下了眼睫。她在他开阔的额头上吻了一下。

这就是那个春天,他们之间分而复合的故事。后来的几次大同小异,一直折腾到最后——他永远待在了老油库里。

三

一片土地的命运像一个人的命运那样不可假设。胡春䈒静下来总要问:我如果不是遇上了那个人,不是偶然走到了藤萝架下,今天又会怎样?她一路推断下去:如果这儿没有传教士,没有教会和教产,特别是没有那所教会医院,那就不会有前来接收医院的人,更不会有这样不幸的婚姻了。她还想过:如果她按照父辈的设计成长,最终去了西洋又会怎样？天哪，人就是这样离不开假设。可惜的是那些假设的前提都存在过，它们都是真的。时过境迁，如今这里放眼望去只有市井喧声，好像过去的一切根本就没有发生似的。可是胡春睸能够回忆，能够诉说和证明，能够从头追溯自己的家族和渊源。

父亲胡毓淳作为海内闻名的一所教会学校的校长，其事迹经历真是让人唏嘘不已。祖父是半岛地区的贫民，也是最早信教的人。十九世纪中叶是基督教进入中国的盛期，那个叫雅西的美国浸信会教士就是那时来到了半岛。第二年又来了个叫雅各的教士。这时正逢捻军起事，雅各不惧危险前去劝说捻军容教，却苦于无法沟通。雅各被拴上双手去见义军小头目。小头目说："我日洋人。"雅各直解为"我、太阳、外国人"，问什么意思。小头目火起，抄起长矛将雅各刺死。雅西避乱去了上海。当时正是美国南北战争爆发时期，教会无法提供在华教士经费，雅西只好靠译书维持生计。这样直到五年后稍稍太平，雅西才重返半岛。他好不容易联络了八位华人教友在浅山成立了第一个浸信会，并开始讲道。四年过去，整个浅山市仅有两人入教。这期间雅西一直在半岛传教，经历辛亥革命和拳变等一系列大事，九死一生，直至一九一二年初魂返天国。

雅西之死令祖父悲痛欲绝。当年他是半岛西南部的饥儿，在流浪途中被浸信会收留，不仅供给膳食衣服，还让其读书识字。最初教徒备受歧视，他们如果布道，邻人就说他们随了外国人，玷污祖训，群起攻讦。村民联合约定：不准这些人的牛进入村中牛群，不准看青人看护他们的庄稼，公用石碾不准他们使用，水井也不准其汲水。祖父挖湾取水，孩童就往湾里抛粪便；清晨开门，门板被涂上粪泥。这期间磨难与业绩俱增，祖父参与了捐宅基、募捐，直至筑成第一座讲堂。到雅西归天时，浅山市的教徒已达九十五名。

祖父在晚年常向儿子讲述雅西，讲述教会的筚路蓝缕。当年为了接近村民发展教徒，雅西与新来的教士卜吉维穿华人服装，学当地土话，还在帽子上钉了假发辫。贫民雇不起驴子推磨，他们就廉价受雇，边推磨边讲道。流浪汉和饥儿都是教会的客人。就这样先后在周边区县有了四会，五年后又添四十六会，并辖大连会和陕西会，故改名华北浸信会议会。至一九二三年共计有八十九会，更名为华北浸信会联会。教会大力兴办学校和其他慈善事业，一八九五年秋在浅山北郊创立了"圣约翰学院"；几年后又建"怀琳医院"和"神学院"。

胡毓淳上神学院正逢鼎盛时期。学院占地六十余亩，有男女生宿舍楼、中心教学大楼、牧师楼、总务处和饭厅。神学院东北角的八角楼属院长寓所。与寓所遥对的是教工宿舍，西侧则是图书馆、球场、体育馆和葡萄园。学院有专门员工栽培管理花卉。胡毓淳直到老年仍能记起一位上年纪的女园工：祖籍南海，常在玻璃花窖中养护南国花草。就是她教他认识了风信子，认识了可以做药的美丽的糯百芨。附生加达利亚兰、贝母兰和闭鞘姜这类品种，一经传入就被她照料得很好。当时的神学院长已由珂利培尔牧师担任，他接替了第一任院长卜吉维。

神学院面向全国招生,授课牧师人才济济。珂利培尔是一个博学多才的教育家,继承和拓展了雅西和卜吉维的事业。神学院先后开设十五门主讲科目,除了神学,各科授课牧师都堪称一流。当时的主要科目有:旧约,新约预言书,教会史,希腊文与希伯来文,福音、书信与传道法,汉文,宗教音乐,宗教教育,英文……除了设神学科、圣经科和预备班外,还招收神学研究生。

胡毓淳是珂利培尔最满意的学生之一。

四

胡春漪知道父亲在六十年代中期去世算是幸运的。老人家对雅西和卜吉维的怀念太多,对恩师珂利培尔更是难忘。晚年每当有人谈到浸信会,老人总是感慨万千。他从不否认《南京条约》和《望厦条约》的恶端,但对文化交流融合过程的细节和局部,特别是对于个体品质操行以及他们的业绩,格外审慎。晚年他常携女儿徘徊于怀琳医院和圣约翰学院旧址,指点废墟诉说当年。那时人们远远透过葡萄园,可以听到管风琴和钢琴的声音,还可以嗅到一阵阵梧桐花的香气。当时医院只剩下附楼,整个圣约翰学院只保留了一个中学部,并更名为浅山第一中学。"战争,最可恶的就是战争!"老人想着早年死于战乱的妻子,不停拍打女儿的手。

胡春漪习字时总把父亲的遗墨摆在面前。这些大字书写的内容都源自《圣经》。"凡劳苦担重担的人,可以到我这里来,我就使你们得安息。我心里柔和谦卑……""主乃我之牧,所需百无忧,令我草上憩,引我泽畔游。"……她觉得父亲慈悲的灵魂已渗于墨迹。她特别倾心于这样一句:"我心里柔和谦卑……"她认为自己将被这样一句引导向前,直到终点。作为慈父的掌上明珠,她长得"娇小清新楚楚动人"——这是父亲身边的一位男教师说的。男教师食书不化,分不清书面语与生活用语,常惹别人大笑。但他却是父亲最喜欢的一位青年。她记得他第一次来穿了一件蓝中山装,脖子上是一条讲究的灰围巾。他长得清秀爽气,大眼细眉,牙齿洁白无瑕。

因为受老校长的影响,男教师立志撰一部有关浅山宗教活动的书,自十九世纪中叶以来的相关大事都将一一记述。胡春嫡发现父亲不辞劳苦为其寻找材料,常常直到深夜还在解说当年。她在一旁倾听,同时期待那对明亮的眸子转过来。那些夜晚她第一次想过:自己如果再大一些该多好啊,那样就可以做他的新娘了——与他在一起肯定是愉快的;嗯,我会把他那条灰围巾洗熨得好上加好。

如果更早一些出生她就会上华北浸信会神学院了。听父亲说当年女生占百分之六十左右。学院实行男女分餐,男生住北面一座小楼,女生住靠近花圃的大楼,都是二人一室。平常男女生不相往来,上下课女生都由保姆接送。男女生在楼梯迎面相逢,女生须面壁而立,待男生过去方可继续行动。胡春嫡觉得当年的情景惹人发笑:西洋礼教与封建遗训结合得天衣无缝,相得弥彰。不知为什么,她真想亲历一下那种繁琐。她认为自己在遵守各种规章的同时,会多多少少来一点顽皮,比如向牧师伸伸舌头之类。"你的舌头宛若小猫的舌头",年轻教师有一次说。她在镜前证实那个人的话,发现自己的舌头窄而薄,一经伸出就自然上翘,轻灵巧妙。除了舌头她还观察过悄悄隆起的胸部,觉得里面贮存的全是"柔和谦卑"。

随着太平洋战争的爆发,日美关系彻底破裂,圣约翰学院与怀琳医院都被日军没收,所有美籍人士都被解送半岛东部囚禁。教会的一切活动遂告停止。日军投降后内战又起,刚刚获释的牧师只得返美。这些年教会学院一直有为数不少的学生追随地下党,参加静坐游行等活动,有的被迫退学,有的被校方开除。抗战开始后许多教友参加了救亡活动,院长珂利培尔更是同情中国军民。在战时,设备优良医术高超的怀琳医院不知多少次挽救了八路军将士的生命。有一位高级将领从遥远的解放区来治眼疾,只一个月就康复返回。建国后这位将领在长达二十多年的时间里身居要职,那明晰的目光就是对教会医院最好的纪念。有些八路军将士直到晚年还在回忆怀琳医院那辆雪铁龙轿车。那是他们第一次乘坐的高级轿车,当时觉得完美精巧几近魔器,印象难以消除。从圣约翰学院投身革命的学生难以计数,其中产生的英雄烈士已声名显赫。怀琳医院不复存在,但许多医师已成为新中国医疗事业的中坚。

浅山市所有老人都会记得:是一场大火毁掉了一切。日军投降前的一九四三年十一月二十二日夜,八路军武工队先是用枪声引出日伪军,然后掩护队伍冲入神学院和怀琳医院。一场大火越燃越大,整整烧了一夜,最后主楼附楼、讲堂与养疾楼全部化为灰烬。至此,落入日军之手的"敌产"被一举摧毁。

五

胡春旖一直在那个教会学校。一切都让她赶了个末尾。外籍教师全都离去了,学校里仅剩下个把拖着洋腔说话的中国人。不久学校更名,父亲做校长直到退休。父亲去世前一年还非常关心女儿的英文成绩,准备让她去国外求学。父亲退休后一直寡居的姑母就搬来合住。姑母小父亲十岁,也是虔诚的基督徒,对侄女爱护备至又殊为苛求。她不允许春旖一个人夜间到学校花坛那儿,也不准模仿牧师布道。本地牧师用浓得化不开的方言念出:"神说'要有光',就有了光……""我们的妹子啊,愿你做千万人的母!"春旖能学得惟妙惟肖,自从姑母到来就再也不敢了。她有时想在姑母跟前撒娇,可一抬头看到那双眼睛就立刻停止了。

也就在父亲去世的前一年春天,胡春旖觉得自己的一颗心快要为一个人蹦出来了。他就是那个青年教师。他身上有一种人所未察的气味让她着迷。她喜欢看他皱眉的样子,觉得他的胡茬正好在红润的唇边停止蔓延,也是一个奇迹。"男人哪,就是这么了不起!"她在心里感叹,渴望与这个大十多岁的男人说点什么。机会终于来了,她问他的进步——听说上级正要让他担任教务主任——想不到他听了又是皱眉,反问一句:"这又怎么?'能让生命增加一刻吗'?"她知道这话源自哪里,无语。后来的日子她几次想与他谈点高兴的事,还想约他去郊外看新修的拦河坝。男教师一概不感兴趣,动不动就问那么一句。胡春嫡近乎愤怒了,因为她就是不明白:只要加强锻炼,特别是在春天出去郊游,怎么就不能有利于生命,怎么就不能增加"一刻"呢?

父亲去世了。姑母全力撑起这个家,开始觉得教管侄女是最难的一件事。学校里有好多学习小组,还要开展学哲学比赛,这一切侄女都参加了。那个男教师似乎很快苍老,胡须不刮,也很少来了。一年之后,男教师与几个人一起被押解到什么地方去了,接着就有人来胡家打听他的言行。姑母说:"他们男人说话我们插不上嘴,也不想听。"胡春嫡除了记住男教师那红润的嘴唇和那句单调的质询,其余什么都不记得了。她什么也没说。她想在轰轰烈烈的岁月中忘掉那个不幸的人,因为她明白:整个时代都在厌弃的人,姑娘家也不会喜欢。

在她这儿一切都顺理成章,中学毕业直接当了一名教师。姑母年纪有点大了,常常梦见哥哥,早晨起来就说:"我看见你父亲跟着一群人过河,他们头上都有光。人群里有雅各雅西,还有卜吉维和珂利培尔……"胡春嫡这时非但不再被这些名字感动,还有极力忍住的厌烦。这时她的身个并没有长高多少,因为身材增高的任务似乎两年前已经完成。她当时并未料到自己的一生都会小巧轻盈,并因此而惹人喜爱,带来无穷无尽的烦恼。她在那个火热的年月所能感到的只有飞速涌入体内的力量。这是从何而来的力量啊,大到不可思议。常有一种冲动和热情让她不能安稳,让她站在一个地方翘起脚跟,大幅度耸动身子。

她每天都照镜子,却忽略了身体的曲线,对那一头闪亮的、乌黑中透出一抹栗色的柔软之丝也视而不见。她的眼睛闪着松叶菊多汁的茎叶色,睫毛则令人想起重叠的花瓣。那耸起的胸部显示了过人的热情,还有无法预料的骄傲。但是,有一股来自父亲和母亲,特别是姑母那儿的神秘力量在束缚她,让其不能解脱。即便是紧张的课外哲学小组活动之余,她仍要翻开父亲的遗墨习字。她的鼻梁和嘴部,特别是鼻中沟那儿,都透出父亲温文尔雅的神情。在这风风火火恨不得改造一切更新一切的时代,人们对一种特异而内在的美既无从留意也无心解释。即便是她本身,对自己春阳下亮灿灿的小脸儿也毫不在意。真遗憾,每天早晨她拢拢头发走出家门,当微风和阳光一块儿扑向她的时刻,该是怎样撩人的一个盛况。许多人看到了,但都习以为常。那时人们对于革命、哲学、斗争和挖出某某集团的消息是敏感的,而对另一些东西则是迟钝的。所以在长达五六年的时间里,竟没有一个人严重扰乱过她的身心。她自在而安全地度过了危险的十八岁,又迈进更加危险的几个年龄。

　　情况将很快改变。不久,大约是又一个春天,省里来人了。这就是那几个前来研究接收怀琳医院的人,其中有个军人。这个不久将被开掉军藉的人与当时的大多数人恰恰相反:他是那么善于发现和发掘,常常只需遥遥一瞥,真正的美即无可逃匿。不要说是惊心动魄的美了,就是于一片平淡庸常之中,他也常常有所斩获。事情一旦开始就必有结局,对于从小洒满了阳光雨露成长一新的胡春旖而言,遇上师麟也是命该如此。他在后来,在新婚之夜对畏缩一团的小妻子如实相告:"我第一眼见到你时就对自己说了:我必要得你。"

六

好像一转眼就靠近了花甲之年。胡春嬴认为不幸中的万幸是自己最后的醒悟:狠狠心彻底离开他。为了维持这种状态,她只得不断注入新的怨恨。她把那个老油库想象为一个阴森恐怖、四处悬遍蛛网的洞穴,把那个巨人喻为穴居魔王。让人绝望的是,我们人类经验中的魔王总是法力无边,既无恶不作又祸害命长。她知道那个家伙会一直活在那里。真的,他至今仍享有一份不薄的薪水,新朋旧友接济不断,已经足够滋养余生了。她正在为此懊恼的时候,突然传来一个消息:老油库的人中风了。她当即呼叫一声跑出门去,一直站在阳光下。一天到晚坐等消息,懊恼不是一丝丝消失,倒是一天天加重。后来师辉告诉母亲:父亲只是比较轻微的一次中风,险情很快排除,他又能在屋里走动了。胡春嬴哼一声,"这个祸害不光不会死,还接待起女人来了——南山的老妇救会长提了二斤血肠来看他了!老猫鼻子真尖!"

师辉一直奇怪的是,母亲足不出户,可是这会儿对老油库里的事情知道得比自己还多。她发现母亲随着年龄的增大,尖刻的俏皮话越来越多了。一些民谚、俗语,甚至是知识女性说不出口的村妇粗话,她在气头上能一串一串吐出。好像一个人在进入老境之前,首先要做的一件事就是更新自己的知识体系。师辉有些失望,但日子久了又多了另一些理解。世上没有几个女人受过这样持续不断的伤害:她的一生都在迁就、献出,最后是绝望。可怕的生活把多少温驯的绵羊变成了母狮,母亲比较起来还算雅致的呢。每一次从老油库回来,师辉都要自语一般叙述半天。母亲只在一边翻书。这些书都很旧了,其中的大半由师辉携去过老油库。父母的共同嗜好就是读书,如果一月之内读不到好书会非常痛苦。原来的圣约翰学院有一部分繁体字书被第一中学继承,成了胡春旖一生的甘饴。她把那些蒙了一层世纪之灰的老书分批抱回家来。她与丈夫在后来唯有交流读书心得才是愉快的,常常你一言我一语说到半夜。分手后带给她的最大不便是失去了那样一个分享者。那家伙对书的品咂功夫堪称一流,而且口味刁钻。现在无论是深夜还是凌晨,读书的只有她一个人了,这让她备感凄凉。特别是阅读引起的快感和冲动顶得胸口灼烫,欲要转身倾吐的那一瞬,真是寂寞难忍到了极点。有时她把书本放在膝头上流泪,连自己也说不清究竟是为书中人物还是其他。那些极好的书读过了不忍交还,就放进一个盛杂物的玉米皮筐里。她知道有人会携进老油库。有一次她把一本《阿蒙德森探险记》放进去,第二天就不见了。大约一个星期之后这本书又出现在筐中,她抓起来抚摸,"谁看了都会挪不开眼。"师辉点头。

　　师香来到老油库的消息使胡春旖愤怒了好几天。她的激动让女儿措手不及。师辉真后悔把那两人的亲密之情报告了母亲。母亲一夜失眠,天亮了看着窗户说:"谁知道是怎么一回事!那个师香如果真是老教授的孩子,为什么要跟他们师家姓?这里面有鬼。她十有八九是师家的骨肉——一个私生女！师凤老大不小嫁了人，又冒出一个姓师的闺女，这能说合情合理吗？"师辉瞪大了眼睛看着母亲，"那又怎么了？""怎么了？我的傻孩子，如果真是这样，你的父亲就成了——畜牲！"

这一天早晨师辉直哭了许久。胡春嫡说："这世上没有比我再熟悉你爸这个人的了。他要一直好色到死。过去他不过是个流氓，今天就不同了，今天他成了个禽兽！"师辉哭着点头。母亲指着她大声说："从今以后他就是死在老油库里，你也不要再去看他！"师辉仍旧在哭，"如果……如果这是真的，我不会去了！"

七

胡春嫡决心亲自去一趟川地。师辉觉得母亲年纪大了，脾气和勇气也随之增大。她想不出这会是多么辛苦的一次旅行。母亲强调：此次入川无非是要弄清一个基本事实。"到那时也就知道你爸到底是流氓还是禽兽了。"师辉说："算了，随他去吧！""不。我倒没什么——自打最后分开那一天他与我就没一点关系了；可你是他的女儿啊。"师辉知道母亲是必要远行的，因为淤愤、寂寞和懊恼加在一起无法忍受。可怜的身材瘦小的母亲，年轻时未曾到过几百里之外的地方，这会儿却要顶着一头灰发上路。她要请假陪伴，母亲则一再拒绝。

其实胡春嫡要把积存心中几十年的话单独向一人倾吐。这个人就是师凤。她仅见过大姑姐一面，但这已足够了。她认为这是个内心安静明晰、对事物极有主见的人，令人尊敬又让人稍稍惧怕。那是师麟第一次被刑事拘留的日子，师凤悬着心一路赶来，给这个备受摧残的弟媳以极大安慰。那真是情真意切、同时又是高屋建瓴的一次谈话，处处透着人生真谛。从此胡春旖不仅认为她有过来人的理解，而且还有超越夫妻经验的高度。这样一个人竟然独身，不是令人费解吗？还有，她那高爽利落的身材，不同凡俗的仪态，其魅力显而易见；更有抿起的嘴角、深湖般的眼睛，到处都透着与弟弟一般无二的激情——就是这样的一个人，会在几十年的时间里没有自己的男人吗？胡春旖不信——"我尊重她，但我不信。"她觉得自己的不幸也包含了这样一个原因：离师凤太远了。她真的想念那个风度翩翩的女人。

入川了。此一行既是为了澄清，也是来走亲戚。一路上她都在想师凤的模样：岁月也敢折弄这位高不可攀的人物，一改她的容颜吗？这回我倒要好好看看。一连几天在火车上颠簸，真是苦中找乐。师辉一直劝她坐飞机，她却一口回绝。她说这样可以更好地看看祖国的大好河山，实际上是出于节俭的本能。上了路，一过了长江她才知道，水土风物真是与那个半岛差别甚大。水田，青瓦小楼，还有从小巷里飘出的加了重料的炖鸡味儿，一切都让她觉得新奇。她想起了读过的话本，那上面骑马的胡人将军总是在开战之前先用剑指一点对手，大喝一声："小南蛮！"她笑了。她突然喜欢起南国的一切，同时也恍然大悟：自己这四十多年来一直对一位"小南蛮"耿耿于怀。

多少感慨都掩藏起来，专等一个合适的切口喷出。大概她，还有一旁那个清瘦的教授，都对相见的平静和淡淡的愉悦没有预料。

其实胡春渧在用力忍住。她一来到这里甚至没有好好看一眼家里的陈设,只是直眼看着师凤。大姑姐满头银发,那白中透红的肌肤却像三四十岁的女人,一双眼睛还像十几年前那样温柔闪烁。这不由得让胡春渧猜想:他们师家个个都是有魔法的人。她嘴里叫着"大姐",心里却把对方比成母亲。真的,如果有这样一位长辈也就不会孤单了。真想扑进这个怀抱哭上三天两夜。她也一直盼望听到这样一句:"妹妹,你受委屈了!"她怕自己那时要受不住,当着另一个人的面放声号哭。

胡春渧掏出了北方的礼物:手工棉料粗布,红莲,阿胶,江瑶柱——大姑姐总是这样称谓干贝。师凤抚摸这些礼品,那双手柔和温暖得令人吃惊。姐姐一直未问弟弟,也未问养女。怎么开始伤心的话题?师凤原先在博物馆工作,现在早就退休了。她上次去半岛忙里偷闲让春渧陪伴去了一趟博物馆珍藏部,至今难忘,这会儿说:"我还记得那一次,真让人眼界大开。网纹彩陶壶,还有那件宋代哥窑盘子!黄县出土的纪铜器在全国独一无二!可惜那一次没有时间看归城遗址了……"胡春渧对文物一窍不通,听着她一往情深的诉说,不知为什么脑际却展开了父亲那一卷卷墨迹:"……爱是恒久忍耐又有恩慈,爱是不嫉妒,爱是不自夸不张狂不做害羞的事……"她什么也说不出了,只把哽咽留在心里。

八

胡春嬉在师凤家待了七天。第八天她不顾一切挽留上路了。突然牵挂起半岛。离开时她才发现：这七天基本上没有谈过师香，也没有谈多少师麟。也许可恶的弟弟让师凤不知如何是好，索性闭口不提。可是对于胡春嬉来说好像这已经够了。她千里迢迢来寻的是师家的谅解和温情，这些不仅得到而且还绰绰有余。那个至关重要的答案也并非由对方宣示，而是凭直觉得知：师香绝非师凤的女儿！她想倾吐的万语千言都在大姑姐慈爱的目光下挥发一空。她终于明白对方领悟的远比自己要说的还多。这是来自一个好女人、智者和母亲的多重体贴，诸多温暖混合一起，让她感到了南方的陶醉。归来的车厢摇摇晃晃，那铿锵之声也阻不断一幕幕忆想。在师凤家里，夜晚入睡时分总听到蹑手蹑脚的走路声，那时她就闭上眼睛。她知道大姑姐正站在门边倾听她的呼吸。有一天半夜起风了，又是那个脚步声踏进门来。没有开灯，进来的人正摸索着为她加一条毛巾被，手脚轻得像一只猫。她匀细呼吸，小心辨析那种微甜的、像是刚刚成熟的无花果的气味。她甚至在对方俯身时感到了那对饱满的乳房。她白天见过它们，那是这般年纪的女人所能葆有的最好的乳房。加盖毛巾被的人离去了，她的双眼有泪渗出。

她还想起另一个夜晚。午夜，她听到了一种声音。该死的南方建筑这么不隔音。先是透过烦躁的翻身声，床铺发出了微响，接着就是那几句温柔之极的、呵气一般的声音："睡吧，啊？来，睡啊，睡吧……"这当然是师凤的声音。她可以想象那个失眠的男人如何被照料。那一声声真像对待孩子，很可能再伴以轻轻拍打。她伏身把脸压在枕头上。这是久违的一种感觉。她甚至不记得给予丈夫这样的温情,尽管那时也曾爱到山穷水尽。至于那个混账丈夫,不仅是在呼叫自己石女的年代,即便是分而复合的后来,也殷勤到了无法言说的地步。在这样的异乡之夜胡春嫡终于明白了:仅就给予对方的热情——那种能力而言,世上也找不到比师家姐弟再强大的人了。这极有可能是一种家族特征,如俗话所说:"天生就是这么一种人"!她只要回忆起与师麟一起的时光就有点刹不住车——谁能设想一个男人会花样迭出、乐此不疲地爱一个女人这么久?仅就爱本身而言,他给予的似乎也比预期的多。可愈是如此,她对那种背叛、对荒淫无耻和各种各样的伤害就愈加不能容忍。现在,归途上,连她自己都弄不明白该怎样惩罚那个人了。她只得承认:上帝让她今生真正大开眼界的事儿,就是将这样一个混账泼皮投入怀中。

　　回想往事,胡春嫡发现对老油库的那个家伙要有铁一样的绝念,不仅不能有一丝牵挂,就连掺上一点好奇都不行。这方面的教训真是太深刻了。记得第三次分手之后,本来各自一方过得也算安稳,谁知一个新来的同事不知端底在办公室议论:有一个人因为犯了那种罪,被家人遗弃,这会儿还自得其乐筑篱种菜,高兴得像个大傻子!她吸了一口凉气,知道说的是谁。她当时真的只是好奇,在一个星期天下午瞒着孩子搭车去了城南,打听到了那片菜地。但她不想让他发现,而是小心翼翼绕着篱笆。当时青纱帐初起,田野静谧,偶有野鸡啼鸣。弯弯篱墙中央是菜地,茵茵可爱的苗畦一侧有两间土屋……她正弯腰透过篱笆观望,突然有人从身后将其抱住。那双粗臂一揽之间就知道是谁了，于是她低声命令一句："退开！"这不乏威严的呵斥毫无作用，对方回应的竟是拦腰一勒，横着抱起，不管不问径直弄进脏黑的土屋。无论她怎样威吓，这个巨人就是不吭一声。她抡拳动脚，他就用一只蒲扇般的大手把她的四肢悉数握住。总之在这个下午，在郊外土屋中，她被他非礼了。

在火车的嘶鸣中，归程似乎短了许多。过了长江，放眼望去尽是北方风景。如果再多一些树木多好啊。真可惜，这就是命定的北方。自己马上就到了花甲之年，还在为不幸的婚姻奔波。真可惜，这是整整一个时代的错误。当时多少风华正茂的少女嫁给了刚刚进城的人，而这些人又因为骄傲犯了不少错误，比如领头砍树等。可是如果说匆忙的婚姻在当时也算不适当地送去了鼓励、助长了骄傲的话，那么他们所犯的错误少女们也要有份。所以说对他们还是宽容一点吧，在宽容中从头栽树。

看见黄河了。"主乃我之牧，所需皆无忧……"胡春旖吟哦一句，泪水一下涌出。

九

师辉苦盼母亲归来。她从出生到现在还未曾有过这样的经历：眼睁睁看着母亲远游。

师辉每天都待在母亲屋里等待。她已经勿须按时去那个北郊学校了。这之前教委主任曾与她有过一次谈话，说教师队伍已经人满为患，马上就要有一部分人下岗待命。她直接问:"你是说我已经失业?"主任斜着眼怪笑,"你说到了哪里!你糊涂到了这个地步,不知道自己正好说反了——这样的年头,又是你这样的人,你不仅不存在失业的问题,而且——怎么说呢?干脆直着说吧,天下好事任你挑!"师辉说:"那好吧,我哪里也不去,我就待在郊区中学!"主任拍掌大笑了,"你这孩子多么天真啊!你让我这当主任的怎么说你呢?你真是太天真了,怪不得连亿万富翁也迷得要死,女人越天真越可爱啊!"他让她好好考虑,然后就离开了。几个星期之后那个絮絮叨叨的老校长找到了她,"好孩子,我真想你!没办法,我再来这儿有人会砸断我的腿……今个是来告诉你,这个学期的课不用上了,下学期再说吧。""我失业了?""那不是。工资一分不少嘛,先让你闲一学期,这有什么不好?"师辉觉得血涌到了脖子和额头,她"嗯"了一声,摔上门就跑了。在校园外的丛林边站了一会儿,然后去找那个主任。

主任唉声叹气,说自己也要退了,还管得了这样的大事?"你管不了?"主任低头,"我管不了。"师辉声音高起来,"是你指示学校停我的课,你们全都卑鄙。""骂吧。以前谁敢这样骂我……别的不说了,我只想提醒你一句:浅山市太小了,亿万富翁太大了。"师辉再未说话,因为她明白一切都是多余。在路上她想:生我养我的这片土地太大了,其他的连一粒灰尘都算不上!这样想着开启院门,浓浓的香气猛扑过来:一大束连一大束的鲜花垂吊在院子里,遮去了整整一道南墙!最早的那几束已经枯萎,可后来的一排都插在营养坯中……可惜它们沾上了粗鄙的印记,让她每看一眼都怒火中烧。她抄起一把尖头铁锹,举起的一刹心又软了:鲜花是无辜的。

每天都有两次鲜花专递。谁也无法令其停止。整个浅山市没有谁能阻止大把鲜花不顾一切投向这个小院的疯狂。由于积起的花束太多,在四邻八舍引起了抱怨:"这是怎么搞的呀?太香了,呛人的鼻子。"师辉在刺鼻的香气中不能读书也不能看电视,想逃离又怕错失母亲的归期。就在这样的一个黄昏院门开了:母亲肩挎包裹站在了鲜花丛中,脸上是大惑不解的表情。师辉大叫一声扑到母亲怀里,说妈妈可回来了,再晚一天女儿就要被这些花活埋了。胡春嫡转身看看院子,"还是那个人吗?""是的,他疯了!"

母女俩整夜相依相偎,她们甚至来不及谈一句南国之行,只为近在眼前的花祸担忧。师辉与母亲分析了事件的整个来龙去脉,认为那个史东宾把商场如战场的那股拼劲用到了这儿。胡春嫡已经看出了事情的结局:等待孩子的会是失业、愁苦,是四面八方围来的污浊。她在这个夜晚抱住师辉,伸手分理女儿的头缝,又嗅到了那股荷花味儿。她从女儿单纯如一的体息中得知什么才叫"出污泥而不染"。这是她近十年来与女儿最亲密的一次接触:几乎抚遍了周身,抚着她精巧坚实的骨骼和富于质感的肌肤。她疼惜这个内外清纯的孩子。

这个夜晚由于月光太亮,再加上花气袭人,她们实在睡不着。好不容易挨到了天亮,胡春嫡推开窗子,一眼发现院墙上刚刚悬下来的一大束:玫瑰和勿忘我、玉簪和石蒜,甚至还有以前极少见的文殊兰。"这王八羔子到底从哪儿搬来这么多好花?"她咕哝着,在心里决定:不行,我得去亲自谈一谈了。

十

胡春漪约了史东宾。她把史领到周末空出的一间教室,让其坐在学生的位子上,自己则站在讲台上。史东宾称她"胡校长",她则直呼其名:"史东宾,是你把那么多花堆在我的院子里?""我只打了个电话,他们在办。""你想'浪漫'一下?浅山这个地方太小,以前还没人这么做过。"史东宾站起,她一个手势对方又坐下。他连连解释:"不,不,我是不知如何是好。没有比鲜花再能代表我的心意……"胡春漪笑笑,"这你错了。要表达心意的办法还有许多,你可以花上钱去砸她的饭碗!"史东宾的脸一下红涨了,"阿姨!胡校长……我慢慢讲会解除您的误解的!那才不是我的本意——我还巴不得师辉有一份世界上最好的工作呢!让她停课,这全是那个主任的事儿,他一心想帮我,结果胡乱整……"胡春漪拢拢头发坐在讲桌前,"那我告诉你,对我的孩子来说,做一个中学教师就是世上最好的工作。你引起的你来收场——无论是院子里的花还是其他,你看着办吧。"

胡春漪站起,两手按着讲桌。下边的人说什么她都不想听了,几十年的教学生涯实在让人疲倦。下边的人啜泣一般:"我会听您的。但爱是不会改变的——为了师辉我什么都不想要,一切都去它的吧!那个马莎,自从我对师辉表达了之后,就再也没有与她一起过……原来，我千辛万苦这么多年，是为了一个人；原来，我奋斗的终点是师辉！"胡春嬬转身下了讲坛，然后径直向门口走去。

史东宾一个人坐在教室里，开始抽一支雪茄。金壮一走进来，"老板……你怎么了？要不要我追上她，电她一家伙？"史东宾一拍桌子站起，"你给我滚开，滚你妈的蛋！"电鳗一声不响退出。直呆了许久许久，史东宾才想起什么，掏出电话与车上的电鳗接通："先找邮局鲜花专递，对；再找教委主任……"

胡春嬬小院的鲜花一直源源不断涌来，突然，一个早晨它们停止了。师辉报告母亲，母亲看也没看一眼。又是一天过去，那个市北郊的学校派人来请师辉了。"妈妈，你真了不起！你是怎么跟那个家伙谈的？"女儿走了。胡春嬬却一直在想自己与女儿相似的命运：一生被婚姻折磨。那天她从讲台上好好端量过那个人，发现他的身材即将失去控制，肩头很厚，腰围极粗。两道剑眉下双眼迷蒙。额上的那道横纹多么生硬。她从心里钦佩师辉的判断：四十岁左右的男子无不带有这个时期的全部信息。这符合"全息学"理论。上帝啊，我的孩子要选择的是"这一个"而不是"这一类"——找不到"这一个"，那就宁可不嫁！她作为一个过来人再清楚不过，每个时候都会形成一个婚恋盲区。瞧吧，一个时期追逐当兵的，另一个时期又是科技迷；工宣队成员、造反派头头、老贫农之子、商人、外国人……这些角色将随时轮换。可怜的孩子，她一气之下想跳出这个怪圈。

师辉没有宿在学校，而是及时回来陪伴母亲，打扫那些枯萎的鲜花。母亲告诉女儿：要做好下一步的准备，那个人的纠缠刚刚开始。师辉点头。母亲说出的正是她内心的忧虑。有一句话一直在心中涌动，它差不多成为隐秘。她想告诉母亲：在河湾那儿有一位老人，他曾在老油库那儿把自己一下吸引住——那才是父亲般的吸引……还有，那个人是史东宾在半岛地区唯一的长辈，他也许能阻止那个人的疯狂。这些想法她一直忍住，但这天深夜终于说了出来。

"那也是一个独居老人？""也是。""他为什么独居？""可能是怕吵——到处，这世界上，多么吵啊！"

卷十

马莎

一

史珂回到河湾很久还在想老油库。他总觉得那里有什么不对劲儿。他找出一些书,准备捎给那个家伙。河东开始有了测量的人,他们头戴太阳帽,凑在三角支架前不停挥手。奇怪的是史东宾没有出现。河湾上没有一座像样的桥,东边那些车辆要开过来就得从上游绕行。那边不时出现一些花男绿女,女人的短裙子穿得可真早。半下午时分有辆车子直驶到孤屋跟前,从车上跳下一个戴墨镜的高个子女人:金发,皮靴,半披半挂的古怪长衣。"西洋女人……"史珂自语。女人噌一下摘了眼镜,史珂马上喊道:"马莎子!"马莎笑了,"干吗添个'子'呀,我叔!"她差不多要上来拥抱史珂,他没得及躲闪,结果被她小鸟啄食一样在腮上亲了一口。多么烦人的洋礼节啊。她进一步加厚了胸前的两块大海绵,尽管他知道那是假的,但望过去还是要眯上眼睛。"生活就是这样,生活有时是很别扭的……"他咕哝着跨进屋里。

史珂抓起茶壶又放下，改沏咖啡。"叔叔有了洋习气。这就好了，今晚上我要跟你商量一些更开明的事儿。"马莎说着点了一支又细又长的烟。他马上闻到了一股臭脚味儿。他看她抽烟，一抬头呆了：坏了，她流出了眼泪。还未等问一句她就站起，上前一步拥在老人怀里。史珂叫着"使不得使不得"，赶紧把她扶离一点。马莎擦擦泪眼，"叔叔可回来了，这下就好了。今天我们要给叔叔接风。晚上去一个大酒店，市长也参加……"史珂再三拒绝，对方却像没有听见，打个响指就离开了。史珂望着那辆白色轿车隐入尘土，满脸迷茫。

史珂为鲈鱼找出几本书。他觉得对方比以往任何时候都需要帮助。一本探险史，一本写徐芾（福）的书，另一本是地方戏曲小丛书：吕剧·莱芜梆子。他能想象这家伙一板三眼读书的样子：自从有了狒狒他就不满足于默读了。史珂把三本书揣在怀里出门，刚绕过几棵松树就发现了狒狒。她正弯腰在柞树下采草药，微风吹着棕红色的毛发，远看像一只雌狐。史珂把书放进她的草篮，说一声改日再去就转身走了。她手挎草篮一直站在那儿——史珂走开很远她还是那样站着，像是有话要说。

二

晚宴在市中心一个叫"玻璃厅"的酒店举行。马莎领史珂进了旋转门，他一踩上红花地毯，看到侍应生皇家卫队般的繁琐制服，心跳就有些加快。马莎一边走一边介绍："今晚这样安排：先吃饭，然后分两拨——市长他们去一个地方,我们去看歌舞。"史珂好像刚刚发现马莎穿了薄如蝉翼的衣服,"天这么冷,我们……还是吃过饭就回吧!"马莎大笑,拍他的肩膀,"歌舞可要看——只要一进这个门,钱是统算的。"玻璃大厅内花木茂盛,水潭喷泉,泉旁一架自动钢琴正演奏肖邦。一个脸上涂了颜色、包了厚厚大头巾的当差在一角晃动,每个动作都彬彬有礼,只是太生硬了。这一切,这个厅,好像都在哪儿见过。"俗话说'人过三十不学艺',可是一个国家年过半百……""叔叔咕哝什么?"史珂盯着她的金发,"年过半百……"

在一个摆满了镶银红木家具的中式餐厅,一排身着红缎绣花旗袍的少女迎着他们鞠躬。马莎一摆手她们全退去了。"叔叔,你这一去时间可真久,我还以为史铭让你在那边办了喜事。"马莎又燃起细长的臭烟,史珂认为这烟对人好比是臭豆腐原理。他说:"没有。"马莎笑了,"当然没有嘛。"门外一阵杂乱脚步,马莎说:"肯定市长来了。"先进来的是以前见过的那个副秘书长,后面才是孔庆明、酒店男女经理之类。嗡嗡的介绍和寒暄,马莎如鱼得水。史珂觉得她忙里偷闲还捏了一下谁的鼻子。最后落座的只有四个人,副秘书长也留下了。孔庆明仍旧像过去那么干干净净,一对眼睛可真亮。史珂真想叫一声他的外号。市长说哦哟老先生,这一去可有些时日了吧?一切都由马莎代答,史珂认真对付手里的筷子:它是银的。杯和匙也是银的。很沉,在手中不好调度。他终于对添菜的小姐说:我要木头筷子。

市长对马莎说:史老是了不起的学者啊,我可惜太忙了,请教次数不多。今天我要感谢你给了这么个机会!马莎张着嘴听市长说话,史珂不经意间看到了她的宽舌头。这样的舌头能够让元音可着劲儿在上面打滚,不过要发出像样的卷舌音可就难了。市长语气变得轻快无比:"小马莎不要介意,有什么事直接找我或——嗯!"他一指副秘书长。马莎身子摇动起来,香味立刻增浓,一阵一阵。史珂认为她是用这个动作发射香波。他差不多可以感到一道道放射弧在穿越固体。市长闭了好几次眼睛,最后取了湿巾擦脸、用尽全力擦。"我的妈呀!"他发出了极微一声叹息,史珂却听到了。

"史老是大手笔啊!我要请史老写一写浅山市!"他端起杯子敬酒。史珂明白这种即兴之言。马莎抱住他的胳膊耸动不止。接下去是马莎与孔市长的耳语,副秘书长起身离席。史珂没有离去,只在一旁打盹。市长突然高声一叫:"史老!"他睁开眼。"史老,我们今天得帮帮小马莎了。我们俩帮得上——我以他们朋友的身份,你则是长辈。""什么事儿?"孔庆明的嘴唇绷紧了一会儿,像下足了决心,"史老,你那个侄子史东宾要叛了!"史珂腾一下站起,"叛?叛国?"马莎笑出了眼泪,一边笑一边抽泣,"叔,他是要叛我,就是书上说的'另觅新欢'!现在只有你能帮我了……"史珂这才恍然大悟,扶扶眼镜坐下。

一场酒宴就这样结束。孔庆明站起来取外套。马莎还在醉嚷:"我能帮他肥起来,就能让他瘦下去。我一发火就能让他变成瘦裆骡子,剩一副骨头架子!"

副秘书长一直等在餐厅门口,见市长出来马上陪他离开。马莎好像一出门就醒了酒,抱着史珂的胳膊去另一个厅看歌舞。这儿的热闹已达高潮,他们进去时差一点让迎面的热浪扑倒。史珂一瞥台上就叹了一声:"我的天!"那是几个外国女郎在脱衣服,边脱边舞。"脱呀脱呀!嘿……"台下呼叫响成一片。外国女郎最后身上只剩下极小的一条布绺,在震雷般的音乐中做出刚劲有力的动作。另一群裸女跑上台来,她们一露头就在地上扭动。悄悄的泣哭在人群中响起,史珂转脸去看:一个七十岁左右的男人,头发梳得一丝不苟,哭时下巴抵紧了胸口。正这时台上有大股火苗蹿起来,史珂刚要呼喊,发现火海里的裸女竟不顾一切亲吻起来。"既然这样,那也许烧不死……"一句话让马莎笑出来,"真有你的呀!"她一路领史珂穿过呼叫的人和沉默的人,拐进了一个黑洞洞的包间。灯亮了,小姐送进一些饮料又退出。

只有他们两人。马莎抽烟。史珂马上想起那个史东宾。两块大海绵愤怒翘动。她狠力揉烟,抓起一杯饮料又放下,一下下转动杯子,"叔能帮我吗?你知道那是一匹狼,他会疯的。""我试试吧。你该知道我行不行。""你可以去求史铭。""史铭再来求我。""你?你又求谁?"史珂咂咂嘴,"我求史东宾。"马莎伏在了桌上。史珂费力忍住了才没有去拍打她。她的肩头耸动不已,这时真像个孩子。哭了一会儿她挺直身子看着史珂,"那你告诉史东宾——他这样做真会毁了自己的,我一点都不夸张。你只要一说他就会明白的。"

最后,史珂问史东宾瞄上了谁。马莎说:师辉。史珂吸了一口凉气。

三

史珂急于见到史东宾了。他在牵挂另一个孩子。

史珂匆匆赶到那个市区别墅,把正在抡石锁的守门人吓了一跳。大狗被及时喝住。史珂发现整个小院已远不如以前,那些正在枯死的花卉球根散发出野蒜霉烂的气味。狗屎干结在玫瑰刺茎下,一群蚂蚁在围剿一只半死的虫子。史小吉手提一个罐子从二楼下来,眼睛一斜笑了。史珂说:"你爸在不?"史小吉摇头:"他要换马了,几个星期不回一次。只有马莎晚上回来。"史珂的语气尽可能严厉,"一定设法找到你爸,就说我从你爷爷那儿回来了,有要紧事儿!"史小吉把罐子倾斜一下,里面有个豪猪模样的东西爬出。"看看吧,只要能找到……"

史珂回河湾没有乘公交车。他步行了两个多小时才走到郊外。一看到那片低矮的小房就想到两个拣松塔的老人,心里一热。

离河湾孤屋很远,史珂就看到门前有一辆黑色轿车。"史东宾!"他叫一声,步子快得惊人。原来史东宾蜷在车里像睡觉的样子。史珂拍打几下车窗,然后去开屋门的锁。史东宾慢腾腾跟进来,让史珂转脸时吃了一惊:这小子憔悴成这样。眼睛肿了,领带歪着,嘴好像也歪了。大口喘息,揪领带,要水喝。史珂与侄子一起喝凉茶,一时谁也不想说话。史东宾嗓子吵哑,揪揪头发,"你看,我差不多快死了。不过我知道这是最后一次了,你不用担心。"史珂心里说:我是为别人担心呢。

原来史东宾刚刚敲过师辉的门,没有敲开。他对叔父喊着:"人长了几岁,开始想一些根本上的事儿啦。叔,我实话告诉你:马莎从来就没有贞洁过!"史珂听了差点也叫起来:天,连你也想起"贞洁"来了。他一口口抿茶,这会儿觉得最好喝的还是老油库的苦茶。史东宾低头哼叫:"我这次是全心全意,我还从没这样!叔,我到底怎么了?我从小没有父亲,压在石头板下,没过几天好日子。我自己拼死拼活才走到了今天,有谁帮过我吗?"史珂点头:是的,每个人都靠自己,最终不过如此。史东宾盯住叔父,"我和别人不一样,我要享受第一流的爱情!"

史东宾哭了,宽额低垂哭个不休。史珂怜惜了,无论谁哭他都会怜惜。他忍不住抚摸他乱蓬蓬的头颅,"我可怜的孩子,你享受不到。我们都享受不到。我是因为太贫穷,你是因为太富有;当然了,还有其他……"史东宾抬起泪眼,"我为她可以一贫如洗!"史珂点头:"那好。那真是好——不过她需要吗?她对你说过需要吗?"

史珂双眼大睁,直盯史东宾。史东宾垂下了头,"她,她说不需要……"

史珂一阵轻松。他差点笑出来,只是因为怜惜才忍住。他想以过来人——不过谁不是过来人呢——的身份劝解侄儿:算了吧,适可而止吧,对你来说马莎已经算是够合适的了。事物都有个极限,你如果聪明,就不该徒劳。史珂说不出这番话。从很早很早以前,那些很连贯且很有说服力的话他就不能说而只能想了。

经过了这场交谈,史珂如释重负。入夜了,他一个人不想读书也不想休息。他在朦胧星光下看了看屋前菜地上发出的绿苗,站了一会儿,又一路向南。他以前很少在这样的时间去打扰老油库。

四

  鲈鱼正在自己动手煮茶。狒狒在一旁编结什么，一团乱糟糟的彩线要不停地揪，有时还要用牙去咬。

  黄狗老憨见史珂来了就从窝中走出，看看星光，伸了一个大懒腰。鲈鱼今夜笑个不休，笑了许久才让史珂觉出这是一种冷笑。屋里的草药味儿不如往日浓烈，史珂吸了一下鼻子。他们一起到大炕上喝茶。史珂看到自己的三本书就码在一摞老书上边。鲈鱼说："我总以为徐芾（福）是个鸟人。""为什么？骗了秦始皇吗？""反正他是个鸟人。"史珂不语。鲈鱼又说："史铭也是个鸟人。""你嫌他们都跑到了外国？"鲈鱼摆手："史铭鸟人定了。哎，多讲讲你那老兄的事儿——他们一家过得可好？听说他的老婆小而又小。你和他们未必就拉得来。我知道，当兄长的一娶了小嫂子，你们也就没有共同语言了。"史珂惊异于对方的见识，不过这家伙究竟从何而来的伟大经验呢？他这样想，嘴里却说："是的，他们把我当成了乡下佬。这也未必不好。"

  鲈鱼对一切都感兴趣。他特别想知道一个长居纽约的老人与这儿的老人有什么不同。史珂想了想，简单叙述了史铭的焦虑：他认为弟弟不看电视也不搞网上浏览，这种状态既危险又不可原谅。想不到鲈鱼"秀才不出门便知天下事"，对"网络"二字并不陌生，这会儿马上叫唤起来："那些辛辛苦苦的咳血家（科学家）啊，要能再有些脑子就好了。他们造出了原子弹连自己也傻了眼，造出了电视也不知该怎么办，如今又弄出了要命的网络。瞧着吧，世界说到底还是要毁在咳血家手里。"史珂可不敢赞同。他知道这个话题有多么复杂，要将其清理出来，仅就自己目前的知识体系，不吃不喝也要花上三辈子时间。可怜的一代啊,西学懵懂,国学荒疏,更遑论其他。不过他总能理解一个大意:科学家如果没有脑子,那么与其说在拯救我们,还不如说是在毁灭我们。"我们"又是谁?一些个体,活下去,一些分别吃馒头米饭比萨饼或牛排沙拉的人,一些软弱无力的分子,宇宙的微粒,极小的物质。"我们"无非如此。可是"我们"可以做到在一些时髦面前不慌:千万别慌,一慌就全完了。

史珂一直要努力做到的就是不慌。当年他为自己的职业、为京城的人群、为无法发出标准的卷舌音而慌,结果却是更糟。他这一辈子都惊魂未定,倾尽全力对付一个"慌"字。鲈鱼这会儿大口饮茶,议论横生:"有人妄自菲薄,其实科技还不就是那么回事?你能说黄道婆那台木头织布机就一定比电脑差?她就比不上软件大王?还有那些又点火又喷水、光着膀子大唱的女人,我就不愿看,我宁可听乡下人说大鼓书!"史珂马上想到了那天随马莎看到的裸舞。何止光膀子,还有边手淫边唱的呢。老天,一场瘟疫从西到东,无人幸免。这是命运。一些人,像孔庆明这一类,昨天还痴迷于"幽灵"学说,会背"一个幽灵在欧洲徘徊",转眼之间又模仿起北美的暴发户——那些暴发户又放心不下欧洲那样的贵族。真尴尬。还有,眼下到底谁来告诉我们:浪、下流,这些不是艺术?谁又来简单指出:阴户也不是艺术?

关于慌,史珂正经有一肚子话要说呢。不过他常常想起几年前一位不识字的农妇,想起她的那声感叹——道理被她全说尽了,自己已勿须多言。那是京郊一个农家的女儿,考上了名牌大学,假期回家要看彩电。没有办法,父母省吃俭用买回一台彩电。归来的女儿头发一绺红一绺黄,穿了露膝毛边粗布裤,只吃冰激凌看电视,不吃饭。她和邻村来玩的一个同学摇摇摆摆看电视,母亲费了好大劲儿才把她拉到桌旁。一盘鸡肉总算让女儿开了胃。可刚吃了没有一会儿,那边的同学喊了一声:"杰克逊!杰……"这边的女儿听了哇一声尖叫,猛一推碟子跑开了。由于用力太大,一盘鸡肉全掀到地上,碟子碎了。母亲心痛不已,泪水哗哗流下,"我的孩子啊,你到底慌个什么?咱们庄户人家慌不起啊!"

鲈鱼的目光转到了一边的狒狒身上。她手里编结未停,这时却挪到近前。"两只小鹌鹑沙沙叫了,可我再也听不见了。"鲈鱼又厚又大的巴掌放上她的浓发。史珂要去添茶,鲈鱼揪住他的胳膊,"老兄,我今晚要告诉你点真东西了,只告诉你一个人。"他往旁一瞥,"我的小狒狒要许给一个人了,这回是真的。"狒狒刚叫一声鲈鱼就喝止:"你告诉珂叔,说这是真的!"狒狒眼里有了泪。鲈鱼望着窗外的黑暗,"又是我一个人了。我得自己走了。不过这世上谁也别想欺负我的狒狒!嗯……"

史珂目不转睛看着,他难以置信。

五

马莎用一根蓝带子把头发勒起。这根带子是极韧的尼龙质,很长,在头发后面形成一束花瓣:只消揪住一端一拽,整根三尺多长的带子就提在手里。她看过一个录像片,上面的一个复仇少女就用类似的带子勒死了自己的仇敌——咬牙使劲,挣扎吧,就是不松手……马莎近来很能理解少女的凶狠。她已经多次寻过那个女教师了,起码要见识一下——真是这个时代少有的美味佳肴吗?为了这场会见马莎煞费苦心,认真调查了关于对方的一切,其出身阅历知识结构包括直系亲属,无不掌握手中。

她们的相见其实很简单。马莎在师辉重新开课的周末来到她的宿舍。她本来准备了一肚子刻薄话和粗话,但一见了对方立刻憋住了。她真的在极力忍住心底的惊讶。原以为自己会碰到一个逼人的艳丽,就像面对一大束摇动的玫瑰。完全不是。真是毫无预料。对方沉静,清美,一双眼睛足可照亮一百平方米的空间,而时下却是个窄窄的单身教工宿舍。马莎的目光长时间盯在泛黄的木架床、床上半新的被子,还有简易的框架拉帘衣橱上。她在恢复自己的优越感和自信心。尽管这样,开口还是那么费力,"我不知该怎么说,作为一个受害者,你会知道我的心情。"

她无法发泄起码的愤怒。因为对方几乎不说什么。"我们是在共同的事业中结合的,他因为我的襄助公司才有了飞跃。他要重新开始,这本来没有什么,十个史东宾我也不在乎。不过只有你才明白,一个女人会看重什么。女人在这样的事件中受到的伤害才是根本性的。""我能帮您吗?"师辉的一句话立刻让马莎双眼大睁,"告诉他你根本不爱;还有,他必须死了心……""是的,主要的意思我对他讲过不止一次。他的想法只是他的事情,这是毫无可能的。我也对他说过,他无权对我这样打扰。"

马莎专注倾听时总要张大嘴巴。她全听懂了。可奇怪的是她并不高兴，嘴里说了声"谢谢"，心里却充满怨恨。对面这个人显然把史东宾看得一钱不值。瞧她高高在上，不食人间烟火，装模作样——浅山市也不是个太平地方，这里的治安也好不到哪里去，为什么就没有个把流氓打打这个大龄姑娘的主意呢？难道还需要谁来倡议、号召吗？每天小报上的不幸报道多了，哪怕其中的一小条与她沾边也好啊。马莎在心里骂："什么高级人物，你不过两腿夹紧了忍着就是了，忍着又不是创造！你什么也创造不出来！"她真想告诉对方：往好的方面讲，你是个硕果仅存的处女；往坏的方面讲，你是个伪君子！这总行了吧？别看你瞄上去文质彬彬，动不动就穿高领毛衣——实话相告吧，这种式样早就过时了。真正的大家闺秀现在并不这样，她们出门有手袋，一个手袋价值几千美元；还有，珠宝是短不了的，再冷的天也要露出粉濡濡的乳沟……贞洁是什么？是伟大诱惑的前期，而不是箱子里的死老鼠。再说谁不晓得"物极必反"——你极不浪，那么就是极浪。也就是说，天下第一骚货和货真价实的淑女之间并非横了一道不可逾越的鸿沟！你就夹紧了忍着吧，不听老娘言吃亏在眼前，这辈子有你的好看！忍着吧……

马莎一口气在心中骂了个痛快，留在脸上的却是笑容。她认为没人能读懂这笑容，除非是那个史东宾。这个野心勃勃色胆包天，好好把自己消受了一番的大资本家后裔，这回真的要拍拍屁股跑开了。可恨的是自己仍然迷恋……马莎觉得该离开了，因为自己已经明白史东宾究竟被什么击中。她需要重新估量自己了。本该有一场较量，可惜找不到理由……"再见了，我们后会有期！"马莎伸手握别。

她在师辉的目送下走向那辆白色轿车。就在她的手一挨上车门的瞬间，一股悲愤和懊恼在胸腔冲荡而起。她马上觉得不该就此离去——多少话淤在那儿，既已涌到嘴边，此刻就该留下。她向师辉招招手。马莎收住微笑，"多好的一个妹妹啊！你不知道我今天见了你是多么高兴！我要走了，有一些情况、一些话，该如实告诉你才是……你听了千万不要吃惊也不要害怕，反正该怎样还怎样：俗话说'是福不是祸，是祸躲不过'。"师辉那闪闪的眸子在问：到底是什么？"你总该知道自己的父亲是个什么人吧？他让我怎么说呢！一辈子糟蹋了多少女人！你可能想不到，事情坏就坏在这儿：万事有前因就有后果啊。你总听过'父债子还'这句老话吧？就是这么简单：那些被你爸糟蹋过的女人，她们的男孩如今都长大了，长成了一米七八的大个子，一个个发誓为母亲报仇——找你算账！这些人当中多么凶的都有……"

师辉一直盯着马莎的眼睛。她从来没觉得如此寒冷，真正是严寒彻骨。

六

鲈鱼躺在浴缸中。狒狒用一个裹了草药的粗布巾为他搓洗，每一用力就有酱色汁水从中涌出。她有些慌：他的眼泪源源不断呢。你哭了？"我哭？你是说老战士在哭？这不是糟蹋我吗！"那就不是哭。这还不行吗，老小孩儿,来擦个干净,坐起。"不行,我不起来。我得这样躺上一天。我觉得身子骨不好好浸透了,赶明儿干点什么就不行了。"你要干什么?你不给我好好养病!"那也得干点什么。你没见林子里那个九十多岁的老人还在追赶野兽,嗵嗵放枪!"起来吧起来吧,泡了两个钟点了。狒狒又拖又拽,鲈鱼才算爬出浴缸。蒸汽升腾,什么地方水珠滴答。

他们都听到了外面有钝钝的枪声。不用说又是那个老人。"我们都成了朋友,一对老友。说不定我哪一天也要跟他进林子打猎。"鲈鱼双眼放出骇人的光,直盯窗外。苦茶在罐里熬煮,咕噜噜吐出白汽。他去端杯子,狒狒抢前一步拿过来。罐中倾出的茶呈酱色,他放在脸前嗅一嗅,"没有办法,该死的鼻子还是那么灵。"他爬上炕偎在被子里,摸到一本旧书又放下。狒狒说:"我就为你租书去,先别急啊!"她飞快收拾屋子,把浴缸的水放掉,又把黄色药汁擦净。她取了草篮,归来时里面要放进三本书、一斤盐和一瓶老醋。她已经知道怎样为鲈鱼弄书:不去书摊,只去图书馆。她特意办了一个图书馆的借书卡。而这之前所有的书都是师辉携来的。狒狒为炕上的人围了毛巾,垫了靠背,拍拍他出门了。

她飞快踏上林中小径,身子一跃蹿过三五丛灌木。她的喘息散在风中,引得猫头鹰从树隙探头。一只黄鼬在前边领路,它唰唰飞跑,又不时停下蹄子等候。它无比喜欢观看狒狒奔跑的模样。它觉得自己每一次为其领路都要爱上她,有一次特意攀上一棵大柞树,从高处偷看她的颈部、锁子骨的窝儿。小径快拐上大路了,它一看到大路就沮丧了,骂着刚刚从市区那儿学来的粗话:"妈的妈的!"它并不明白这话的具体意思。

有一辆轿车停在大路旁,被一棵老树掩着。狒狒奔它而去,双脚像踏着流云。她一蹦就停在了车前。车是空的。正惊诧,老树间挪出一个鬈毛男子,叉着腰站在身后。她马上嗅到了一股刺鼻的野蒿味儿。那只手抚摸她的头、后颈,细小的电流哧哧掠过毛孔,又顺着经络在全身跳动,汇成一撮火苗在脑海里飘动。她仰在他的怀里。

轿车一直朝大海的方向开去。穿过一片不毛之地,一片灌木。云雀在空中鸣叫,沙锥围着车子飞跑。一丛桤柳遮住了阳光。狒狒的外眼角伸向额鬓,这使她一睁眼就神采逼人。金壮一伸手猛捋满头鬈毛,蓝色火花立刻噼啪一片。"妈呀,你离我远一些,你千万不要再对我放电了,你这条电鳗!"她缩成一团,那长而密的红发不知为什么勒住了电鳗的咽部,他奋力一扯。电鳗亲吻她的眼角。她说:"我恨你又怕你!""嗯、嗯!"电鳗的双手搓动她的周身,双臂将其箍得发疼,"你这个小母狐疯张得不得了,那天在老油库我一眼就看出:得给你打造一个铁箍了。什么东西都得有一个箍,没有就散了。我就是你这辈子的箍。"他又用力箍她。她的身体随之一缩小。待这身体重新展放时,竟变得那样柔软可人。她的小手松松的抓不住任何东西。电鳗解去她身上每一件多余的东西,让她神往。她说:"我又胖了。""所以说你要有箍。"

电鳗一直都在抱紧狒狒。他从来都不曾为另一个人放出这样的电流:缠绵柔和,源源不断。狒狒咬住他粗糙坚硬的臂膀,泪水哗哗流下。她一次又一次尖叫,边叫边哭。

七

天一晃就到了中午,狒狒为没能赶回操持午餐而内疚。电鳗说:"我真不明白。""什么不明白?""你不让我说。"狒狒一缩唇,两边有了小肉窝儿。"这会儿你说了吧。"电鳗收住怪笑,"我一直想问你,那个老家伙身上有什么绝招儿,让你像蚂蚁恋蜜?"狒狒低头,"我像他的孩子。你不要乱想。"电鳗大笑,"夜夜搂抱,为他搓澡——就他这路神仙!"狒狒正色,"我再说一遍,我们没有那种事儿!"电鳗发出哭腔,"老天,大白天遇见鬼了。哦哟你快点把我杀了吧。你不杀了我不行,我得活活闷死……"狒狒拍他,亲他的额头,"老电鳗,你听我说,他疼我,离不开我。我们俩是苦命人,相依为命。大概他一辈子都没有这样。"电鳗双眼溜圆。剩下的时间狒狒好好哭了一场。

半下午时分他们要分手了。那时电鳗开了飞车进城,最后又把车开到老树旁,为她提下盛了书和杂物的草篮。她接过篮子踏上小径,一步一步往前。眼看快到老油库了,她发现他又赶上来。电鳗将她与近前的一棵合欢树抱在一起,一声不吭抱着,直到好久才松开。狒狒一直倚着合欢树,看着他离去。突然,她听到了不远处有一声剧烈的喘息,一转头吓呆了:在十几米处卧着一个人,是鲈鱼,正用一杆长枪瞄准走开的电鳗。狒狒放声大喊了一嗓子:"电鳗——跑啊——"最后一刻她看到前边的影子一抖，飞闪到灌木后边——与此同时那杆枪爆响了……

　　狒狒疯跑向那丛灌木。

卷十一

真鯛

一

　　史珂感到奇怪的是，自己一站在镜子前就要琢磨真鲷这个外号。这两个字音韵不美，还包括一个极不喜欢的卷舌声母。但仍旧不失其珍贵：今生唯一的外号。这种鱼"体高而侧扁"，恰似自己的单薄之躯。更难忘的还有那家伙当时的刻薄：别看它面容庄重，总是在严肃地思考，实际上不过是一道美餐。真他妈巧妙得令人心口发紧。他眼睛四周有了黑圈：昨夜疲倦得要死，好不容易有了睡意又被马莎嗵嗵的擂门声惊醒。午夜了，这个在失意中变得英勇好斗的美女竟然容光焕发，看样子可以三天三夜不睡。

　　她先是刺了几句师辉，然后就专注于骂史东宾了。她每次总给史珂这样的感觉：马上就要给他一个利箭脱弦，直取咽喉。她那对凤眼每眨动一次就有一句毒咒："不要忘了是什么出身！小人得志才几天……小心让刀子剜了。前几天在立交桥下发现一个，裆里全是血，警察过去一看，已经剔了去了。这就是负心汉的下场！"

史珂闻到了酒味儿，心里一阵可怜。真是的，深更半夜的，一位面容娇媚的少妇一口气说下这么多不成体统的话。生活啊！他这会儿又想起那些同住的日子，想起她与史东宾强加给自己的西餐：那些冰，那些半生不熟的煎肉！

马莎这个夜晚不想走，累了就一仰身子躺到史珂床上。她刚躺下就使劲嗅嗅，说被窝上的溲气可真重。她躺着吸烟，让史珂担心火星落在被子上。"史东宾的忘恩负义我那时一眼就看出来了，不过还是忍了。他抛弃了前妻还要往她身上堆罪名，到了挖空心思的地步。他说前妻之所以坏，因为前妻的母亲就是一个'母老虎'，母亲的两个姊妹分别是'母老狮'和'母老豹'！她凶得没吃人就算不错了——不仅是凶，而且还虚伪，'想想看吧，我们一起生活了那么多年，就是没听见她放一个屁！'他向我赌咒发誓证明这些。瞧吧叔，这就是他的为人！开始多么让我吃惊，后来去了美国见了他爸，才明白他们都是一路货。再联想到他那个大资本家爷爷，事情就更清楚了。这是血脉决定的，你们姓史的血脉啊……"她冲着屋顶叫唤。史珂真想提醒她一句：别再提"血脉"了。不过他也同意，史东宾在许多方面都酷似史铭：头脑灵快，聪明超群，有一股敢说敢干的劲儿。他很想说句真话：算了马莎，何必呢。真的算了吧，别再缠着史东宾了，这个人实在没有多少可留恋之处。正想着还没开口，马莎却一跃而起，坐在床沿上笑起来。那种笑让人害怕。

"史东宾这回真要抛弃了我，我就跟他叔好上！他不要也不行！反正我被他们史家糟蹋了个稀里哗啦，那就接着来吧！"

史珂满脸紫涨,两手抖起来,"我的好……孩子!这可使不得啊!"他觉得泪水哗哗流下,伸手揩脸又是干的。后来的一段时间他闭上眼睛不看不听,只想肖紫薇,元吉良,女画家,想一切的往事——就是不理这个侄媳。不记得马莎折腾到几点,只记得她一直在床上抱怨,打嗝,哼哼呀呀,最后拍了拍他的后脑勺出门去了……汽车引擎消逝了很久,他还是睡不着。后来他干脆起来摸笔,持笔的手却抖个不停。

二

只要一想起马莎那个夜晚的狂嚎,他就要发怔,翻动那个油滋滋的笔记本。"……肯定是完了。"刚写下的句子没有主语——不是找不到主语,而是主语太多。"无论是史东宾还是马莎,他们都慌了。"他在想那个京郊农妇的苦叹,想那个惊慌中打碎了碟子的孩子。"姑娘一慌打碎了一个碟子,如果……"史珂在后面画了一道连线,注了两行小字,又涂掉。

史珂每天凌晨打开袖珍收音机,听上一会儿再关机煮粥,新的一天算是开始。他要去老油库,要看师辉,还要找两位拣松塔的老人。远在大洋那一边的史铭呢?两边时差十二小时,所以他的生活与自己正好是个颠倒。兄长时髦,小嫂子活泼,他们干干净净过自己的美国日子,扔下后一代的问题折磨本土弟弟。后一代问题蛮繁琐的,这是从来如此的,从五四时期到现在就没变过。现在更甚。现在不是西方把变修的希望"寄托在第三代第四代身上",而是"第三代第四代"自己厌烦了。

史珂要将门前收获的第一茬嫩韭送给西郊老人。一进入曲折幽暗的街巷,一看到连成一片的小瓦房和土坯屋,他心上就兴冲冲的。找到那个小院,院门挂了大锁。东邻也锁了,这使他纳闷——一个瘫痪男子会去哪里?他只得把韭菜放在两位老人门前,想着老太婆回来时会说一句"甚好"。史珂一想起这个不识字的老人就高兴。记得那一天两位老人商量借钱给东邻,老太太说:"要就要,不要把心递!"多妙。

史珂返回河湾的路上不知为什么想到了吴妈,他生气了。他又记起史东宾的那句话:你摸了她了!老天,"摸"字在当代汉语、在一种特定的语境中可是非同小可啊,随便一个半岛人对它所包含的内容都了然于心!问题还在于他不能否认这一点,说自己"没摸"!史珂一想到"吴娇娇"三个字就沮丧了。还有马莎,单凭那张脸庞谁又会想到她有一夜狂嚎?这真应了半岛男人那句俗话:母夜叉满地跑,就看你找不找。他现在越来越认定,史东宾与马莎一天不走,河湾就一天不宁。有一部分人折腾到最后,还不是要去另一片大陆。史铭父子太相像了,一样的大言不惭,一样的有那么一股雄赳赳的劲儿;而且两人都同样喜欢琢磨问题,既矛盾重重又一语中的。史珂常常回味与兄长那些争执和平心静气的交谈,不自觉就要对比父子俩的观点和语气。有一次史铭议论起他们这一茬或更上一茬知识分子的命运,说:"伟人就是伟人,瞧他们也不过才折腾了几十年,本来是个礼仪之邦,结果还是让人把知识当成了一种耻辱!"史珂不敢苟同,只在心里问:那么"半封建半殖民地"

呢?与父亲一样,史东宾对那一段历史难以释怀,谈到父亲留下的几个朋友因为给单位领导提意见而劳改,其中有的妻离子散,就击掌大骂:"提意见?那算是好的呢!那是关心!'提意见'就成了'进攻'?真是捧着狗腚亲嘴儿,分不清香和臭!他们真知道什么叫'进攻'吗?是'落后就要挨打',是电子战激光制导空中预警飞机——这才是'进攻'呢!"史珂承认他们敢说:一个在国外,另一个是黄口小儿。

　　史珂猜不出史铭对儿子婚变的态度,只知道他对马莎颇为欣赏——在纽约时史珂多嘴,说马莎长得可以,就是太疯张了一些。史铭马上嘲弄道:"你那是什么标准,不光是古典的,还是第三世界的。真正懂女人就得有特殊口味儿。比如说有人认为最可爱的女人是偶尔犯点精神病的;最动人的女人是双眼有点小毛病的,比如轻微的斗鸡眼等——这些希望你好好琢磨。"史珂没有反驳,但也不想去琢磨。就是那次谈话,史铭暴露了自己矛盾的思维和闪光点。记得话题从他去欧洲出差谈起,说那一次从巴黎飞往罗马,他从万米高处看着云出云遮的阿尔卑斯山脉,感到真是荒凉可怖啊!"我知道西方不少像样的神都住在那上边,当时就想,我们人类实际上只有两种可能:一种是真的被神灵托管了,那样心里有些底总要好些;再不就是自生自灭,死乞白赖地活着……"史铭崇尚西方理性、现代化,却对巴黎街头拥挤的汽车大为恼火:"想想看吧,那么古老的建筑,别致的街道,却要到处堆满了汽车。这事儿如果发生在美国也倒罢了。还有意大利,古罗马的大黑石板路也是留给这一串串铁甲虫的吗?"史珂完全同意,很想紧接上问一句:

那么我们中国呢？十二三亿人口有了汽车不是更大的灾难吗？可就是没有一个人回答这个简单问题！史铭的双唇使劲瘪了一下，咂嘴，"美国的历史太短暂了，没有被人类的可怕经历吓住，更谈不上被这些经历纠正，所以一天到晚像个傻呵呵的大小子！"史珂在心里接答："所以他们最爱玩电子游戏！"

史珂冷静下来时，对史东宾的孤注一掷多少有点吃惊。说实话，这是他不曾想到的。"很可惜，我什么也帮不上……一切都太晚了。"

三

史珂夜里好像一直听着老油库那家伙在咚咚跺地。他把箱子翻了又翻，找出两本书。除了书，还有新收获的蔬菜。茶砖一块。瓜片半斤。他把这些一并揣入怀中。木耳菜的青生气扑鼻，伴以老书的香气。老油库被一层薄雾罩住，生气全无。史珂在栅门前呼一声老憨，没有回音。推门进去，见老憨伏在地上，紧盯着浴帘。那儿只响着水声。史珂只好把东西放下退出，里面的人竟一无察觉。

史珂离去那一刻，浴缸里的人正泪花滚滚，闭着眼睛，两手从浴缸边缘松开，像一条大鱼那样滑入漂了一层艾叶的浑水中。狒狒为他搓洗腋窝和后背，把一捧水浇到头顶，看着这水在短发茬儿上形成一些小汽泡。他的胸脯在热腾腾的水中呈粉红色，胸大肌鼓得厉害。那双手则显得苍老多了：糙皮和斑点、疤痕与茧子一应俱全。那变硬了的青黑色静脉像蚯蚓一样伏在手背上，仿佛随时都会一觉醒来爬行蠕动。狒狒把这双大手咬在嘴里，又顺着衣领掖进自己的心窝那儿。她又记起了他前不久的那句话："沙沙响的一对小鹌鹑啊，今后我听不见了！"

狒狒细细揩净水渍，又为他披上厚棉巾扶上炕，塞进手里一本书。苦茶斟了一杯，她尝尝再端到他手上。她很快偎在身边了。他们从洗浴到现在未发一言。往常这会儿总有朗读。可是这会儿屋内静得要死。狒狒看看老憨，见它心神不定，时而皱眉。狒狒注意看了看老憨，心生怜悯。她为这个专心读书的人围上毛巾，防止有口水出来，又一次把手伸进他散着草药香气的胸口，摩着他的周身。她的鼻子像堵塞了一般，"我的大鱼，快些要我吧！一刻也别停吧！"鲈鱼一手持卷目不转睛，"太晚了。""这也会晚吗？""会晚。"

狒狒哭了，"大鱼，你是最疼我的人。我不能没有你。我们那些白天和夜晚，我们的夜晚啊……"鲈鱼放下书抚摸她的头，"狒狒，你能如实告诉我，我们那些夜晚的事儿吗？我年纪大了脑子发浑，对那些事儿记不确切。"狒狒用力摇头："你从来没有真正要过我，还没有。你小心又小心地爱护我，把我当成了亲人、孩子、爱人——是这一切相加的恩情。我一辈子都会记住，冬天在你怀里是多么暖和，记住你的战斗故事。"鲈鱼长叹一声，"这我就放心了。我怕头脑一昏记不完全。我听了也明白过来，明白就是这恩情才让你跟了别人。我这辈子里还从未发生过这种事儿。这好比一句俗话：'有权不用过期作废'。我现在对你已经没权了。"狒狒哭成了泪人，"大鱼！我对不起你，真的，我太坏了。我想嫁人，女人都想——除非出家修行！我原想在老油库里修行吧，这能让我忘掉过去的屈辱，可是做不到……这真像我爸常念叨的：'人性多险恶，受骗千次不嫌多！'"

他昂头听着，突然问："那个电鳗许你婚姻了吗？""许了。""他就不会骗你吗？"她点头。鲈鱼咂咂嘴，"这就好了。你知道，我开枪就嫌他是个坏坯子，不愿眼睁睁看着你被掳走。"狒狒擦擦他的嘴，"你是故意打偏的。"鲈鱼无语。狒狒鼻尖上生出一簇汗粒，喘着，"他是坏人，一辈子也变不成好人，我也变不成了……"

鲈鱼闭上了眼。她摇动，推，他都不睁眼。他像呓语："我以前对你珂叔说过，我实际上是一条蓝鲸；现在我吞不下你了……你走吧。我会一个人洗草药浴，一个人对付下去——我还有老憨做伴儿。荒唐一生，别人都不会离我太近了。自己的日子开始了……"狒狒不停地哭，搂紧他晃动，"好鲈鱼！我怎么会自己走？我到哪儿也不能扔下你！""我的傻孩子！别说了，我只想让你这会儿答应一句要紧话。"

狒狒站起来。

"我要好好走，走到最后——最后的日子到了时，你要帮我离开。这个事儿非同小可，只有你来做。你长了那么巧的小手。我选中的是你。"狒狒跪下推他，"你在说什么？你知道自己在说什么呀？老天，我害怕了……我到底怎么办啊？"

"我选中的是你。"

狒狒在鲈鱼怀中恸哭。她从未这样哭过。

四

史珂总是放心不下。这天一早他去老油库,进门还是冷冷清清,老憨一声不吭。鲈鱼手边无茶,见了史珂只哼了一声。史珂捅开炉子,煮上茶。狒狒不在,浓烈的草药气味也没了。"狒狒呢?""电鳗。"史珂不解,再问还是那两个字。"若是当年,我也学鸟人徐芾(福)一跑了之。"史珂坐到老友身边,递上一杯苦茶。"现在我被困在老油库里,小狒狒——跑了。"史珂好不容易才弄明白狒狒与电鳗的事。"那家伙被我干了一枪,如今躺在医院里。狒狒有一半时间要去陪他,他一出院就会领走狒狒……"史珂强抑心中的震惊。老油库最好的岁月过去了。人哪,即便有海洋般的怜悯也不够分洒啊。他端量炕上的鲈鱼:这个人苦难深重,只是没人察觉。

史珂建议他按时洗草药浴,一切照旧。他想提醒对方:没有狒狒的日子占据了你全部生命的百分之九十九,难道你还没有学会自己生活吗?但他知道这可不是一种安慰。他忍住了。临出门在忠诚的老憨头上拍了拍,像是留下了重托。门前的狼尾花一摇三摆,他站在芜草中足有一刻,感受从那扇窗户射来的目光。起步向前,却不知何往。小径上印满了狒狒和黄鼬的足蹄。他踏向另一个方向,满身都挂满了鬼针草籽。

又一次走近了那个西郊小院。这次门敞着,他没有敲门就走进去,两个老人高兴得拍起了腿。老头子说:"我昨个就对老婆子说了,大学士快来咱家哩!"老太婆笑眯眯站起,"就是老东西嘴准。进屋吃茶何如?"史珂点头。茉莉花茶浓浓的,白汽在炕桌上缠绕。半岛农家的习惯就是餐饮上炕,盘腿坐在苇席或毡毯上,想的尽是年少与故土。原来无论荣辱，离去即是漂泊。史珂呷茶，思绪突然飞到了小时候的青杨树：那儿全是白沙，他们一群童男童女在上面跳跃，每个人都散发出一股未成熟的气味。这种气味一直到十七八岁之前都是显豁的，然后才一点点淡下来。他曾暗自比较故乡少女与城里知识少女的差异，发现前者随处都携带了田野的原生气——到后来，特别是逼近老年时节，这气息会滋润涵养一个人的余生。"大学士就是这样，大学士一喝茶就低眉也。"老太太对男人小声说一句。史珂提到那一天来这儿，两户人家都挂了锁。两个老人马上沉下脸来。

这样待了一会儿老头子说：那一天出事哩——一大早东邻的老太太就用地排车拉上瘫儿子去了"老板"门前，禀报：我家如今只有这么个宝贝儿子了，算是我的"提留"！家丁回去一说，立马出来三个护家，他们把老太太和瘫儿全揍了……史珂想起以前见过的草坪别墅，问："后来？""后来老太太把满脸是血的儿子拉回了，将养几天再说也！"

史珂与两位老人去敲东邻的门。一进院三个人愣住了：屋檐下晾晒了一溜大锅饼，院中的地排车上铺了厚厚的麦草。老太太小声对史珂说："大概娘儿俩要走远路了也。"老头子过去劝阻主人："使不得啊！"正说着响起了吱吱声，原来那个满脸胡茬的儿子撑着滑板出来了。他满脸是伤。母亲马上站到儿子旁边，"我做好锅饼，这是上路的口粮。路远路颠啊，我在车上给孩儿铺了软和东西。家里什么也没了，只好把他送去了。'老板'不要就往上送吧，只有这么一个宝贝儿子，他们要就要，不要把心递！"

五

回去的路上是难以消除的恶劣心情。远远绕开城区,有时真想闭上眼睛。每次都要躲开一摊摊垃圾,脏得不堪入目。在这乱七八糟的地方发现一个哇哇大哭的弃婴他都不会吃惊。街巷四处喧嚷,收破烂的叫成一片。到处都在拆建、挖掘,暴土飞扬。这就是浅山。史珂回味一生所去之处:这么多年来他们建了那么多粗鲁的城市,就是没有建成一座文明细腻的城市。所有城市都要倾尽全力防备强盗。

一路都在想那个老太太的锅饼,想鲈鱼和师辉——多好的孩子,她必会懂得怜悯。他要劝说她去看望父亲。一想师辉就想到了那一天马莎对她的挖苦:"就算是个处女吧,就算长得小模小样吧,可惜那对锁子骨太高了,我费了半天工夫也没发现奶子在哪里……"史珂这会儿骂道:你有大海绵,可你没有怜悯,所以你最终什么也不是。他望着身后烟气腾腾的天空,心想这个复杂的世界啊,其实又多么简单,所有人不过分成了两种:有感情的和没有感情的。

一步步走近了。又望见那片黑色的丛林,那个压在中间的老油库。小径今天好像亮晶晶的,两旁的苦艾都伏向一边。极想喝一杯鲈鱼的苦茶,渴得要死。推开栅栏门,只有老憨伫立。原来屋门挂了拳头大的老式铁锁!史珂与老憨一起蹲下了。

不知蹲了多久,有人砰一下推开木栅门:狒狒!瞧她几天不见变得衣衫不整,小嘴焦干,那双手何等粗糙。她张大嘴巴喘着,"珂叔,他住院了……那一天他躺在地上,满嘴都是白沫……现在醒过来了。"狒狒说着飞快取了衣物,给老憨加了食水,拉上他就走。

一个人变成了如此模样：青紫的脸上眼睛和嘴巴都歪了，鼻子显得奇大，白色的鼻毛伸出来。狒狒对上耳边咕哝几声，紧闭的双目才费力睁开。史珂不敢看这双眼睛。它曾是那么欢乐明亮，这时却歪着，其中一只眼白很大。史珂去摸那只僵手，他马上发出咕噜。医生小声告诉史珂：再过十几天危险期就过去了。不过这个人重新站起来是不可能了。

史珂整个下午都待在了鲈鱼身边。有两次病人要解溲，史珂去端便壶，都被狒狒抢过了。她熟练地掀了被单，露出一点裸躯，对上壶口。看着她把鲈鱼下体那个骄横一生的东西塞进便壶，史珂心中生出从未有过的感佩。

六

二十天之后，老油库的主人归来了。由狒狒指挥，五个壮汉用担架将其抬进屋里。整个过程繁琐无比：先是让狒狒在炕上垫了高密度海绵，铺下絮了新棉的被子，然后再隔一层塑料布，最上层是褥子。狒狒动手做这些，那五个壮汉一直抬着担架，只等一声呼唤小心翼翼把巨人挪到炕上。史珂帮不上忙，就去生炉子煮苦茶。鲈鱼发出的声音他听不懂，狒狒取一个吸管在杯里，又试了试冷热。她回转身搓洗医院带回的衣服。鲈鱼刚吸了几口又是嚷叫，很像朽木折断的咔嚓声。狒狒赶紧取过一边的动植物图谱。

史珂一页一页翻给他看。翻到真鲷，他笑了。翻到了蓝鲸，他咧着歪嘴又笑。狒狒在一旁说:"他说那才是自己。他让你好好看看蓝鲸的说明,让你读出来听。"史珂只好遵命。"蓝鲸,世界上最庞大的动物,身长可达三十米,深灰色,出没于各大洋……"

窗外的老憨暴躁几声。史珂从窗上看去,见它的脊毛全部直立。那条小径上有个男子走过来,是头发鬈曲的电鳗。电鳗一进来鲈鱼就嚷叫不息,狒狒一声连一声安慰,又回头呵斥电鳗:"你走吧!你来干什么?不是说了不让你来吗?"电鳗说:"就这一回!"说着踱到炕前看鲈鱼。看了一会儿他对狒狒和史珂说:"我们俩有点私事。"史珂手持图谱一动不动。狒狒喝道:"你要干什么?你别想让我们离开!""这是干吗?不让我们个别交谈?我发誓,不会伤害你的小宝贝一根毫毛!你不答应我就不走了!"狒狒过来看看鲈鱼,拍拍他,扯上史珂的手离开。

电鳗站在炕边,凑得更近一些,突然解了腰带。他将满是紫色伤疤的肚子露出来。鲈鱼瞥了一眼,马上挣扎两下,竟然用肩膀顶开被单,裸出身体左边一溜三个枪疤。这样约有一二分钟,电鳗咬咬牙,又把裤子扯了一下……他挺举了许久,让炕上的人看清这粗硕暴怒,累累青筋和一团黑暗。鲈鱼发出尖叫。外面传来跑动声。电鳗迅速提好裤子。炕上的人吼叫,脸憋成紫色。史珂和狒狒伏过去安慰拍打,好不容易才让他平静下来。狒狒质问电鳗:"你对他说了什么?"电鳗很冤:"来不及呢,我还一个字都没说呢……"

史珂整整一天都在陪伴鲈鱼。电鳗走后,鲈鱼泪水漫流。狒狒问他:"你到底怎么了啊?怎么了啊?"鲈鱼只是不答。史珂想起一个要紧事情,对狒狒说:应该赶快通知师辉,为什么不呢?狒狒摇头:"他不愿意,说等好一些再告诉孩子。"史珂拍着膝盖,"再也不能等了——别等了。"

师辉一刻未停赶到了老油库。她伏在父亲的手掌上。这只手多么渴望抚摸她的脸庞和头发,可这会儿一动都不能动。她的泪水把手掌打湿了。他直盯盯看她,只要稍离半步,这目光就急急追寻。她坐在炕边握着父亲的手。狒狒叫着"姐姐",师辉没应。狒狒哭了。

狒狒喂鲈鱼吃过饭,把另一盏灯也打开,然后开始读书。她使用了鲈鱼的语气和节奏,而且也嵌入"是这样啊","你看啊","接着啊"之类。声音的河流温软起伏,鲈鱼脸上有一团光在融化。师辉坐在炕的另一边,这时看了一眼狒狒,立刻吃了一惊——她用那么温甜的声音读书,眼里的泪却从未干过,这会儿正顺着鼻子流下……

七

时间流过老油库这儿马上变得迟缓。它在别处总是迅疾淌去,在丛林老屋跟前却变得浓稠滞涩,简直是一寸一寸洇去。史珂坐在鲈鱼旁边,听着时间的浓汤渗过地表的滋滋声,闭着眼睛。炕上的人睡去时,史珂也要打一会儿瞌睡。为鲈鱼端便盆一类事情都是狒狒来做。师辉与史珂商量雇一位男帮手,狒狒却坚决反对:"那怎么行。他什么也不会明白,再说病人也不要。"当他们都离去时,狒狒和病人仍旧相偎而眠。

这是他们最珍惜的时光。

有一天鲈鱼突然冲着史珂叫起来。狒狒告诉：他让女儿请母亲来老油库一次，只一次就够了。几天过去音信全无，现在他请老友亲自跑一趟。史珂应着，不知该怎么做。他从未见过她，但早已得知那个人的美丽与倔犟，多少有些畏惧。狒狒擦着眼睛，"去吧珂叔！"

他去了那所小院。他称她胡校长。这是一个因为美貌和丈夫的原因，沾染了传奇色彩的女性。此时此刻面对了她，真有一种瞻仰般的紧张。但他还是几次抬起头，悄悄压抑着心头的惊讶。她脸上的皱褶和下巴上不可避免的一点赘肉，并未改变那种清高气。有一种沉静的美正伴她进入老年。只有亲眼看见这位妇人，才会明白"夕阳之恋"是什么意思。史珂此时说话不可能太流畅，简直是吭吭哧哧说明了来意，然后只等一句回答。

她的语气似乎很淡："真是不幸。不过那儿有狒狒，后来女儿不是也去了。""是。不过恕我直言，谁也没有你重要，谁也取代不了你。"她看着窗外，"……感谢你还有这样的看法。可惜我老了，太老了。"史珂最后觉得自己在为老友乞求："请你还是，还是去一趟吧！我担心他不会长久……你们该有最后一面。"胡春旖摇头："他还会活很长时间。这世上只有我最了解他，他才不会走在我的前边！"说着背过脸去。史珂的心凉了。

老油库四周可真静。几只大鸟石块一样压在屋子左右的树上，引得老憨愤愤盯视。史珂几乎每天都来一次，为鲈鱼倒一杯苦茶。他渐渐习惯了狒狒读书，却忽视了她的消瘦憔悴，那变得芜乱不堪的头发。有一天狒狒迎着窗前亮光一抬头，让史珂看到一张恶鬼似的小脸：乱发撮撮，眼睛发红，沾满灰污……这一天她为鲈鱼换被单，刚一掀就大叫一声，手里的东西掉在地上。原来鲈鱼生了大片褥疮，那溃烂仿佛在一夜间完成了。

医生来了几次，无非是打针上药、注射点滴之类。一连折腾了许久，一片溃烂止息，另一片又开始生成。鲈鱼看上去并无痛苦，只用目光安慰狒狒和史珂，有一次甚至哼出了一个曲调。那是六十年前的一首军歌。史珂看到了鲈鱼嘴角的笑。这样哼了一会儿又是叫，狒狒去一旁取来一套五大册动植物图谱，"全都送给珂叔？"炕上的人不停点头。史珂摆手："这怎么可以？这是你最喜欢的东西！"鲈鱼脸色涨得发紫，大叫。狒狒说："你快吧。他决定了就不能改变。"史珂抱了五大册在怀中，知道这是一生最重的礼物。

这个夜晚史珂一直在孤屋翻阅五册赠书。书页陈旧但无一破损。他相信这厚重的纸页间留有那个人的气息和隐秘。一只夜鸟从屋子上方荡过，留下一声呼告。窗外的那只刺猬又咳嗽了。月亮带着晕圈出现在东南方。一天星斗急躁闪跳。史珂打开了笔记本。"鲈鱼……看来你要留在北方了，就像史铭要留在西方。"他盯了一会儿"北方"和"西方"，又在适处加上"祖国"二字。自己总算叶落归根了。多么神奇的情结。记得史铭这样谈论过世的父亲："爱国的泪水流个不停，结果还是坏了名声。"史铭自己也到了晚年，不知他能否把同样的泪水洒进哈得逊河口。

一想到鲈鱼会在梦中返回南方，史珂心里就为他难过。同样，史珂也为史铭难过。

八

黎明时分狒狒突然推门进来了。史珂大惊失色：她披头散发，像一只待宰的雌性小动物。她在桌上伏了一会儿，抬起头就哇哇大哭，"珂叔你快救救他吧，我心里都难过死了。好多天了，我一直在瞒着你。他硬让我送他走——这十几天你一离开他就命令我，一夜一夜哀求……他发烧，半个身子烂了，死不了也活不成。我吓坏了。我知道只有做了，哭了一夜……"史珂的头嗡嗡响。他突然想起鲈鱼"我就要走了"那句话，还有送图谱，去叫胡春媂，原来这都是为了最后——他恍然大悟！狒狒泣不成声，"他让我准备毒药，要量大有劲。我让电鳗去找。开始他找来一包老鼠药，我扔了；他又换了砒霜，我犹豫着还是没用。他说氰化物最好，我就让电鳗从山区金矿搞来……可我不能！我不能啊！"

几乎一刻不停，史珂随狒狒去了老油库。一进门就听到炕上的人在嘶哑嚎叫，狒狒说："他这是唱歌，从昨夜一直在唱。他还念叨了许多名字，有胡春媂，师辉，你，过去的男女战友。他总说'快放飞笼中鸟'啊，又说是'蓝鲸入海'……"史珂擦了一把自己焦干的脸，上前握住他的手。他只是嚎唱，嚎唱……"老伙计，你得答应我挺住——挺住了才有办法！你得答应！"

嚎唱总算停息了。他看着史珂，点了点头。

史东宾又来骚扰叔父了。他好像这辈子都要无精打采：口叼雪茄，领带歪着。他一坐下就唉声叹气。史珂知道这个吃饱喝足，如今又要吞下整个河湾的侄儿因为缺乏"第一流的爱情"而苦恼——不久还将转为悲愤。但无济于事。在爱情这个人类共同的大问题面前,人人都差不多:努力了,但无济于事。瞧那么多人蹦啊跳啊,结果都差不多。鲈鱼是个例外吗?他不断得到又不断跑掉——或者从来就没有得到?"人这辈子就别想搞懂!他开始嚎唱……"史东宾一愣,"谁在嚎唱?""……"

史东宾试探马莎的动向,史珂全无心情。"我知道她与市长关系比我好。她那儿有权有势的密友起码要有一打。就是这么个骚泼货。我没得性病算是万幸。告诉你吧,前一段就是她怂恿吴妈来缠你,还教怎么'试婚',试的情况要按时汇报——这回你该知道她是个什么东西了吧?到底是血统不一样,她这样的人到死也是小家子气:从很早就背着我搞私房钱,还以为我不知道!"史珂只想着那嘶哑的嚎唱,一句也听不进去。他的泪全流在了心里。

史东宾刚走马莎就到了。她从河湾东边过来,大概看见了史东宾的车。她卡着腰说:"河湾开发照样进行。我在钱上不打他的主意,他欠我的这辈子也还不上。我的怨气是在别的方面,用乡里乡间的话说就是:我也不能白白让他玩了这么多年!你侄子这个喜新厌旧的色狼,那时候我们还没有结婚,他就把我骗到了万恶的纽约,让你哥哥把着门,他就把我糟蹋了……"史珂知道这是言过其实了,是发泄。对付她的办法只有一个:一言不发。

"你侄子这些年都靠我撑着。大工程投标,对付前妻设下那些八卦阵,没有我他就得坐在地上哭!他自以为给几个头面人物扔下几个钱就结了,其实哪有那么简单?我为他设计得本来蛮好,他会一节一节往上走的,真正成个人物。现在得了,他只能满足于穿穿鳄鱼衫、脚上蹬一双意大利皮鞋,更高雅的享受他不懂。就连抽那种大雪茄还是我告诉他的呢,说出来让人牙碜!"马莎发热,唰一下抡了长披,露出一条镀银大扣子腰带——史珂一瞧就想起了古装戏中的护心镜。他一言不发,可是难免要琢磨一下对方的话。她所说的"真正人物"是什么?官吗?那只是她的标准。鲈鱼就说过:"一个人如果不是因为慈悲才做官,那么都是鼠辈。"马莎既不懂"慈悲",那也只能当个"鼠辈"。

史珂心上只有苦苦拼挣的鲈鱼,心底全是呻吟。什么"一节一节往上"啊,"人物"啊,还是放眼望望别处吧。他至今记得在京城遇到的一个傻乎乎的作家,想起他说过的令人难忘的一段话——当时一个小人得志的家伙刚走,他就说:"有什么了不起?也别太傲了。我见过一棵大树,树龄已经五千年,每天饮水两吨。别以为这是假的,这树就在山东浮来山,我小姨子在那里干常委,个子不高,风姿绰约……"后半截话显然多余,不过史珂还是记住了。

马莎又是半夜才走。屋子里烟味和香水味俱浓,他不得不打开窗户。"侄儿和侄媳,他们的粗雪茄和大护心镜都扎我的眼。""人哪,都在时髦中挣扎;可是,我的朋友开始了嚎唱……"写完这样两句,史珂就困了。

他睡了。很少有这样的沉睡:睡得像个儿童。日照东墙了他还在睡。

九

他是迎着刺目的阳光走进老油库的。真是死一样沉寂。他从迈入栅栏门的第一步就开始咚咚心跳,待踏入屋门时,心跳猛地停止——他一眼就看到大炕上的巨人静息了。

他屏住呼吸,蹑手蹑脚走近。大炕上的人无比安详,脸上好像敷了一层莹粉……他抬起头去寻另一个人,凝视着她。她的泪水一直在眶中旋动,向他深深地点了点头。

史珂像醉酒一样往回走去,一路上大地都在摇晃。

鲈鱼这回算是彻底注销了,等于电脑中的删除——纽约的小嫂子曾演示给他看,一按删除键,屏上立刻出现一句刻板的提醒:你真的要永久删除它吗?"是的!"她咕哝一声按下那个键。不过这回按键的是另一个女人。史珂当时看露西按下键去脑子里曾有一个想法:被删除的东西(文件)在那一刻不会痛得吱吱叫吧?这会儿他明白了,他是那么心疼这个人,海边丛林中唯一的伴。这个人原来一辈子都在设法战胜屈辱,没成。最后,一个川女按下了致命的键。

在史铭看来全世界的命运都在键上了。数码一串串千变万化无穷组合,只由那二十六个字母牵动。这些字母如何联手也就决定了一切——何止是幸运与噩运,有时简直可以把你连根拔了。就是这么简单。你要发疯就发吧,它们还是字母。史珂无法接受这个事实,躺在了床上。他再也不愿睁眼了。心脏由于惊恐和愤怒正可劲儿地轰击。

有人敲门。来人带进了彻骨之寒,让史珂打个冷战坐起。搓搓眼,什么也没有。他复又躺下。天黑了,夜色里满是杀气。史珂等待着什么,后来又一次爬起。

他顺着河湾一直走到海边。阴沉辽远无遮无拦的水,浪花时缓时急扑着沙岸。原来这里随时都能发生什么。无际的大水像天空一样古老,对其只能猜测。人老了,装了一肚子折磨和少量欢乐,这儿成了最好的失眠之所。一条蓝鲸刚刚入洋。它如果时间充裕,说不定真会游到大西洋,打个旋停泊到曼哈顿,为那边的兄长捎个口信:河湾这儿的安静已屈指可数,大开发即将展开;史家从上一代就在打这个主意,到了这一代才得逞。

史珂顺着浪缘走了很远,往东看了月光下的河湾,所谓的"沉溺谷地"。河口已经被沿岸漂沙堵塞,水湾长满蒲荻。微风下的水生植物哜喳细语,是一种冰凉的口气。他不解的是鲈鱼生前为何不来这里。饱经沧桑者害怕无边无际无头无绪的荒凉?可是他们却常常愿意被这荒凉所衬托!孤独,一个嚼来嚼去早就变质的字眼,它倒是确凿存在。

回到屋里又一次展开那五大册遗赠。蓝鲸,座头鲸,露脊鲸,一同喷射出壮观的水柱。须鲸的上颚长着排须,宛若智慧老人。独角鲸的长戟啊,抹香鲸的大头啊。伟大的水族。蓝鲸作为它们当中的巨人,风度优雅。它们一直生活在那个不为人知的世界。它们当中的一个如果尝试着上岸做人,大概会好色。"在丑恶野蛮之地,得势的是冷酷的色鬼;在文明理智之邦,则容忍着善良的色鬼。"史珂喃喃一句,"他去的地方也不会是个光明世界。但愿那里别被金钱和性压得吱哇乱叫——不管是什么人,那样一叫就不优雅了。"史珂反复想着"优雅"两字，总要想到兄长那后梳的不争气的头发。史铭那一次算是把这两个字好好嘲弄了一番。人总得生活啊，繁衍啊，哪个人会"优雅"地做爱呢？"遇到一个直性子女人，一巴掌就会把那样的男人打到一边去！"史铭一说到"优雅"气就不打一处来，真不愧为批判中国文化的高手。他那天一直吵吵嚷嚷的。

夜晚的尾声是紊乱的梦境，睡着了仍然在和兄长辩论。他发现鲈鱼帮了自己一手，还有拣松塔的两个老人。另几个面目不清，元吉良？肖紫薇？一伙人呼呼隆隆去大都会艺术博物馆，一进门就听到了一个悦耳的声音——适度的轻音和儿化音，圆润温软的舌前音……女画家！史珂急得喊不出，直到满头是汗醒来——满屋曙色，一种金黄色。

敲门声响了，史珂猜中了一个人。师辉臂戴黑纱，默立门侧。"孩子，坐吧！"师辉闪着泪光的眸子盯住他，"史叔……"

师辉伏在了桌上。史珂说："他在最后的日子只盼一个人。我代他求情，那个人还是没来……"师辉抬起头，"不。只有我知道她会去。那几天她有些慌，还偷着试衣服……她以前从未这样！相信我，是爸爸走得太急了。妈妈支撑不住了……"

史珂嘴巴动了动，说不出什么。"我再也没有父亲了。过去往海边一望，知道那儿有个父亲……"史珂不知怎么安慰她。"我害怕，史叔！我越来越怕……"

"好孩子！不要怕……因为怕也没用——我现在知道：对这个世界不能怕。"

十

河湾开始轰鸣,一辆接一辆推土机昂首挺进。到处红旗招展。从此喧声日夜不息。史珂开始考虑迁居。可是他久久看着黑乎乎的丛林……人世间真有一块静谧之地?史珂现在深表怀疑。深夜他在本子上写下四个字:"我不相信。"

由于这些无眠之夜,反而加快了工作:有书一本。他一遍又一遍翻动那本陈旧的笔记,试着将互不连贯的句子衔接和延长。它们要生长。它们长成的那一天,他将首先交给女儿师辉。

他现在常常想,什么是"书"?如今老了,经历许多,可以不夸张不矫情说出一个认识:男子汉满脸胡须,一生总有些好活计该做,比如纵马疆场,比如写出一本自己的书。书是什么?它甚至不光是把灵魂拖出来硬搂——灵魂也怪可怜的;它还要包括冷眼与真心,午夜手记,竹简刻字的吝啬。总之,书啊……

最难的是书的名字。

史珂今夜明白为什么要写这本书:一个一个都走了,留下他来写;这书的不同,在于它没有那么多豪志:不是为了留给未来,而只是为了呼应旧友——这就够了。

最难的是书名。结果最后还是林野之声提醒了自己:既然身处外省的外省的——外省,那么这书也就可以称之为《外省书》了。

隆隆之声伴了苦思之夜。如今居于河湾真好似与狼共舞。没有办法,为了这书,且筑起一道篱笆,一道心篱吧。

停笔的间隙他突然想起一个重要事情:今后狒狒大概要去电鳗

那儿了，这就剩下了黄狗老憨自己——它应该住到我这里来。嗯，马上。

一九九一年一月一日至二十五日 / 二〇〇〇年四月十五日至六月二日于龙口
二〇〇〇年六月十一日至二十九日 / 七月十六日至二十日于济南

附录

远行之嘱

"明天你要赶路,早些睡吧。要说的话是说不完的,睡吧。"

我摇摇头。真不想离开这张书桌,不想离开姐姐的小房间。我明天就要走了,离开姐姐,去开始一个人的长途跋涉。我害怕这一天,又渴望着这一天的到来。我是姐姐带大的,她比我大十多岁。几天来她帮我打点行装,说了那么多的话。我多么珍惜远行前这最后一个夜晚。我又一次摇头:

"姐姐,我在车上打瞌睡吧……让我待在你屋里谈下去吧,不然我在路上会后悔的。"

她看看窗子,没有说话。

窗外漆黑一片,也许是树木和云彩遮挡了,看不到星光。夜静极了,一片小树叶落在地上也听得见。这样的夜晚由于有了姐姐而变得温暖和安逸了,以后的夜晚呢?真不敢想象。我十九岁了,实实在在的一个男子汉,即将开始我的远行了。这样的远行每一个人都有的。在漫漫的路途中,我不知道将会遇到些什么,但肯定有坦途也有凶险。姐姐对我不放心是自然而然的。她看着我长高了,如今又要亲手送我去远方。我将在路上花掉很多年的时光,这些年里,我将永远记住你的声音。

"你路上常常是一个人。会有人和你结伴,不过大多数时间还是你一个人。要想到一个人走路的难处。你最好记住,今后是一个人了……"

姐姐的声音压得很低,完全是一种告别的语气。

我说:"我不怕什么。我担心的是遇到情况想不出好主意。你也说过,我是个没有主心骨的人,这是我最大的弱点……"

"这也怪我。我总是让你这样、那样。本来这片林子里只有我们一家居住,你活动的地方很大,应该从小磨炼出很强的生活能力。你很小就会爬树;八岁那年你敢一个人游到大海里面……这当然都是能力。不过一个人最重要的能力还是主见,是判断事情。可惜你从小跟我在一起,我替你做出的判断太多了。"

"但是,"我有些急促地说下去,"但是我也跟你学会了理解事物的方法呀,比如说我今后遇到了什么难题,就会想起你是怎么解决的……"

姐姐的手按在桌上,眼睛闪了一下,"毛病就出在这儿。今后面对那个难题的只是你了。你不妨忘掉我——重新想出自己的办法。我的经验只能给你辅助,只能这样。"

姐姐是对的。我记得自己任何时候都习惯于求助她。比如小时候路口有一个马蜂窝,马蜂老要蜇我。那时姐姐已经从省城的一所师范学校毕业了,因为受爸爸的事情牵连而暂时待在林子里。

我问姐姐马蜂窝怎么办,她说可以用火把燎——以后我对付马蜂也就永远使用火把了。我笑了。

姐姐仍然很严肃。她说:"你要有一个人走下去的决心。我说过,不会有什么伴儿和你一同走到底的。抱怨也没有用。翻山过河,还有,一个人走到大沙漠上……"

"那真可怕。"

"没有水,没有绿草,连绊脚的荆棘都没有。如果你走不对方向,就会倒下去……一个人不怕高山大河,就怕沙漠。"

"我带了指南针呢。"

"走长途的人都带了。但愿它能帮你。不过你可别全指望它呀。不知怎么,我多少有些害怕它,害怕它耽误了赶路的人。我也不知道这是为什么……"她撩了一下头发,嫌有些闷热似的打开了窗子。

深秋的凉气涌进来,姐姐又把窗扇合上一半。

我的背囊放在一边,它可真是够大的了。那里面有一把锋利的半长刀。她帮我整了背囊,但我偷偷加进了这个东西。我不告诉她,因为怕她因此而增加忧虑。东西太多了,我想扔下一些,姐姐不同意。她说天气快冷了,不久你就要把棉衣服穿在身上,路上天气又会渐渐转暖,那时候就可以扔掉棉衣,行装也就轻松了。我看看背囊,舔了舔嘴唇。我准备明天在车上时将刀子翻找出来,放在易取的地方。背囊里还有一些姐姐不知道的小东西,我必须带上它们;也许依靠了它们,我才能更好地走完我的旅程。

姐姐看了一眼背囊说:"你真要走了,以前想都不敢想。可是你也该走了。父亲离家的时候比你小得多,他走得格外艰难。父亲看不到他的儿子离家了……"

我忍住了什么,但后来还是打断她的话:"姐姐,我求你不要再提父亲了。你知道我恨他。"

"知道。我这几天没提父亲一个字。可是我还要跟你说父亲,我要说,只跟你说一次。因为我想来想去,还是不能把话藏在心里。你知道我跟你一样恨他,不过上路之前不跟你好好谈谈父亲,我会难过……我们都把父亲藏在心里,今天晚上让我们说出来好了。"

不知由于气愤还是怎么,我的身上有些颤抖。父亲死了,他的坟就在林子里,我每一次进林子都小心地绕开它。他生前走遍了半个中国,关于他的一生我敢说永远都是个秘密。这个世界上除了母亲说他是个好人,所有人都肯定他是个十恶不赦的坏人。他被指定为最危险、最丑恶、最反动的一个男人。他受尽了折磨之后也就死去了。然而他生前是家庭中的暴君,别人折磨他,他就折磨妻子和孩子。就因为他的缘故,我们被人从城里驱赶出来;但任何一个像样的村庄都不允许我们去居住,最后只能住在林子里,由林子边上的一个村庄负责惩罚我们。妈妈、姐姐和我受尽了屈辱,我身上带着别人留给的伤疤,也带着父亲击打的印痕。我身上疤痕累累……我用乞求的目光逼视着姐姐,那意思她当然会明白:让我忘掉他吧,让我轻松地上路吧!

姐姐盯着我。我明白她要说什么:你忘得掉吗?!

我低下头去。

姐姐沉默了一会儿说:"不管怎么说,父亲是个走过千山万水的人——他走过了,而你才刚刚开始。他的后半截路全在林子里了,我们扒开树棵和茅草,找找他的脚印,这也许是应该的。他生前绝对不许我和妈妈追问他的历史,可是他高兴了,比如喝了酒,自己就会讲。有些话我永远也听不明白,问妈妈,妈妈也不知道。他的话让我搞不懂。他后来让我们跟他叫'老红军',非这样叫不可。"

父亲喝醉了酒就让我们那样叫他。有一次我不叫,我说:"不,你不是'老红军',你是……"他一巴掌把我打得鼻子冒血。后来姐姐为了我,一声连一声喊起了"老红军"——父亲,他眯上了血红的眼睛,哈哈大笑着骑在一个白木凳上,一手握着酒瓶。那会儿我还卧在草地上,血溅了手上、衣服上……我闭了闭眼睛。

姐姐突然说:"我现在倒想,他真是一个老红军。"

我猛地站起来,"胡说!他到过陕北吗?他长征过吗?没有!可你……你怎么了姐姐?"

"我觉得父亲说的不是醉话。记得他临死的那个晚上吗?他躺在床上,嘴里吐着白沫,咕哝了些什么谁也听不清。妈妈伏在床上,极力想听懂什么……爸爸就这样和妈妈挨得紧紧的去世了。我叫着爸爸,问妈妈他临死说了什么。妈妈的眼泪掉下来,用手擦去说:'你爸爸说,他是个老红军。'"

姐姐的话让我回忆起那个可怕的夜晚。我也记得妈妈的话,但我不会相信父亲。我摇了摇头。那个晚上,村子里专门管理坏人的瘦筋领了一帮真枪实弹的民兵游动在林子里。他们在暗中监视我们,怕我们在一个人垂死挣扎的时刻做出什么。父亲死了,母亲哭着,用手使劲捂着嘴——瘦筋不允许这个屋子传出哭的声音。我真害怕想那个夜晚。我说:

"让我们谈点别的吧,谈……就谈那个诗人。"

姐姐的脸红了一下。她点点头:"他这个冬天就回来了。他的刑期满了。真不知道他这会儿成了什么样子。"

"他一出狱就会跑到林子里的。一定会的。我真想他,一闭眼睛就能想出他的模样。"我这样说着,完全为了让姐姐高兴。但我说的是实话。

那个诗人是姐姐的同学,他在那座小城里时爱着姐姐,后来就跑到林子里来。他的一条腿不知何时受过伤,一拐一拐的。由于他老在林子里出没,瘦筋认定他是海中泅上来的特务,就率领民兵包围了林子。诗人在突围中与一个持刀人搏斗,把对方伤了,被判为无期徒刑。姐姐这几年几乎将所有时间都花在他的身上,为他辩护上诉,终于使诗人减刑。诗人已经在狱中度过了六年。我最后一次见到他,记住了那双有些深陷的大眼睛和坚硬的方额。关于他的回忆能带来特殊的温暖,我相信在最艰难的时刻,我和姐姐都是靠思念这个人才获得一点希望和安慰。

"我把他的那本诗抄了一份放在你背囊里,你在路上不要丢了。到了你不喜欢的时候,你就寄给我——我不敢说你一辈子都会喜欢他的诗……"姐姐很平静地说。

我点点头:"记住了。不过你的诗我也一起带上吧,你知道我喜欢。"

"它不值得带,什么多余的东西都不能背着上路……你以后如果在一个地方住久了,就要来信,我把他和我的新诗一块儿寄给你。"

我不吱声了。我多么想见一见诗人再走。可是那要等到冬天……记得他第一次到林子里来可把我吓了一跳。那是个晚秋,橡子落在地上。我在林子里捡橡子,忽然从橡子树上跳下一个人来。他满脸胡须,头发蓬乱,我盯他一眼,扔下篮子就跑。跑了一会儿,我回头去看,见他一条腿跪在那儿,正往篮子里一颗一颗捡橡子——我把它们撒了一地。我看了一会儿,就走了回去。后来的日子里我就替他和姐姐站岗了。我们既要回避着瘦筋的人,又要躲开父亲。只有妈妈和我们站在一起,她有时握住诗人的手,叫:"孩子!孩子!"诗人看上去有四十五六岁,实际上只有三十多岁。诗人读诗给我们听,我听不懂,但像大家一样激动。我永远忘不掉那时候的林子。就在我坐的这个小桌前,坐过我们家的诗人。

姐姐也沉浸在往事里。她这会儿望着墙壁说:"他是个能够宽容别人的人。你这点上远远不如他。你知道父亲对他多么凶狠,可父亲死了以后,他偷偷去坟上放过鲜花。那时我们家里倒没人敢去……父亲如果看到这些会难过的。当然,你和我永远也不会理解父亲。我最不明白的是他为什么一直不让我和诗人在一起。这个家被父亲领到了地狱里,他完全明白我是绝望了……"我打断她的话:"全家都绝望了,包括他自己。""是啊,都绝望了。在这时候,诗人送来了一线光亮,他是我的希望、我们的希望。可父亲一见到诗人待在我屋里就大喊大叫，用酒瓶摔着砸他。有一回父亲坐在院里剁猪菜，一抬头看见诗人往我屋里走——他想偷偷绕过去。父亲跃起来抓住了他的衣领，骂得难听极了，还比量着要用菜刀劈了他。妈妈、我和你都在一旁哀求父亲。诗人没有说一句话，也没有反抗，只是事后长长地叹气。他当然不怕那把菜刀，仍然到林子里来。"

这些没法解释，也不需解释。我说："他被生活逼疯了，他不会爱任何人了，也不愿在这个家里看到爱……"

"这已经不是我们的父亲了。那个为了爱情奋不顾身，抛弃一切从海滨城市赶到妈妈身边的男人，才更像我们的父亲。那时候他多好啊，我什么都想象得出来。妈妈住在一个小城里，就是那个港口小城……父亲的苦日子就是从那个小城开始的。我真不知道他该不该来这个小城……"姐姐有些激动地喘息着，胸脯起伏不停。

我咬了咬牙关，没有作声。如果让我回答，我会说他不该来这小城。因为根本就不该有这个家，不该有我们。我们是人，不是牲畜——即便是畜生，只要老老实实地拉犁，也不能没完没了地抽打和羞辱它们。我们住在林子里的这一家，每一个成员都是有罪的。父亲要起早摸黑赶到大田里劳动，像牲口一样被人看押着；雨天，他要到那个村子里排水；雪天，他要去街巷上扫雪——大雪下一层，他就要扫去一层。每逢集市什么的，他都要被捆绑了，像牵牛一样拉到街头，有一个民兵在前边敲锣，一边敲一边喊："哎——让开——哎——"。妈妈混在人群里，往前挪动着看父亲,还要忍住眼泪。她如果流泪了,就会被认出来,和父亲捆到一起。那时候好多孩子就会高兴得蹦起来……姐姐和我要做最苦最累的活儿,做活时要一声不吭。但我已经感到很幸福了,因为我从那个学校毕业了。那是个村办的七年制学校,一座真正的地狱……

　　姐姐注视着我,我抬起头,与她温煦的目光相碰了。但我知道我的目光是冷冷的,此刻像冰一样。她说:"我不该在你临走时谈论这些,不过我实在忘不掉它们。我也不愿让你忘掉,我不信一个浑身轻松的人就一定会过得好。一个勇敢的人什么都不用回避,你是十九岁的男子汉了,你用不着怕什么。不是吗?你还很小的时候就已经十分倔强了,你的眼神像父亲……"

　　我又一次站起来,觉得浑身燥热。后来我又坐下了。我说:"我知道你指什么。那是我在学校的时候,你听到什么消息跑去了,见我浑身是血,就上来抱住了我。你见我不吭一声,也不哭,就那么看着你……后来,姐姐你后来说了一句话,我到现在也没忘。你说:你的眼神比你身上的血还要吓人。就是这句话。"我两手捧住了两颊,说下去,"你看出了我的眼神里有什么,可你没说。你今天才说出来:像父亲。姐姐!你知道我那么小怎么会有那样的眼神。那是疯狂的、仇恨的——你知道你赶到学校时,他们已经整整打了我一天了——那天我一早上学校去,一帮同学就叫着父亲的名字,并学着他被捆绑的样子。他们不叫我的名字,只将父亲的名字前面加一个'小'字来代替我。我忍受着侮辱,像过去一样。可是这一天我们小组里开小型批斗会,有个老师也来参加了，点名要同学批斗我。我给推到了桌子上。他们喊口号，跺脚骂我，后来有人喊了一声什么，猛地把我从桌上推下来。我的头磕破了，血流进了眼睛里。我两手去搓眼，怎么也擦不干净。我睁开眼，看到教室里，同学和老师，他们全是红的颜色。"

我说到这儿闭上了眼睛。一片片的红色更清晰了。我不停地搓揉眼睛。"推我的那个同学两手拄在膝盖上看我，头一歪一歪地笑。我看他也是血的颜色，就握紧了拳头，往他下巴那儿来了一下。所有人都惊呆了，哇哇大叫。那个老师说：'反了！反了！'接着这个一拳那个一脚打起来。我不吭声，不流泪，拳头打到我脸上，我也不躲闪。就这样硬挺着，不一定瞅准机会给谁一下。他们咬着牙往上扑，说：'打烂他！打黏他！'有几个人从破桌上扳下了一个板条，上面露出一溜钉子尖，两手举起来拍了我一下。我疼得在地上滚，血一下染透了几层衣服，拿钉板的那个同学这才把板子扔了。有几个同学见我流了这么多血，吓得要把我拉起来，那个老师阻止说：'让他滚！让他滚！'我听了就一动不动地趴在地上，趴了一会儿，一下子站起来。我睁开血糊糊的眼睛，一眼看到了你走过来。我就那么看着你。你流泪了，没说一句话，弯下腰抱起我往回走了。一路上，我的血沾了你一身，我的手指全让血和泥土粘在了一块——我全身发黏。我这才明白了什么叫'打黏他'……为了不让妈妈看到这么多血，你背着她给我擦洗，用止血草的绿水抹伤口。我永远忘不了这一天，忘不了那个学校——七年里我不知被折磨过多少次，差不多爸爸在街巷上游斗一次，学校的老师和同学就要仿照着对我来一次……"

姐姐听着,几次难过地咬着嘴唇。她这时说:"那一次是你的一个同学跑到林子里报信的,他说你大概给大伙打死了……同学中原来也有同情我们的。我们永远不要忘记他。可是大多数同学都要参加批斗,你与他们都一样,都是十来岁的孩子——你不觉得这很奇怪吗?"

"有的原来还跟我很好。我给过他们铅笔刀,还从林子里逮过小鸟、折过花给他们。可是到了时候一闹起来,他们也对我伸出了拳头。"

"这些仇恨比什么都可怕,因为它连点根据都没有。一些人从小就知道站在强暴的人一边,去无缘无故地欺凌弱小无援的人。那天我抱着你回头望了望,见一片孩子的脸全都仰着看我,这些脸在阳光下闪亮,非常好看。我扭头往前走了,心里想这都是些挺好的孩子啊,这么小就迷上了打人,合伙把我的弟弟打得鲜血淋淋。那天我想的是我们大家都完了,完了,因为我们这里从孩子开始就让人失望了——这样想当然有些过分,但从那儿我也明白了一个重要的道理,它非常重要。"

"什么道理?"

"这就是大多数人的激愤和向往不一定就是合理的、正确的。再没有比人更容易被撩拨起来的了。当有人以'多数人的要求'为借口做什么的时候,常常隐藏了最大的欺骗和阴谋。有时候大多数人在盲目地一块儿激动。所以我们判断事情的时候,千万不能以人数的多少为唯一的依据。任何时候都能冷静自己,站在真理一边,可真是太难太难了。我今晚上一开始就对你说,生活的能力主要是一种主见，是判断事情，就指这个。你一路上不知会遇到多少蜂拥的人群，你千万不能盲目跟随。你要看重自己的智慧，要蹲在角落里把事情想好。一万个发昏的头脑也比不上一条清晰的思路，这是事实。你想想看，前些年那个村庄里的人是怎么对待我们的？不错，也有人设法保护我们、爱我们，成为我们生活中的一缕阳光；但绝大多数人在不公正地对待我们，排斥甚至蔑视我们。他们人数众多，但他们并没有因此就变得合情合理。事实证明他们错了，他们太残酷了。所以说，弟弟，真正可靠的指南针是没有的，我一开始就说，我有些害怕那个机械的东西。我的意思是你真正重视起你自己，去思索，去寻找……"

"姐姐！"我感激地叫了一声，打断了她的话。她说得很慢，这会儿停住了，期待着我说什么。我什么也说不出，我只是激动。原来我们全家人经历过的那一切全存在她的心里，她不但没有回避，反而把这一切令人心悸的苦痛从头咀嚼过。她生活得太难了，她把一切不愉快、一切难言的苦楚全掩盖在柔和的温笑下面。她始终像一个姐姐那样温柔……我说："我一定记住这些，记住你刚才的话。"

她点点头："那就好。你的眼神太让我担忧——因为你虽然口口声声说恨着父亲，但你的脾气太像父亲了。有时你那么孤傲，也容易冲动。你的倔强怎么形容都不过分。这些真不让我放心。我常想，你一个人到外边去，什么委屈事情碰不到？你没有家里人的规劝，闹得不可收拾怎么办？父亲走到这一步有其他原因，不过性格也决定了他一部分命运……"

我承认自己的性格有些像父亲。我也为此大为苦恼。我不明白的是，我为什么学习了一个自己所憎恨的人的毛病？我问："这是遗传不是？"

"可能是。我们的血管里流着他的血液。性格与品德和思想不是一回事，我总相信它会遗传。"

我咬咬牙关，"这真糟糕。"

"也不一定。父亲的性格常常是孤注一掷，暴躁，目空一切，这当然不好。可它的另一面是顽强、是忍辱负重，坚定不移地活下去。你的性格中也有母亲的一面，那是柔和、平静和忍让，多愁善感。可这种性格的另一面是没有主见——你知道妈妈是个没有主见的人。她太软弱，太脆弱。这些素质不用说也遗传给了我们两人。"

姐姐的分析很对。她的所有分析，都可以在我们家庭的那段生活中得到印证……我默默不语，心头一阵痛楚。

她接上说："明白了这些，你就会变得主动多了，有力量多了。你的反省就会是经常的事了。只要你能每时每刻反省批判你自己，我也就安心了。你爱妈妈，可妈妈的缺点你不要保留；你恨父亲，父亲的优点你不能去厌弃。你和我是父母合成的，是一个新人，新生命，我们在这个世界上得自己活……"

"自己活……"我小声默念着这几个字，抬起头看着窗外那无边的漆黑世界，大口地呼吸着。我可清楚这几个字的分量。那一段日子里——我可不信那样的时光就会一去不复返了——我算弄明白了，这世界上就是有人不想让我们活下去，尽管我们活着一点儿也不妨碍他们活。那时候那个村子可算穷到了底,我们家就要随这个村子分红。其实我、姐姐、父亲、妈妈,四个人没白没黑地干,反倒欠下了村子的钱。村里的人都有自留田,我们却没有份,于是就在树木空隙和房前屋后垦出一点土地。父亲五十岁以前两手几乎没有沾过泥土,他为了活下去拼命地干。他学会了使用各种农具,侍弄各种庄稼,并且成了一把好手。他不知褪掉了几层皮,真正算是脱胎换骨了。他在垦出的荒地上种玉米、山芋和黄烟,这些作物在夏季需要浇大量的水,这时我们自己掏的那口土井总是干涸,父亲就领我们去芦青河边担水。我们家离河边有二里多路,而且一直要穿越林子。树根绊倒了水桶、累得躺在地上,都是经常的事。父亲总是从后边赶上来,不住地骂着,用脚踏,用树条抽。有一次我再也起不来了,就用手抵挡着父亲的脚,死也不爬起来,最后是姐姐救了我。夏季是值得我一辈子诅咒的,每到了夏季,我总想这是我和父亲之间最危险的季节。说不定他会发了狠把我扼死,也说不定我会在他熟睡时给他一刀。这些都说不定。

夏季过去了,我们还活着。庄稼长得乌油油的——我们的庄稼不是用水、也不是用汗浇灌的,而是血汁养活的,它永远是深绿色。瘦筋领着民兵到林子里转,总是用嫉恨的眼睛盯着庄稼。他说:"赶地!赶地!"——我们一听这两个字就要浑身发抖。那是指我们种地垦荒超出了他们划定的界限,把公家的地"赶"开了。这是剥削阶级的一种土地欲,是罪大恶极的。接着瘦筋就要惩罚我们,让民兵把靠近边缘的几尺宽的一溜儿庄稼全都削掉。

黄烟秸、山芋蔓和玉米棵上都渗出了晶莹的水珠,后来这水珠又变成了红色,通红通红。瘦筋他们走了,除了父亲之外全家人都抱头痛哭。父亲在地里走来走去,恶狠狠地冲我们叫骂:"再哭他妈的给你几巴掌。"妈妈第一个止住眼泪,弯下腰收拾被砍掉的烟叶。那些秋天我永远也不会忘记,因为我们收获的更多的,是屈辱和眼泪……我问姐姐:

"你还记得那天早晨……玉米被砍倒了,我们……"

姐姐打断我的话:"怎么会不记得。那个早晨我给吓坏了。经过了那个早晨,我更不明白父亲了。"

那天我们得知玉米田被瘦筋他们砍了,一齐扔了手里的碗往田里跑去。整整三行玉米被半腰斩断了,还没有成熟的玉米棒子吊在秸子上、被踩在湿土里。父亲腰里披了把镰刀,站在田头上。谁也不知道他为什么要带一把镰刀来。我们跟在妈妈后边收拾折断的玉米秸,把青嫩的玉米棒子捡起来……我们不敢吭一声。我看到妈妈做活的两手抖得厉害,就小声叫她:"妈妈。"妈妈不应声,头也不回。有一个人蹲在玉米地里,弄得玉米叶儿唰唰响——我不知怎么一下想到了一个人,诗人。我总觉得他快来了。我伏在姐姐耳边说:"是他。"姐姐打了一下我的手。正这时我们身后响起了炸雷一样的吼叫:"你给我站起来!"我们在这吼声里一下子凝住了。玉米地里死一样安静,那个人没有一点声响。"站起来!"父亲又那样吼了一声。那个人缓缓地站起来——他让我们看清了,真的是诗人。原来他比我们早一步来到这里。我估计他要穿过林子到我们家去,目睹了凌晨的惨剧,就躲在了这儿。靠近被砍削的玉米秸那儿有很多玉米棵被踩得七歪八倒,它们之间有的已经让一只手小心地扶起来,并在根部加了新土。这一定是诗人干的。我想他正干着,我们来了。这时诗人跛着腿走出来,看也不看父亲,蹲到歪倒的玉米那儿干起来。父亲喊道:"你又来了!我说过这个家再不准你来沾边,我说过……你吃我一镰吧!"他说着一下拔出镰刀,一步一步向诗人逼近过去。我们叫着站起来,妈妈不知为什么搂住了姐姐,嘴里叫着:"我的孩子!我的孩子!"姐姐喊:"快跑,你!"那个诗人站起来,拍了拍土,直眼盯着父亲。父亲举起了镰刀,两眼通红,喷着火气。他突然"嘿"地大叫一声,镰刀狠狠地落下来,把诗人刚刚扶正的那株玉米当腰斩断……妈妈跌坐在地上。

小屋里没有一点声音。我相信此刻姐姐又一次听到了那把镰刀掠过空气的嘶嘶声。她沉默了一会儿,说:

"父亲欠我们的东西太多了——我多少年来一直这么想。他一步一步把他的老婆孩子领到了地狱的入口。可是现在我不那么想了,这也许是我上了几岁年纪的缘故。不过我不敢说我不恨他了,更不敢说心灵深处有一点点爱。我每逢走到林子里,看到那被荒草掩着的两个坟尖——妈妈的坟和父亲的坟靠得那么紧——心里就泛出一阵酸楚。我可怜他们,我是说我也可怜父亲。我知道我和你都太小了,没有能力去理解自己的父亲。可是你就要走了,这些天我一遍又一遍想着父亲,不知该怎么跟你谈。我心里想,一个儿子长大了,就该把父亲和母亲,特别是父亲弄明白,弄不明白,应该焦急,应该尽快搞清楚。我不信一个连父亲也搞不清楚的人，会在外面过得好。"

"姐姐！"我着急地喊了一声。这喊声里掩藏了一丝别人听不出的愧疚。

姐姐看也没有看我。"不用说，没有父亲，母亲就会活得更久，活到现在。差不多是父亲一手害死了她。可她临死的时候唯一的要求是跟自己的男人葬到一起。她还是恋着他，在阴间里也要追随他。你不觉得奇怪吗？妈妈到底怎么了？是妈妈糊涂还是我们糊涂？不知道……理解父亲太难了，因为我们不知道很早以前的父亲。你还记得父亲那张照片吗？"

我点点头。这张照片对我的刺激太深了。那是一个深夜，姐姐拉严了窗帘，从桌子下面的小盒里抽出了一个小本子，又翻出了一张硬纸片——我以为那肯定是诗人的照片了。谁知那是个陌生人。一个男人，二十多岁，又黑又大的眼睛，头发浓密。他穿了西装，文弱羞涩，像是另一个世界里的人……我不信这会是父亲，然而事实上这正是几十年前的他。这张照片一直由妈妈保存着，她给了姐姐。我一遍一遍凝视着照片上的人，第一次有了对生身父亲的强烈的好奇和向往，但这仅仅是对那个年轻的父亲。这怎么能是他！他们之间怎么会有什么联系！我心中的父亲一直是那个伸开两腿坐在泥土中、手握一把菜刀恶狠狠地剁着猪菜的老男人。他满脸深皱，眼睛又小又恶，手上是发红发紫的伤疤，在田里做活时，像大家那样一转身就解了裤子小便。这才是现在的父亲。从此我心中就有了两个父亲，而奇怪的是我坚信那两个父亲之间充满了深深的仇恨。我有一次将这个想法告诉了姐姐，姐姐说:"胡说,他们是一个人。"我没有作声,我也知道他们是一个人,但还是认为照片上的人对现在的父亲有着强烈的仇视。有一次我又把这个想法告诉了那个诗人,诗人望着姐姐,问道:"难道弟弟说得不对吗?"

原来岁月可以把一个人分成两半。一半恨着另一半,差不多要杀死另一个"他"。

姐姐说:"我刚刚说过父亲性格中的顽强——你很容易一般化地去理解这个'顽强'。不了解过去的父亲,这一切你就没法搞明白。仅仅说他是'顽强'行吗?照片上的那个人怎么变成了后来的父亲?这一切能够让人相信吗?但它的确发生过。就这样,岁月可以改变一切,重铸一切,让你目瞪口呆。你后来亲眼见有些人是怎么打父亲的,可母亲看了回来一边流泪,一边擦着眼泪说:这也许不会是最坏的呢。要知道父亲这之前还住过五年监狱,在深山里戴过脚镣、开过矿。是啊,我们没法亲眼见到深山里的生活,就不能说回到林子以后的父亲更受虐待了。妈妈说父亲从来不讲深山里怎样,这个男人把什么都闷在肚子里。每个人抵挡磨难的方式都不同,有人大喊大叫抵消一些痛苦,有人就不声不响地吞咽下去,把它在肠胃里消化掉。比如那一次我亲眼看到了他们批斗父亲和另外几个人:会开到接近尾声的时候,主持会的几个人、站在台子两侧的几个人都激动到了顶点,骂着,搓着手,最后打起了被批斗的人。他们甩着皮带横抽,台下的人就呼口号、助威。他们越打越来劲。父亲和身边的那个人被打得嘴角流血,后来又猛地给推倒在地上。两个人没有提防,嘴巴碰得直流血——那个人费力地爬起来,一丝一丝挪了几步,一下子伸手抓住了打他的那个人,发狠地叫着。好多人惊叫着跑过去,有人一棍把他击昏了……那一刻我的心都跳到嗓子眼了,我怕父亲也会那么来一下。可后来没有。后来所有人都不声不响地盯着最后一个趴在台上的人——他碰伤得最重——久久地趴着,后来也是一丝丝挪动着,爬起来,紧紧闭着眼睛。我怕他也会突然伸出两手。但这种担心太多余了。他闭着眼睛,费力地吐出一颗牙齿,仍旧默默地站着。那以后我为他的忍让暗自庆幸,也多少有些瞧不起他。多少年过去了,现在回想起来,就再不敢那样看父亲了。你说呢?你能说父亲那样就是软弱、是窝囊吗?"

我长长地舒了一口气。我不能那样说父亲。我摇摇头。

"我不敢去看父亲的手,"姐姐看着自己的手,"那双手有时候让我恶心,有时候让我害怕。十根手指全变了形,有的骨节像烟斗那么大。茧子从掌心长到手背上,又被疤痕分成一块一块,往上鼓着。这双手能代替锄子除草松土,还能顶铁锹用,有时像一把镰刀那样,不知怎么就把伸到田边的树枝削去了。父亲一有空闲就蹲在田里,很少拿上工具。他的十根手指插进土里,什么都阻挡不住。正是这双丑陋的手才使我们全家没有饿死。你不难想象这双手原来是怎样的,它一点也不比你的难看。这双手发起火来够吓人了,打到你和我的身上、打到妈妈身上也比一般的手重十倍。可是我现在想想,我没有多少理由像过去那样恨这双手了……"

我听到这儿想告诉姐姐:是这双手使这一家在林子里活下来;

可同样是这双手把一家人推到了灾难里。像这样活着，难道比死去还要好多少吗？我只是这样想，并没有说出来。此刻我想到了母亲，想到了我真正怀念的人。她才是让人可怜的……我难过得很，用力地抑制着什么。

姐姐好长时间没有说话，她只是看着我。她的眼睛、她的神情，不能不让我想起母亲。

我的永远再也见不到的母亲哪！我在远行的前夜里可以忍住什么，一百次地提到父亲，就是不愿提到您。我们如果过多地谈论您，会扰乱您的安睡。您在一片夜色里如果看到一个神气十足、即将离家的活泼的儿子，会微笑的。

姐姐的目光久久地落在我脸上。再有几个钟头我就要启程了，她要更多地看着我。我不怎么看她，因为我心中深深地印上了她的形象，因为我在她的目光里多少还有点羞涩。我们沉默着。有一次我抬起头，见姐姐在用询问的目光盯着我。我叫了一声："姐姐……"

她说："那把刀呢？我找了几天，没有找到……你一定看见了。"

我心上被什么轻轻按了一下。

"你看见了就告诉我。"

"那刀……"我嗫嚅着。

姐姐站起来，"你真的需要吗？"

我想了想，回答说："我需要它。"

姐姐的眉头微微皱了皱，然后叹了一口气。她的手指在桌子上活动了几下,好像仍在表示怀疑……她终于坐下了,一只手扶着额头。

那把刀是我们家唯一可以称为武器的东西,能够保存下来可真是一个奇迹。谁都不知道这把刀的来历,只是觉得它的样子有些特别,刃子也特别锋利。有一次我用它削一支木棍,妈妈看见了立刻夺下来包到了围裙里,四下里看看说:"让你父亲看见就糟了……"她小步跑到姐姐屋里,让姐姐藏起来。我从那儿模模糊糊知道了那是父亲用过的刀,而他差不多已经忘记了。可是有一次父亲喝醉了酒,竟然跟母亲要起他的刀来。他吆喝着:"我的战刀呢?"母亲声音怯怯地说:"哪有什么刀啊!你早不知丢在什么地方了……"父亲拍着桌子嚷叫:"胡说……老红军怎么能没有……没有一把战刀!"……我清清楚楚知道那把刀就在姐姐的小屋里,也知道自己有一天也许真的会把它派个好用场的。也就在那一年的秋天,我在一个深夜把它取出来,月光下用拇指试了试它的刃子……

"你还是把刀留下来吧。"姐姐好像一直犹豫着,这会儿说道。

"我总得有个护身的东西呀,再说……"

姐姐摇头:"我还是不放心。"

可是我已经十九岁了,作为一个男人,我有理由带一把刀上路……那时候我没有很好地使用它,是因为我还太小。那个秋天我才多大?不记得了,只记得那是一个秋天……满地铺着死去的树叶……父亲和母亲又一次被那个村子捕走了。他们把父亲和母亲用一根麻绳拴在一起,一路上,妈妈没有哭,她低着头——她很少被人绑起来，这会儿害怕村里的人看到她的脸……几个民兵把他们押在一个碾屋里，又跟一家富农的父女两人一块儿拴在碾砣上——他们一直被押了七八天。后来有人想出一个主意，用他们换来邻村的几个坏人——这就可以斗个新鲜。他们于是落到了一个陌生的村子里。陌生的人们对于这几个人更有理由冷酷无情，而且动用了更陌生的方法。不久父亲躺在地上起不来了，有人用脚去踏他，他就没命地嚎叫，这在过去是很少有的事情。妈妈哭着哀求那些人说："别折磨我的老头子了，我知道他不行了……"人家根本不听，上前就把父亲拖起来，两人架着他往前走。这样又是几天过去了，父亲常常昏死过去，他们才不得不把他送回来。妈妈奇怪地挺住了，她竟然没有倒下去。回到林子里，她和姐姐急急忙忙采了些草药给父亲裹伤口，然后去村里，请求他们允许我们家请一个医生来……医生请来了，他轻轻按了按父亲身上，告诉：父亲至少断了三根肋骨。妈妈说，这能不能接上？医生摇头。他离开的时候对妈妈使了个眼色，妈妈跟他出了门去，半晌才回来——她面无血色，一进门就坐在了地上。她小声说：医生料定你父亲也就是这几天的事了。父亲在炕上一会儿就尖叫一声，骂着什么，有时能听出是骂母亲。我希望这一切快些过去，这些尖叫，这些咒骂，都过去吧。我看着炕上挣扎的那个人，在心里说："也就是这几天的事了……"我当时瞥了一眼姐姐，见她也看着炕上的父亲。我相信她心里也有过那样的一句话。

如果不是亲身经历了那个秋天，谁也不会相信林中小屋会发生这样的奇迹：父亲在炕上苦熬了几天，竟然一拐一拐地下来走路了。他瘦得只剩下皮和骨头，那双眼睛陷得老深，有些吓人。他用一支细细的槐木做了拐杖，费力地从屋里走出来，又到姐姐的房间里看了看，然后站在了小院里。我悄悄地跟在他一侧，不时地瞥他一眼。后来我吓得跑回了姐姐身边。姐姐见我惊慌的样子就问："怎么了？"我说："他，父亲站在院里还、还笑呢！"姐姐"啊"了一声，赶忙到窗前去看他。此刻正好妈妈跑出来了，伸手去扶父亲，被他推了个趔趄。妈妈说："你死不了啦，你还没有受到头啊……"她说着就呜咽起来。父亲哼了一声，"让那些人做梦去吧。老红军要死那么容易吗？"我揪住了姐姐的衣襟，我每逢听到他的嘴里吐出那几个字眼，就感到一阵难忍的羞辱。这会儿我想，我们好像都被父亲打败了似的。他还是活过来了，打败了死神，也打败了我们——在这个四口之家——如果勉强加上诗人是五口之家——"我们"两个字又包括了哪几个人呢？反正不包括妈妈，但可能包括姐姐……

　　小院里又响起了"咔咔"的剁猪菜的声音。父亲又像往日那样坐在泥地上做活了。但那几根断掉的肋骨并没有长好，老要扎他的内脏——每扎一下他就要暴怒一次，拼命地喝酒，砸家里的器具。我们都不敢从他的身边走过，因为他不一定什么时候给我们一下。有一回妈妈端了一碗汤给他，他把汤泼到妈妈身上，砸了碗，又揪住她的头发狠狠抡了一下。当时可能折断的肋骨又在扎他的内脏了，他的眉毛眼睛都拧到了一块儿，两手抖着、抖着，然后一拳把妈妈捅倒了……他还像过去那样霸道，那样凶恶，可也越来越无能为力了。田里的任何重活都做不了啦，那个村子就让他打扫全村的街道和厕所。他回到自己的田里还想象往日一样做活,但已经没有那样的力气了。他比以往任何时候都更加爱惜田里的庄稼,从菜叶上发现了一个虫子,就把虫子扯成好几段。有一回从林子外面跑来了一头猪糟蹋了青菜,他气得双手乱颤,就做了个陷坑。结果猪虽然陷入坑里,但它又掘土跑走了。父亲咬着牙盯着黑的林子,跺了一下脚。我知道他决定了什么。第二天,父亲就从一个小店里买回了毒药,掺在了一个玉米饼里——妈妈苦苦哀求他不要这样做,他骂着,还是把它扔在了菜地里。他把全家人都赶开,一个人守候在地边上。两天之后,那头猪死在了林子里,父亲又在一个黑夜把它割成几块拖回家里。他让妈妈做肉汤给他吃,妈妈不做,他就发狠地揍起妈妈的头、后背,有一次还打了她的耳光。我和姐姐去护住妈妈,身上不知挨了多少巴掌。我们后来待在了姐姐的小屋里,听着小院里父亲吭哧哧的喘气声。一会儿火光闪动着,他在煮肉了。肉的香味很浓很浓,但我们都像是嗅到了一股毒药味儿……这之后不久,妈妈也许是再也不能忍受父亲的凶暴,也许是对什么都无望了,在一个下午喝掉了父亲剩下的毒药。

现在我仍然不敢想那个下午的情景。汗珠从我的额头渗出来,我不安地去掏手巾。姐姐叫了我一声,过来给我擦汗,"你怎么了?你的脸色不好……"我挡开了姐姐的手,嘴里一连串叫着:"不不不……"

我又闻到了毒药的气味,这时张大嘴巴喘息。那个下午我是永远不会忘记的,那个下午。我记得那天中午下了一阵小雨,所以林子里到处湿漉漉的。妈妈一个人吃过了什么,擦去了嘴角的水,微笑着,把我和姐姐叫到了身边。她躺下来,盖了一床被子,看着我们说:"你们两个是好孩子,会听我的话。是吧?会听话……我要你们不去恨父亲,不去恨他,他也活不久了。你们要尽力去扶扶他……"她说着咳了一声,再不说话了。我觉得妈妈好像年轻了,脸上有一层白霜似的东西,鼻子有些红。不过我总觉得有什么奇怪的地方,后来才明白:她从来不在这时候躺下休息呀。我问:"妈妈,你身上不舒服吗?"妈妈摇摇头。姐姐一声不吭地看看妈妈,又看看我。后来妈妈的身子扭动了几下,姐姐一下揭开了被子,又快速地盖上,大喊了一句:"妈妈,你是不是……?"一句未完她就哇地大哭起来,伏在妈妈的身上。她用手推我,"快去叫医生,就说妈妈吃了东西,就要不行了,快,快跑!"我的脚下什么知觉也没有了,像是一纵身飞出了屋子,飞入了林子。我不知赤脚踩过多少棘棵,却一点也不知道疼痛。我觉得脑袋里有什么一声连一声地爆响,眼前只有一条弯弯的小路,小路像蛇一样,自己会动……

医生在我们家一直折腾到天黑,直到妈妈大口大口地呕吐,他才搓了搓手,说:"行了,没事了……"我直到这时脑子才恢复了正常。我一直不敢凑近了去看妈妈,只听着医生倒弄皮管的声音,听着妈妈嘴里发出的呻吟声。姐姐端过一盆发红的东西,那是药液还是妈妈吐出的血?我相信都有。姐姐把脸盆端到外面去了。我伏到炕前看着,我发现妈妈的脸变成了灰白色,皱纹又密又多,肮脏的枕头上散着她稀疏的花白头发。我用力地忍住了眼泪,往外走的时候,与姐姐撞在了一起。"你要去哪儿?"她问。我没有回答。我蹑手蹑脚走进了姐姐的小屋,拉开抽屉,翻倒了一个纸箱的破棉絮。我终于找到了那把刀子……外面,月亮已经升到了林梢,远处的村子里传来狗吠。我看着月光下黑压压一片林木,用拇指试了试刀刃。"什么都在这个夜晚了,到头了。"我在心里咕哝了一句,把刀插在腰带上。正这时姐姐从妈妈的屋里一步跨出来,伸手拉住了我,低着嗓门问:"你在这儿干什么?"我不作声,蹲在了地上。她用手在我身上摸着,我就拼命摇晃两肩。最后她还是握住了刀柄,抽了出来。我看不清她的脸,但我听得见她呼呼的喘气声。我们谁也没有说话。停了一会儿我说:"你看不住我。我一定把他杀了。"这句话是咬着牙说的,我觉得仇恨已经填充了浑身的每一个毛孔。姐姐问:"你杀了谁?"我毫不犹豫地回答:

"父亲。"

这样回答之后,心底冒出了一个微弱的声音,那就是妈妈在炕上的叮嘱,她留给我们的最后一个叮嘱……我的手伸到姐姐的背后争夺那把刀,这会儿手指抖动了一下。姐姐轻轻一拨就推开了我的手,接上抱紧了我。她抱着我,抚摸我的后背,手指活动得缓慢而又小心。我的头埋下去,一辈子都不想抬起来了。这就是那个月夜发生的事情。如果不是姐姐,这把刀子早就派了用场,我也不会有明天的远行了。刀子没碰到父亲,但他还是在那年的冬天死去了。妈妈虽然那次没有危险,不过却留下了深深的创伤,第二年春天就去世了。就是这样的一把刀子,我没有资格带上它吗？它一路上会守护我，也会向我倾诉关于它的一切。姐姐，你就让我带它上路吧。

姐姐这会儿终于走到背囊跟前，打开来，寻找着。

"你！……"我叫了一声。

姐姐把刀取在手里，对在眼前看了半天，又重新放到了包里。我松了一口气。

南风吹进屋里，一阵凉。不知是深夜几点了，有鸟儿压低声音叫了一声。我向天空遥望，透过树隙，发现了一片又大又亮的星斗。它们在这个夜晚炽烈地燃烧着，光亮刺目，简直让我不能置信。我记不起曾经见过这样大的星斗，此刻仿佛感到了它的灼热。天空没有云，没有一丝雾气。近处的树上淌下水珠，洒在冰凉的泥土上。我清晰地看到了这个夜晚一棵棵矗立的树木，它们向上拢起的浓黑的枝桠，一动不动。整棵树木看上去像是一座座方尖石碑。泥土上是一层暗红色的草，无数片火叶燎着这个秋夜。一个小蚂蚱很偶然地蹦出来，展开钢硬的后翅弹了一下，发出了极细弱极清脆的弦音。芦青河在远处响着，它的声音只在这安静的时刻里才传过来。当我再一次仰脸去看天空的时候，发现一天的星斗更大了，它们颤动、旋转，一齐向我逼近过来。我压抑着心底的惊讶，悄悄地退回到姐姐身边。

姐姐说："这把刀是你的了。路上会遇到意想不到的事，也许会有野兽——到那时你就用得着了。不过你知道我担心的到底是什么。我怕你冲动起来不得当地使用了它。一个真正坚强的人永远也不忘自己的责任，不会随便把自己交出去。说到这里我还是要提到可恨的父亲,他就从不轻易放弃生的希望,相信自己该活,也就活下来。你可能问他活下来又有什么好处、有什么用,那我劝你还是先这样问一句:如果父亲早死十年我们这个家又会怎么样?你会弄明白父亲还是尽了一个男人的责任。没有他,这个家也就真的完了。你有一把刀,这把刀是从林子里的这个家带出来的,记住这点也就够了。不要轻易使用它,最好一辈子也不要使用它。"

我赶忙说:"我会记住的。我一辈子把它放在身边。"

"你在林子里过了十九年,这是有血有泪的十九年。你不会忘记。我担心你忘了另一些东西,就是你在最艰难的时候得到的安慰和希望。你不该忘掉……"

我打断她的话:"永远也不会。"我的脸有些发烫。我怀疑姐姐知道了我的背囊里还装下了什么。那是几个美丽的小海贝、一块手帕——这是农村简朴而永恒的信物。我当然要把这些带上,开始我的长途跋涉……我回答姐姐:"不会忘记。"

"你的朋友不会跟你一块走,他们还要留下来过自己的日子。不过他们的心会跟随你上路。我知道你这几天会跟他们道别,说很多很多话。我只是不放心,怕你忘了。"

我看着姐姐,眼眶一阵发热。我张大嘴巴呼吸着,让这秋夜的风灌满我的肺叶……这片林子和田野,会铭刻在我的心灵里。当我结束了七年可怕的学校生活,投身到自然的怀抱中时,还是感受到了另一种温暖。尽管每天的农活很累,满手满脸都是泥巴,我还是尝到了少有的愉快。特别是我躲开了父亲——他往往被押到更脏更累的地方去干活了——现在差不多完完全全是我一个人了。劳动无论多么艰苦、周围的人无论对我多么冷淡，我还是没有放弃去寻找友谊，哪怕仅仅有一丝指望。一些比我早几年毕业回来的姑娘们看我的时候，目光里没有半点轻蔑和鄙视，这使我觉得十分奇怪。就在她们当中，我发现了一个叫阿队的姑娘，发现了她的热烈的目光。

阿队的父亲是当地人，母亲是南方人，很早以前就跟爷爷生活在一起。她的母亲没有了。她长的样子让人看一眼就忘不掉：额头鼓着，眼睛圆圆的，细细高高，脸色很红。她差不多总穿一件通红的衣服。她爷爷疼她，唤她"丑乖"——我曾问姐姐什么是丑乖。姐姐笑而不答。我知道阿队是非常美丽的，常常注视她。我看她的时候，一颗心就快乐地跳动。阿队离我近的时候，我可以闻到她身上的热烘烘的气味……她常把好吃的东西装在衣兜里，瞅空就给我一把，那主要是酸枣、花生、糖果等。有一次几个年轻人休息时摔跤玩，阿队偏要把我当成对手。她一下抱住了我，我也抱住了她。她的腰那么细。她使劲揪我的衣服，还伸出一只脚来下绊子。当然，我轻轻一下就把她摔倒了。这是我永远难忘的游戏。这是我一生中无法重演的无忧无虑的天然有趣的一幕。后来——大约是半年之后的一个下午，我第一个来到空无一人的田里，等待人们一块儿做活。我坐在长满紫穗槐的沟渠边上，看身体大如拇指的小黄鸟儿啄食。一会儿，突然阿队从绿色的枝条间探出头来，朝我做了个鬼脸。她嘻嘻笑着，告诉说早就看见我了，于是猫着腰从渠中钻了过来。她喘息着说："渠下边可阴凉了!"我们一块儿到渠里去了。她的身子一缩回紫穗槐中,就再也不笑了。她看着我,伸手抚动着我的头发,又用手指轻轻按了按我的眼睛。她看到我的手腕上有一个血口子,就惊讶地张大了嘴巴。我不愿告诉她这是父亲打的——他把一个铁铲子扔过来,我用手去挡……我退开了一步。阿队的眼睛比刚才更亮了,呼吸的声音更大了。她口吃地说:"我们,抱在一起,好吗?"我的眼泪不知怎么出来了,我说:"我们摔跤那会儿抱过了……"她紧紧地抱住了我,说:"那才不算,那可不算。"她的胸脯一起一伏挤压着我。我的泪水一滴滴落下来。她给我擦去了泪水。最后,她盯着我的嘴唇看了看,低下头吻了一下。

那时的情景就像在眼前一样。我紧紧地咬着嘴唇,从桌前站起又坐下。姐姐问:"你看过她了吗?"

她问的是阿队……我闭上了眼睛。

我没有去看阿队。"阿队!我的阿队……"我多少次在心底这样呼唤着,可我一次也没有去看她。

还是别让我看到她吧。阿队,我的阿队……我被钉子板打得浑身是血的时候,我没有流泪,可我与她在一起的那会儿流泪了。她的温暖的身躯使十几年的积冰一瞬间全部融化了。以后的日子里,那真是不可思议的一段时光。人的一生中原来还有这样的一段时光组成,令我心醉目眩。我多少次在深夜穿过林子,到那个村子里,在她的茅屋前边徘徊。她一有空就到林子里干点什么,采蘑菇、捡干柴、摘野枣,仰起脸呼喊什么。当父亲不在的时候我就跑进林子深处,寻找我们一起待过的地方。那时我穿着打满补丁的衣裤,裤子还是一条刚刚染上黑色的暗花布做成的。我的头发又乱又脏,洗也洗不干净,脚背上是泥土和刚刚结住的伤痕。总之,我的一切全都标明了我是林中小屋的一个儿子,我只配有这样一副模样。我是在这个时刻才明白了爱情的,它可不管你住在林中小屋、在草窝里、在土洞里,甚至是在粪坑里,它只要找到你,可不管你住在哪里。这样的情景只有一次也就够了,有一次也就什么都不该抱怨了。我走过来了,我长大了,我是个大人了——从那儿起我再也没有埋怨什么……阿队的父亲知道了女儿的事情,扬言要放火烧了我们的小屋。父亲拧住我,把我折磨得死去活来。但我都没有抱怨什么。不久阿队被卖到了南山,换回的是五斗上好的玉米。阿队说自己很快会死的。我后来见过一次阿队,她没有死,只是瘦得两眼更大更深。那双深陷的眼睛里有看得见的火苗。阿队,我的阿队,别再让我看到你,让我就这样上路吧。

  姐姐沉默着,她在想阿队、想她的诗人吧。在这样的秋天的夜晚,他们在哪里?他们会想到这个林中小屋吗?这儿只剩下了姐弟二人……她的温柔的眼睛注视着我,在这临行前的夜晚她看了我那么多。这目光就是一种叮嘱。当我踏上漫漫旅程的时候,我的前面一直会有着这样的目光……她声音缓缓地说下去:

  "尽管你生在林中小屋里,你知道还是有人喜欢你。我想起这个就高兴,就忧愁。你长高了,长大了,说话的声音有那么一股男人的味儿。这有多么好,我心里甜滋滋的,因为你是我的唯一的弟弟。我知道你多多少少会给我们这个家惹下乱子的,后来果然出了阿队的事情。她一门心思爱护你。她看见我,就换了一种特别友爱的眼神。这一切都非常美好,非常非常美好。从那时我知道你的天性中除了刚烈火爆,还很多情,有时十分细微也十分敏感……"

"姐姐!"我急急地打断了她的话。

"不是吗?你应该说是这样……"

我急促地喘息,不想肯定也不想否定。

她说下去:"这当然是一种好的天赋,你为什么要不好意思?不用说这往往与难得的才华连在一起,就是说你有独到的能力。你认识或不认识这种才华,它都存在于你身上。不过我还是担心,担心你的多情和这方面的柔弱会耽误你赶路。谁知道你将来还会遇到什么?谁知道你心里还会涌起什么风暴?就看你怎么把住自己的舵。本来我不想说这些,后来想了想,我不能不特别提醒你一下。这些你都明白,我只要一说到这儿,你就全都明白了……

"不过弟弟,我不是说你要在爱面前犹犹豫豫才好,不是。我还是要说父亲,你应该像他那样,为了爱去奋不顾身。你觉得一切都从心底下喷涌出来,不是什么东西可以压迫住的,就让它喷涌好了。父亲为了母亲抛弃一切,从那座海滨城市匆匆赶来,然后再也没有离开。当然,他的厄运也从这里开始了。可是你能说父亲在临死的时候后悔了吗?如今为一种爱大胆付出的人又在哪里?他的火热和诚挚使他的生命放出光来。这种燃烧才叫棒呢,连剩下的灰烬都是永远烫人的。

"你现在长大了,会知道自己是个挺好的小伙子。不过我怕你太看重了这些——你会不知不觉就过分看重了这一切。这样就会误解你自己,你会为满脸皱纹难过。其实这有什么办法?那一切本来就会是短暂的。你不会是个狠心的坏人,不过我还是怕你变成那样的人。如果你将来变坏了,我会难过死,消息传来那天,我会走开,胡乱过完这一辈子,再也不见你。你现在是个好人,这一点我清清楚楚——你的心软,看不得苦难,恨死了那些欺压别人的人。这是我的安慰。可是你才长大,你明天就要离家,谁知道你一辈子会怎样?我又不能一直看着你……"

姐姐的嗓子像被什么咽住了。我真想去安慰她,去求求她别再为我忧虑牵挂……我要上路了,天一拂晓我就要背起背囊——我,林中小屋的儿子,将来会背叛吗?我紧紧咬住牙关,在心里呼喊:永不!永不!

"弟弟,你在同龄人中,也许算是受了很多苦的人。你身上那么多伤痕,还有更多的看不见。我得说这真了不起。这一切会帮助你。可是你该明白这又没有什么——因为人生下来就要过各种生活,天底下的苦难太多了,你经历的这点点不算什么。过分看重这一点点会显得挺可笑。想想吧,一个在别人眼里还算个不足二十岁的小孩子,整天被苦难压得皱着眉头,这有多么可笑。你一定也看到了,受过大苦的人中只有一小部分更加善良,他们才一辈子自觉地为消除世间的黑暗去争斗,站在弱小的人一边;所以说一个人过去的历史不能证明一切。尽管这样,你以后遇到受过大苦、遭到过很大不幸的人,还是要特别地给他一些尊敬,不妨先把他当作同类。虽然这样不免要常常上当。我们不能再有别的做法。你与那些人在一起，只有一次、只找到一个同类也是值得的，这样你一辈子就不会孤零零的了……"

姐姐在说下去。我的两眼极力地忍住了什么。我在天刚拂晓时就要上路了……"姐姐，我的姐姐！"我在心里呼唤着。

"我怕你日子久了，多少会忘了这个林中小屋——你以后多想想这个小屋吧，想想它的颜色，它漏雨时淋下的黑印，屋角的两个土缸，还有父亲起山芋的木铲、妈妈的针线笸箩……你夜间一件一件想想，会睡个好觉。你觉得身子边上就是小屋里的东西，这一切你一出生时就闻惯了它们的气味。它教给你的东西太多了。你会成功。到那一天你要明白这只是你的一段好时光，什么都会自然而然地过去。你要赶紧抓住你最有力量最有心思的时候，为那些不幸的人做点什么。

"同样的道理，因为你是这个小屋里走出来的人，什么也骗不过你；你又疾恶如仇。所以你会遇到一件接一件的麻烦事，用大家的说法，就是你得'倒霉'。我多么怕你走到这样的绝路上去。我们都见过父亲是怎样生活的——他一步接一步，像命里规定了似的，走入了罗网。我真怕你也那样。想到这儿我就一阵阵难过，不知该怎么才好。可我不能教给你躲避，不能让你走另一条路，你没有权利做出哪怕稍稍不同的选择。你就该走这样的一条路。我想说的还不是这些，主要的不是这些。我要说的是后来，是这些倒霉事全来了的时候，你会怎么活？你想想吧，你要离家了，要走，不把这些想透怎么行？前几天我帮你整行李，想来想去也没有说，怕你带着一身不愉快出远门。可后来想，只是躲着也不是个办法！弟弟，你还是要想想……到了那时候，你会顽强得像一开始那样吗？你不会丧气得去揪自己的头发吗？我想你即便丧气，也只是一段时间，最终你还会挺起腰杆。你一定是个能吃苦的人，会嚼着东西活下去。我相信你会像父亲那样，活下去，活下去。这一切虽然难以做到，但还只是第一步的事情。最重要的是你到了那种境地，你绝望了的时候，会怎么去评判你这以前的生活？你还会为自己的勇敢骄傲吗？你还会为自己那一段的事业自豪吗？你要活下去也许不难，可是这种活不能是挣扎，不能是挨日子。我觉得父亲多少有些令人失望的地方，就是他认了，他输了；他的顽强是一种挣扎的顽强，是一个失败者的坚韧——而我要求你的，是想让你做个不败的人！什么也打不倒你，打不烂你，什么也不能……"

我听到最末一句，突然脑际又闪过了那支带钉子的木板，听到了他们的吵嚷："打呀，打烂他，打黏他！"

"无论到了什么时候，你都要守住心里头一点东西。它是什么，我也说不清。是一条自己摸到的原则吗？说不清。不过你会感觉得到它的存在——尤其是有人伤害它、碰到它的时候，你立刻会强烈地感到它神圣地居于心的正中。你会是这样的人……离家了，一切全靠自己照料。走吧，上路吧，一辈子忠于友谊，忠于最珍贵的东西。一辈子也不要中伤别人——记住你跟其他人的区别是什么、在哪里；一辈子不忘你是从林中小屋走出去的一个儿子……"

我的眼睛终于把什么忍住了。我一直看着姐姐的眼睛。我记住了她的美丽庄重的面庞。我不知不觉间一直紧握着拳头,这时拳心里全是汗水……我站了起来。

小屋里一片曙色。

姐姐走过来,提起背囊放在自己身上。后来她给我背上它,拉过我的手臂,穿过那两道背带——这突然使我想起了小时候母亲替我穿衣服的情景……

我说:"背囊好沉呢。"

姐姐没有说话。

我又说了一句:"背囊好沉呢。"

……

一九八七年九月十五日于济南
一九八八年七月十日于龙口

《外省书》访谈辑录

凝重内敛安详的品质/它表达了什么

《外省书》是六年来甚至更长时间到处行走的一个结果。到处走,城市、乡村,也包括海外,生活的场景不断变化,收获也会有所变化。对我来说这是很积极的一部书,主人公史珂是很积极的一个人物。在这部书中所表达的东西比较复杂,觉得这六年来世界上发生的事情太多了,很难简单做出判断。这个叫史珂的人,经历了那么多事情,基本上是家破人亡。他经历了文化、经济甚至整个民族的那种接近崩溃的灾难性变故。在一般的正常的情况下,他很难活下去——万念俱灰。可是这个人还能够活下来,主动选择他自己的生活/思想方式。在我眼里他是一个很了不起的勇者,所以说是很积极的一个人。

很多人认为主人公总会是作者的影子,这是一个很自然的联想。但从这本书中你可以看到,史珂的立场大概不完全是作者的立场。他是一个独立的人物,他的好多看法、观念,作者可能并不赞同。作者会比史珂这个人更激烈,更偏激。他的年龄比较大了,比较宽容,有许多时候懂得保留。但他有存于内心的勇气。觉得他是很值得学习的一个人,将来如果老了,能够老成史珂一样就很理想了。不是说他个人的遭遇,那也太惨了点。是说他作为一个人的硬度,一个人判断的勇气,即不妥协的精神。

一个人的真正硬度 / 史珂的精神和意志

他不妥协:在任何时候都敢于问一个为什么,不慌。能够在世事面前不慌的人特别少。就是想写一个能够在这个时期留下来并值得学习的人物。与别的书里那些寄托了深厚感情的形象比,只有史珂的差距与自己比较大,比如他的经历、性格,他思考问题的方式。

写这部书,一部分原因是出于对史珂这个人物的怜悯、钦佩,还有爱以及对他寄托的非常大的希望。觉得这种人在行动,史珂在行动。简单地说这是完成这部书的原因。

写作时间 / 跟随一个人物 / 发现和寄托

六年里,真正写,一笔一笔落到纸上的时间加起来不是很长。但跟这里边的人物共同走过的道路不止六年了——到许多地方搞调查,跟朋友在一起,到北京,南方、上海甚至国外,都有跟史珂生活或相伴的感觉。原来用第一人称写，写了三分之一的样子，觉得叙述的角度有点别扭，然后就把结构打破了。重新写，整个工作就废掉了三分之二，保留的东西很少。就这样又写了许多，直到写成现在这样一本书。在这六年来，是把最饱满的情感留在了书里。

不能指望许多人理解这部书。常看到有人把史珂简单归纳为消极的、被动的、落魄的、没有行动的和沮丧的。其实正好相反。如果你认为史珂不行动那就大错特错了，史珂这种人物，你还能让他怎么样呢？他是个思想者，一个用笔记录思想的人，更是一个时代里非常积极的行动者。他有可能会受到制约，但制约的结果是他对制约的粉碎和挺进。

有时单纯地揭露事物，或者写一些社会上非常浅薄的行动者，都是缺乏深度的。我们最好不要走那样的道路了，最好走另一条道路——写出这个时代的另一类人：他们到底有可能怎样行动，他介入社会的深度和广度、他的真实的情况是怎样的。

一种沉潜的气象／发力深长

沉潜是我重视的一种状态。历史上有不少好书，都是具有沉潜的精神气质的书。现在就不行了，热闹的书太多了。想写一部短小的、节奏加快的，甚至也不乏热闹的一部书——但有人能读出字里行间那种沉潜的东西。这部书和别的书比起来，可能它完成的方式也有很大区别。它留下来一些东西，删掉的东西却很多。这样的删除指两方面：一是从接近三十万字割掉的部分，再就是直接从脑海里大量删掉的东西。有意把这部书的发力变得深长一点，这样它落实到字面上就不一样了。如果真是一部有内容的书，总会遇到好的读者，敏感的读者。时间会让人看到它的浅薄或不浅薄。作家应该相信这个东西。所以有人总要求我们能够很安静地写，能够学会割舍功利。

现在的书很多，能够写作的人很多，能出书的地方很多。可以说写作成了一个最平凡的事，最简易的事，最容易做的事。但恰恰是现在，是这样一个时代，书才是最难写的。你如果让力从心中发出，蓄志一定要写好这部书，直写到满意为止——这样的书必会找到它自己的朋友或敌人。好书都会找到自己的朋友或敌人。

生活状态/游走还是安居

写这部书时，游走和安居相结合。这六七年来，大部分时间都在走，到过许多省份，许多城市，但主要还是住在龙口。要把这个时代的病戒掉，一定要远离所谓的文化艺术的中心——文化艺术从来不会固定在这些地方。在省城待的时间也很少。一辈子都不会住在热闹之地，在济南也住在郊区。更多的时间是住在乡村、海边。

有时也会去日本、美国，去包括纽约、东京、巴黎这样繁华的城市。日本在亚洲商业上是最热的点，纽约在全世界是最热的点。但不是因为喜欢它才去那儿，是不得不去。需要到那些地方去看，去感觉和了解它们。不知道它们就等于不知道所在的乡村或海边。

那么反过来不知道中国真正的民众,中国非常穷困的市民,很多贫苦的农民——那些你想都想象不出的在穷困中挣扎的农民,不了解这个,同样也就不会了解纽约,看不懂所谓大阪、东京,看不懂那些所谓的欧洲核心国家。

文化这种东西有时是需要感觉的,感觉建立在对比和一种立场上。我见过的很多夸夸其谈的人根本没有什么立场。没有立场他怎么能把握事物?他把握不住,只会随波逐流,最后在这种流动中化解掉。你现在看到的一种写作和一百种写作都是一样的,都是同一种面孔同一种气味。所以现在很少看当下的那些书,看不看都一样。

世界性的眼光、视野和胸怀/出走和返回

什么是世界性的?有人认为他的作品翻译成外国的语言,有多少外国人喜欢,得了什么外国的奖这就有了世界性——其实恰恰相反。什么时候有世界性?就是当他真切意识到他脚下的土地和曼哈顿、和纽约、和世界任何繁华之都的土地都是等值的,都需要按平方米计算的时候,这时他才有了世界性,有了世界的高度。我在日本的一个大学说过:任何一个民族,无论多么弱小,它的文化中心和艺术中心都只在自己民族的中心和内部,而不会在其他任何别的地方。东方到西方去寻找中心,汉语到英语世界去寻找中心,说到底还不是可笑的。现在东方的创作处于一种焦虑状态,这个焦虑不解除,没有文化上的自信和放松,就很难产生自己民族的大

作家。

为什么说现在是一个精神和艺术上的悲观时期？就是全球一体化，对外的窗口打开得很大，全球一体化、网络时代，这些说到底都是反艺术的，都是西方文化中心论的最好的土壤和温床。所以说现在是作家，包括思想家、人文工作者们最危险的时代。这个时期很可能没有冷静、没有个性。而没有文化上的自信和自觉，一切的努力都等于没有。赶时髦不行，越时髦越坏——怎样在时髦的时代写出最不时髦的文字，这才是中国作家面临的任务。

经年累月的孤寂/内心的强大支撑

实际上人就是这样活下去的。人的生活方式和状态不一样，有人就是喜欢静，喜欢这么过。真正的写作是极限运动，写书是对于体能的巨大消耗，是对死亡的体验。真正进入写作的时候，会写得脑子怦怦跳，会连续失眠，整个人进入一种不可以康复不可以逆转的衰败状态——这都是别人体验不到的。而恰恰是在这种时候，需要你保持强大的思索和幻想联想能力，需要你像一个章鱼一样，把你面前的这个世界牢牢控制在自己的手上。写作的这种挑战性和极限性是我需要的，觉得一个男子汉就应该有勇气面对这种挑战。

志存高远的作家不会把写作当成一种功利性的东西，或者这种因素会随着年龄的增长变得越来越少。他会把写作当成能够安慰自己生命的最有效的手段。活下去需要勇气，活下去需要做事情，每个人都要选一样最喜欢的事情，比如说写作。他这一辈子觉得做这样的事值得，这个事看起来简单，每天都在做，实际上是非常可怕、非常严肃、非常要命的一件事。从这个角度讲，没必要着急，有这个事情做就可以了。

人实际上是非常寂寞非常脆弱的。傲慢的人，张狂的人，有的是因为年龄不到，有的是因为特别浅薄。人有什么？短促的一生，他解决问题的方法和能力只有那么多。当一个人随着年龄的增长越来越觉悟到这一切的时候，他就会选择一件能安慰自己短促生命、能让自己解除寂寞的事情，比如说写书。觉得这是有意思的，能解除自己的寂寞和孤独。这是面对自己的武器。从这个角度讲，像《外省书》这样的书，本无所谓好或不好，有关它的生命的质地也就是这样了。

书是人的生命的结晶和支撑。现在写作的速度在减慢，出书的数量在减少，就像史珂说的：写作的时候要"字字戳准"。以后写作大概都要这样。不担心各种印刷品会埋没自己的书，为什么要担心？它没有和其他外在之物一竞高低的企图。写这部书，兴奋是自己的，安静也是自己的，它也许是不为他人理解的、与人难以达成共识的、面对人间万物的悲悯之物。它和自己的生命密不可分。

写作的重要／时代的感慨与现实境况

觉得这个时代对写作具有帮助，甚至可以说有幸生活在这个时代。这个时代的痛苦和欢乐，它的一切正面和负面的东西都在帮助人，让人体验深刻、悲观。它帮作者走向思想的彻底性是足够用的了。这是一个时代对人的恩惠。这个时候让作者变得更像一个人，而不是一类人。

其实一点也不怕在这个时代丢失一些所谓的时髦的东西，落伍的东西。一点也不用担心，走得再远也不用担心，我只担心失掉感情。人只要有感情就有希望，就还像一个人，还能写作。

这次去日本看广岛原子弹爆炸纪念馆。它用现代声光技术恢复了当年真实的情景。那个场景的残酷让我恐怖。那天正逢日本的初高中学生毕业去那儿接受教育，但发现日本的少男少女把纪念馆当成了游乐园，刚从那儿出来就欢笑奔跑游戏。当时觉得这些孩子的笑声是世界上最可怕的笑声。人失去感情是非常容易的，特别是在现代，人唯恐不新，唯恐从道德的角度判断一点点事情，连做人的底线都不准备要了。这样的时代是可怕的。

现在不相信一切没有感情的写作，不相信一切不敢谈道德、没有勇气面对道德和伦理的文化人。对这样的文化人我充满藐视，不跟这些人为伍。但愿变得越宽容越苍老越懂得过日子，就越会有勇气面对他们恐惧的东西。

这个时代真正意义上的作家一定要对这个时代的喧嚣芜杂、对这个时代非常轻率的写作有一种藐视和否定。失去了这些也就真的失去了希望。

谈自己的创作是无聊的。实出无奈，这次路过北京还是谈了不少。

外省和边缘

作品的"深层意味",需要读者感受,它在书中。我看到的评论,说外省即边缘。他说作者在这里强调外省的自信。就我个人来说,也觉得边缘更自然,那里,生活中的"概念化"会少一点。所以,往往是边缘才能酝酿出蓬勃的力量。

现在大家都看重中心,其实究竟哪里是中心他们也不明白。有时让人觉得每个地方都是外省,每个地方也都是中心——如果你爱一个地方,这个地方就成了你的中心。

第三世界的焦虑

现在随处都能发现一种"第三世界焦虑症",他们认定自己身处边缘,拼命往中心挤。我们身边的这种焦虑无处不在,包括东方的、农民的、新兴城市的、文化艺术上的——到处都在焦虑。文学写作也总在向西方中心靠拢,比如一谈起国外作家就津津乐道,对自己的传统反而淡漠。我们现在为此而羞愧……其实中心又怎么样,并没有多大不同。孔子说:性相近,习相远。人类其实都差不多,有许多要面对的东西是共同的,只不过习惯不同罢了。中国文化中有好多东西可以拯救这个世界,可惜现在这些好东西都被看成世界的边缘文化。

任何民族到了文化转型期,都会是最痛苦的时期。可是现在我们处处可以看到这种大怀疑、大追问,就是看不到痛苦。许多人生怕因此被看成老冒。说到底，这是一种不自信。

勇者和局外人

　　我只能真实地表达我个人意识到的、看到的。一个民族到了非常奇特的关头，作为个体，也只能独善其身。好多论者说到史珂，认为他是时代的落伍者、局外人，我倒觉得他是个了不起的英雄、一个勇者。设身处地想想，如果我们每个人经历了史珂那样的挫折与苦难，我们会做得比他好吗？他到今天还有那么一种坚守、傲骨、强烈的责任感与道义感、文化的自信心以及对一些基本是非的判断标准，算是不容易了。当然他面对新生事物会有自己的局限，但他愿意把自己从"多余人"的角色置换成"目击者"的角色，并且有勇气退到边缘上思考、记录，多么难得。这种老人看似手无缚鸡之力，实际上倒是雄心勃勃。可以说，这是我们所能见到的时代硬汉。他起码让我充满力量。

　　每个时代都有硬汉，我看到的硬汉是史珂。

　　书中那两个老人是不同的，但他们相互并不排斥，这让我高兴。史珂对鲈鱼是宽容的，那是人到生命尽头的友谊，我承认，这种东西很能打动我。

十六万字

　　一部十六万字的书却写了很久。我的每一部作品都是这样延宕。我总在不断地调整角度。况且这几年外面的世界变化也很大，我的认识也在发生变化。时间拖下去，这会给我新的东西，会帮助我想问题。人追求时间的帮助，是最后也是最有效的方法了。

悲天悯人

史珂是我学习的对象。我们当然不会一样。他生发的感慨，我有许多不会同意。那是他的意见。他代表他自己。我这些年等于是记录了史珂和他朋友的生活。

至于说悲天悯人，如果能读出，那当然好。那可是了不起的评价。但愿作者有这些东西。这种悲悯与风格之类当毫无关系。它们一旦有了关系，一切也就廉价了。

《外省书》想对社会说些什么

写一本书，一本书的内容……要把十六万字书浓缩成几句话，这太难了，而且不可能。因为我想说的话已经浓缩过了，浓缩的结果才让它成为十六万字。一个作者删削多余的话，就像用碱水、盐水往下洗。除此而外，写作更像一种仪式。

如何评价现在的文坛

文坛从来都是这样。一般的，作者会自觉自己在写作，而感觉不到有个文坛。一旦感觉到了有个文坛，真正的写作也就停止了。当然了，那些"社会写作力量"，和真正进入文学的写作不一样。把写作仅仅当成一种行为，是他的一种基本能力的，就会注意到有个文坛。其实文坛是不会有的。什么时候也不会有文坛。一个人不停地写下去，是生命里的需要，是自己的事情，哪里会感到有文坛。

现在社会上有一种误会，就是把许多消遣性的曲艺作品当成文学了。比如言情、武打。其实那跟评书一样，是一种曲艺。有人用文学的标准去批评曲艺，没有意义。总之现在鱼龙混杂，喧嚣嘈杂，再正常也不过。如果说有文坛，它就该是这样。

如何看待文学的前景

许多许多年之前，雨果论文学时说过这样的一段话，大意是：有许多人往往甘愿充当什么公证人之类的，反复说诗歌消亡了。其实这等于说再也没有玫瑰花了，春天没有了，太阳也不会像平日那样升起来了……阿尔卑斯山和比利牛斯山也消失了；母亲不再爱孩子，人心也死了——大意是这样。雨果在说文学作为一种生命现象，与水和土一样，是最本质的东西，有人类存在，就有诗（文学）的存在。

雨果的话距今天快二百年了。可见那时候与现在一样，也有人在预言诗的死亡。作这种预言的人看起来不知道什么是诗，其实是不知道什么是人。快二百年过去了，今天诗不是照样有吗？

所以可以说，如果在太阳消失之前，人类真的能够移民外星系，那么文学就会比太阳活得更长久。

也就是说，还有玫瑰花。

六年来的第一部长篇/短篇幅和快节奏

可能是一种写作惯性，我的长篇小说会写到二十万字以上。《古船》二十八万字，《家族》达到三十六万字。现在是网络时代了，普遍要求快节奏。我得把刀磨快些，将《外省书》大删了七八次。不过，在阅读的节奏上迎合时代的需求必然有所丧失，那只能用双倍的东西来补偿这种妥协。《外省书》比我过去的作品更切近当前生活。节奏快了，书中沉潜的东西就应该更多。

寓言色彩/主人公的孤独避世/师辉的拒绝

我们现在面临的问题空前复杂，已经很难用一本书来回答和判断，只想"立此存照"。仔细阅读也会发现，我与书中的人物是分开的。他们的行为读者有时可能打问号，他们做人的大方向不见得人人肯定。再说这个时代越来越没有是非标准。我们必须有勇气肯定一些基本的品德。作家一保守，我就心向往之。

对网络时代的疑惑 / "空手套白狼的网" / "技术是小儿科"

史珂在思索：小儿科也是重要的。这确实是有人在生活中真实的感受。现在，许多保守的作家也使用电脑，也上网，内心却存有疑虑。史珂希望我们在网络时代，还是"不要慌"。

外省与京城、边缘与中心、主流与非主流、弱势与强势 / 外省方言

我住在山东龙口的郊区，有人说它相对于市区是外省，龙口相对于济南是外省，济南相对于北京是外省……他这样说，意思可能是：人造的"中心"是脆弱的，而外省是如此辽阔和伟大，它孕育了更多的生机和可能性。人是一种语言动物，语言将人划分为中心或外省——要先从语言上肯定自己、认识自己。比如中国人，要树立对汉语的信心。

道德感 / 日常生活 / 精神状态

我希望自己能有较强的道德感，能有原则。可惜我并不那么"鲜明"。我们处在一个不认真的时代，认真的人会被笑话。但我相信无论何时何地，一个不认真的人都是无足轻重的。我们竟然也能从事写作。我们这点道德感简直不值一提。这也是令人沮丧的原因。一个人的日常生活应该很丰富，住在边远，经常漫游，应该面

对大山、大水、大人。这种生活比钻热闹地方、比时髦的厮混要"结实"得多。一个好作家品味生活的能力也应该是一流的,就像一根绷得很紧的弦,平时要有更多的方法来养护。

旅行和读书/主要的生活方式

我觉得有两件事情最重要。一是到山区、平原,到底层做些调查,这涉及农田水利、教育、民俗等各个方面。我不敢忘记中国是个农业国。有人认为,哪怕是一个城市的"颓废"作家都应该了解农民。不懂得这个,局部就会弄错。一切好作品都会有饱满的情感。情感是"知"的深度,它构成作家与现实的紧张关系。另一件事是读书,系统地阅读中国古典作品,侧重于四书五经、韩柳欧苏等传统经典。这是最基本的。如今有人说作家要通外语之类的,这当然也没有错。错在有人将此推为首重。我却觉得这个时刻,作家更多的精力应该用在中国本土文化上。学外语,当然好。能学几国?多多益善。现在我们在文化上总是力图向西方中心靠拢,这种焦虑感很害人。重读古典,寻找来路,对自己了解得越多,焦虑感就越少。这样会进一步放松自己,很好地发挥,解放自己的创造力。我这儿并不存在一个世界性的文化中心,我觉得任何一个民族的文化中心都在本民族内部。

中年的台阶/创作上的危机感

我没有危机感。这个年龄应该是开始吧。写作要倚仗的最重要的东西是阅历和经验。现在应该是一篇文章的开头。搞写作一般来说太年轻不行，要忍住，要等待。写作要有技艺和思想，恰恰不能吃青春饭。当然，要有激情。可这种激情不仅是一般人认为的那种冲动之类——它是强大的知所带来的那种巨大的关怀力。主要是这个。

作家一般要到了四五十岁以上，才有些内容。

"情豪"及其他

鲈鱼是我认识的一个半岛地区人物。他可以说是实有其人，我第一次见他是三十多年前。记得他异常高大，一摇一摆走进了我们的学校，身后还跟了一条大狗。

后来我才知道，这个被学校领导笑脸相迎的人物是个刚放出不久的"犯人"。那种气度、风姿，绝不像一个普通人，更不要说倒霉的罪犯了。他笑声朗朗，声如洪钟，处处高人一等。

原来他是一个团长，所在的团是敢打敢拼的猛虎团，而他则是群虎之首。他不知立了多少功，身上伤痕处处。可是伟大的英雄偏偏有着可怕的劣迹，这个人因为"作风问题"竟然几次进出拘留所和监狱。

我第二次见他已是十几年之后，他又一次从劳改队出来，成了一个油库看守。狗还在,但不是原来的那一条了。我远远看着他那张生气勃勃的大脸,还有多情的眼睛。这时他是一个人了,妻子因为他不间断的丑闻不得不与之离婚。

他的女儿与母亲住在一起,迫于社会舆论,也很少来看望孤单的父亲。一个人,一座油库,一条狗,这就是他全部的生活。

我发现当地人都不恨他,不厌恶他。一开始是想那样的,但恨不起来也厌弃不了。都说这个人勇敢过人,心地好,主要问题是过于喜欢"长头发"了。

就是这样一个人,他对我是一个谜语。他的结局,他与妻女的关系,都与我书中描叙的情况差不多。不,他的结局比我所描叙的更惨,我有点不忍心,不愿直写出来。

我的同情与当地人的同情是一致的。我和当地人一样,在他去世多年之后也仍然不能够理解他、他的生活。但是这样一个奇怪的人,一个有功于世的人,我们是有必要记录下来的。

还有他女儿的美丽,那是他的遗传。他身上肯定有最美的东西存在,不然不会吸引那么多人神往。

与他毗邻而居的是另一位老人。这位老人也是实有其人的。我都认识他们。他们之间是那么不同,可他们还是有了一场友谊,这友谊差不多可以与战场上的友谊相比。他们都是孤独的,不愿与广大的世界交流。

对于一个遍洒爱欲的"情豪",我自觉不自觉地、断断续续地采访了近三十年。我发现他经历极多,却仍旧像个儿童。当然这个儿童也带给他人许多痛苦和伤感。

我从来喜欢儿童一样的成人。我发现真正的人是留住了儿童气质的人。无论一个人有多么大的罪孽，他只要保留了一丝丝儿童的心情，有那份不加雕凿的天然流畅，就会给人希望：我们人类大概也还有救。

现代世界，现代的所谓高度发展的文明，把许多人，包括让人羡慕的强有力的人，有所成就的人，都折磨得没有人的气质了。我们听不到一个人追随自然的放声歌唱，而总是让模仿和造作之声充斥耳畔。

据说鲈鱼等人是必会受到惩罚的，因为他们罪孽深重。可他们是那么有趣。而我们知道，另有一些人完美无瑕，可就是了无生气，无趣。无趣的世界多么可怕，这样的世界同样会让人逃离。

我想了许久，想该怎样给师辉的父亲命名。我想起了"打土豪分田地"的故事，想到"土豪"无非是拥有极多土地的人，那么鲈鱼也就是一位"情豪"了。可是"打情豪"要分到什么？分到"情"吗？我们这个欲望的世界啊，什么都有，就是没有情。我不能说我喜欢无情的世界。

鲈鱼死了，我怀念他，不由自主地写下这些纪念文字。这些文字该由他晚年的老友史珂来写，那样就会更加逼真。

二〇〇〇年十一月十九日至十二月一日

图书在版编目（CIP）数据

外省书 / 张炜著. — 北京：中国友谊出版公司，2019.6
ISBN 978-7-5057-4748-7

Ⅰ.①外… Ⅱ.①张… Ⅲ.①长篇小说-中国-当代 Ⅳ.①I247.5

中国版本图书馆CIP数据核字（2019）第107238号

书名	**外省书**
作者	张炜
出版	中国友谊出版公司
发行	中国友谊出版公司
经销	新华书店
印刷	北京中科印刷有限公司
规格	880×1230毫米　32开 11印张　235千字
版次	2019年10月第1版
印次	2019年10月第1次印刷
书号	ISBN 978-7-5057-4748-7
定价	68.80元
地址	北京市朝阳区西坝河南里17号楼
邮编	100028
电话	（010）64678009